Professeur de français langue étrangère (Alliance française), diplômée d'études d'arts approfondies, licenciée de philosophie (Paris-VIII) ; formée à la psychopédagogie et à la neuropsychiatrie (Paris-V), Sophie Herfort nous livre ici le résultat de près de vingt ans de travail autour de l'affaire « Jack l'Éventreur ».

Sophie Herfort

JACK L'ÉVENTREUR DÉMASQUÉ

L'ENQUÊTE DÉFINITIVE

Tallandier

La première édition de cet ouvrage a paru sous le titre
Jack l'Éventreur démasqué, Scotland Yard savait,
aux éditions Tallandier, en 2007.

TEXTE INTÉGRAL

ISBN 978-2-7578-0864-1
(ISBN 978-2-84734-434-9, 1re publication)

SOMMAIRE

Troisième partie

L'ÉVENTREUR DÉMASQUÉ

INTRODUCTION

Le tueur en série le plus célèbre de tous les temps, qui a inspiré d'innombrables essais, romans, bandes dessinées, pièces de théâtre, films et téléfilms a une particularité. Il n'a pas de visage. Ou mieux, il en a trop. Près de cent vingt ans après son règne de terreur, l'identité de « Jack l'Éventreur » demeure un mystère. Pas pour moi.

Fascinée depuis vingt ans par ce dossier criminel jamais refermé, l'essentiel de mon temps libre lui fut consacré. Dans une certaine mesure, cette affaire a influencé ma vie. Diplômée d'études d'arts approfondies et licenciée de philosophie, je me suis sentie attirée par la neuro-psychiatrie. Une formation, dispensée à l'université de Paris-V, m'a alors permis de travailler un an en hôpital de jour, auprès de grands psychotiques. N'abandonnant pourtant pas ma première passion pour la philosophie, j'ai commencé à enseigner en lycée privé. J'ai enfin rejoint l'Alliance française en 2006, afin de promouvoir la langue française à l'étranger.

Malgré le cheminement de ma vie professionnelle, l'engouement pour les mystères de l'Éventreur ne m'a jamais quittée. Je me suis souvent rendue à Londres, depuis que les archives de Scotland Yard sur l'affaire « Jack » sont accessibles aux chercheurs[1]. Ces visites m'ont permis d'examiner avec soin les lettres du meurtrier présumé, ainsi que l'ensemble des pièces d'archives sur microfilms et tous les documents relatifs à l'affaire. Recoupant les témoignages, explorant les pistes abandonnées, examinant les articles de presse de l'époque, j'ai relevé des détails troublants.

De ces années de recherches, de cette longue quête quasi obsessionnelle, a surgi un jour le vrai visage de Jack l'Éventreur. Sans laisser de place au doute. J'étais désormais convaincue d'avoir réuni tous les éléments incriminant un homme. Un personnage au-dessus de tout soupçon.

Les pages suivantes vous racontent ma quête, à la recherche du véritable coupable, étape après étape, jusqu'à sa découverte, et vous présentent l'ensemble des éléments qui fondent ma certitude.

Un meurtrier aux mille visages

Historiens, romanciers, criminologues, psychiatres se sont penchés et se penchent encore sur ce dossier. En Angleterre, on a même inventé un mot pour qualifier ces passionnés de Jack : « ripperologue ». L'intérêt du public n'a jamais faibli – et ne faiblit pas. Pourquoi ?

Le mystère qui enveloppe le coupable, la violence insoutenable des crimes, l'implication éventuelle de la couronne d'Angleterre, la correspondance cynique de « Jack » expliquent cette constante. Les hypothèses proposées depuis cent vingt ans ont renforcé cette impression.

Sur l'identité du criminel impitoyable de Whitechapel ont circulé, et circulent toujours, les rumeurs les plus variées, et les plus extravagantes. On a désigné le petit-fils de la reine Victoria, Albert Victor – héritier du trône –, le chirurgien de la Cour, l'ancien précepteur du duc de Clarence, le neveu d'un policier, un riche Américain, un avocat homosexuel, un boucher rituel juif, un négociant de Liverpool, un médecin russe, un marin, un coiffeur, un ex-amant d'Oscar Wilde évadé de l'asile de Bristol, un peintre célèbre, etc. On a même soupçonné Sir Arthur Conan Doyle, le père de Sherlock Holmes, ou le fameux *Elephant Man* (Joseph Merrick vivait alors dans un hôpital proche des lieux des crimes). Une thèse pointe du doigt une sage-femme de Whitechapel, Mary Pearcey, qui égorgea un peu plus tard la femme de son amant, selon la technique de l'Éventreur. Elle fut pendue pour ce crime en décembre 1890. Récemment, cette théorie douteuse a refait surface.

Patricia Cornwell sur les traces du tueur

L'auteur de thrillers, Patricia Cornwell, a consacré beaucoup de temps – et d'argent – à tenter de résoudre le mystère de l'Éventreur. Elle a exploré les archives de Scotland Yard, fait pratiquer des tests ADN sur des enveloppes manipulées par le tueur, examiné des pièces au microscope électronique, passé des toiles au rayon X, et en a conclu que le coupable était un peintre en vogue à la fin du siècle, ami de Degas et de Monet : Walter Sickert. Avant de mourir, a-t-elle découvert, Sickert a peint quatre tableaux inspirés des crimes de Whitechapel, ce qui constituerait un aveu. L'une des toiles, *La Chambre de Jack l'Éventreur* (1942), représenterait la chambre de Mary Jane Kelly, dernière victime du tueur. Le livre-enquête de Patricia Cornwell, *Jack l'Éventreur, affaire classée* (2002), a rencontré en librairie le succès auquel est habitué cet auteur de best-sellers.

Mais Walter Sickert n'est pas Jack l'Éventreur ! La démonstration de Patricia Cornwell présente une faille majeure : l'enquête repose essentiellement sur une analyse de l'ADN mitochondrial recueilli sur des lettres écrites par Sickert et sur d'autres présumées de la main de l'Éventreur. Les deux concorderaient. Or, selon les experts, la probabilité qu'un élément de n'importe quel échantillon d'ADN mitochondrial puisse coïncider avec un autre échantillon serait élevée et concernerait jusqu'à dix pour cent de la population. Cornwell avait jusqu'à dix pour cent de chance que l'ADN de Sickert et de Jack soit identique, sans pour autant que les deux hommes ne fassent qu'une seule et même personne. Considérant le nombre d'individus ayant manipulé les lettres de l'Éventreur, on imagine à quel point les résultats sont contestables et faussés !

Malgré les analyses ADN orientées, les extravagantes théories du complot, les essais de datation au carbone 14, aucune piste ne s'est jamais révélée vraiment convaincante depuis plus d'un siècle.

Un siècle d'enquête et de littérature criminelle

Depuis le XIXe siècle, le thème du crime est l'un des plus répandus en littérature et au théâtre. Émile Zola a mis en lumière avec *La Bête humaine* (1890) les pulsions homicides et l'hérédité des troubles. Le sujet de l'atavisme a également alimenté la littérature criminelle britannique, qui compte parmi ses grands noms Robert Louis Stevenson, Sir Arthur Conan Doyle ou d'autres auteurs plus tardifs, à l'origine des polars palpitants de notre jeunesse. On garde en mémoire le charme vaniteux d'Hercule Poirot, l'astucieux détective belge cher à Agatha Christie, ou les chroniques pittoresques de Richard Altick dans ses *Études victoriennes en écarlate* (1970).

En définitive, ces auteurs ont tous emprunté leurs histoires aux faits divers de leur époque.

Depuis la seconde moitié du XIXe siècle, le roman « à sensation » subtilisait aux archives policières ses plus grands criminels. Devenus les héros noirs du genre policier ou même fantastique, ces êtres hors normes allaient fasciner des générations de lecteurs et de spectateurs. Le tueur en série Ed Gein – le « boucher de Plainfield » – fut ainsi à l'origine du film *Psychose* (1960) d'Hitchcock, alors que l'Éventreur de Londres avait déjà inspiré un film muet du même réalisateur, *The Lodger* (1927). Le fait divers influençait le roman et l'œuvre elle-même excitait la verve prédatrice des tueurs en mal d'inspiration.

À l'automne 1888, pendant qu'une ombre mystérieuse tuait dans les rues misérables de l'East End londonien, se jouait au Lyceum Theatre l'adaptation de l'œuvre la plus terrifiante de Stevenson, *L'Étrange Cas du docteur Jekyll & Mister Hyde*. Ces représentations marquèrent profondément l'opinion publique anglaise, qui ne put s'empêcher d'y voir un lien retentissant avec « l'affaire Jack l'Éventreur ».

Dans l'imagerie populaire, Jack l'Éventreur devint à ce moment le médecin fou lancé à la poursuite des prostituées.

Bientôt cent vingt ans, et on a oublié les méfaits de « l'accoucheur de la modernité » criminelle, « celui par qui le XXe siècle est né[2] », si l'on en croit une lettre de Jack inventée par les studios d'Hollywood. L'image d'Épinal de l'Éventreur, souvent dépeint en cape noire, chapeau haut de forme, portant canne et sac Gladstone verni, semble désormais relever du folklore. Il est vrai qu'à côté du mythe « Jack », la plupart des tueurs en série sont d'une « banalité » affligeante. Jeffrey Dahmer – le « cannibale de Milwaukee » – avait l'air d'un jeune premier, Ed Kemper – l'« ogre de Santa Cruz » – ressemblait à un bûcheron et Landru à un clerc de notaire.

Pendant des décennies, de nombreux exégètes se sont épuisé à tenter d'identifier l'homme dissimulé derrière le masque monstrueux de « Mister Hyde ». Jack l'Éventreur aurait été cette double entité qui, le soir venu, abandonnait toute humanité au profit d'une cruauté indicible. Amateurs éclairés et professionnels ont désespérément tenté de percer ce mystère. La question restait sans réponse.

« Mais qui fut Jack l'Éventreur ? »

Ma rencontre avec l'Éventreur

De nos jours, sans nul doute, un enquêteur aurait démasqué assez rapidement l'assassin en prélevant des échantillons d'ADN sur les scènes de crimes. En 1888, Scotland Yard en était réduit à placarder une lettre – un fac-similé – sur toutes les portes des commissariats des vingt-trois districts couverts par la police métropolitaine. Scotland Yard sollicitait l'aide du public afin d'identifier l'écriture de l'Éventreur ! La police allait d'échec en échec, arrêtait d'innombrables suspects, dont l'un en France – répondant au nom de Joseph Vacher – devait sévir après les crimes commis dans l'East End. On utilisa même des chiens policiers (mastiffs) – une première – pour tenter de remonter la piste de l'Éventreur. En vain.

Ma première rencontre avec l'Éventreur remonte à 1988. Je ne l'oublierai jamais. Âgée de onze ans, je vis alors à Breuil-Bois-Robert dans les Yvelines et, au hasard d'un zapping, je découvre à la télévision une production en deux parties, *Jack l'Éventreur*, signée David Wickes. Dans ce téléfilm, l'enquête est conduite par l'inspecteur (alcoolique) Abberline de Scotland Yard, affecté à la division H (Whitechapel) et assisté du détective George Godley. Un extraordinaire Michael Caine campe le personnage d'Abberline. L'adaptation, tirée de la théorie de Stephen Knight, explore la piste du complot et propose un tableau très réaliste du Londres victorien. À Whitechapel, les crimes se succèdent. L'ombre de l'Éventreur plane sur les quartiers mal famés, qui sont à deux doigts de l'émeute, surtout après le cinquième meurtre, le plus horrible. Dans une séquence d'anthologie, où le suspense va crescendo, l'inspecteur démasque le meurtrier avant qu'il ne commette son sixième crime. Jack n'est autre que Sir William Gull, chirurgien et proche de la reine Victoria. Assisté du cocher John Netley, c'est lui qui a tué les cinq prostituées et mutilé leurs cadavres. Sur ordre du préfet de police Warren, terrorisé par les retombées médiatiques d'une telle révélation, Abberline interrompt l'enquête et Scotland Yard étouffe l'affaire. Jack est donc identifié dans ce téléfilm. Voir sur petit écran que le criminel avait un visage déclencha peut-être chez moi un besoin impérieux de percer à jour son identité.

Ma curiosité était piquée à vif. Je lus avec beaucoup d'intérêt les annales criminelles d'Alphonse Boudard, je revivais la traque, parfois vaine, des autres tueurs en série et je dévorais les comptes-rendus des grands procès illustres par maîtres Floriot ou Moro-Giafferi[3]. Au milieu de ces affaires policières, le cas de Jack l'Éventreur me parut singulier et particulièrement intéressant en raison de la multitude de suspects désignés depuis plus d'un siècle. Je dévorais tout ce que je trouvais dans la bibliothèque paternelle sur l'Angleterre victorienne, et en particulier sur l'East End. Les rues de Londres décrites par Jules Vallès[4], le Whitechapel interlope m'envoûtaient. Jack London et son immersion dans les rues de l'East End, déguisé en clochard, restituaient une sociologie remarquable du « peuple des abysses[5] », tandis que les études de Charles Booth[6] – accompagnées de statistiques effrayantes sur la pauvreté – en étaient la preuve accablante.

Les ouvrages sur Jack s'accumulaient dans ma bibliothèque, les fiches s'amoncelaient sur mon bureau, je repassais tous les éléments de l'enquête au crible. Mais je n'étais pas satisfaite. Il fallait que je me rende sur les lieux mêmes où le criminel avait frappé. À Londres, j'arpentai les rues de Whitechapel, décor des meurtres. La configuration du quartier avait très peu changé, bien que certains spécialistes prétendent le contraire. Existent toujours ces fameuses rangées (*row*) où s'alignent les maisons ouvrières, hautes et serrées. Ces bâtiments perdus dans d'obscurs goulets étroits donnent au quartier une illusion de profondeur au niveau de la perspective. Au-delà de cet étonnement architectural, je trouvais trace d'anciennes manufactures dans Durward Street (anciennement Buck's Row[7]) et même de bâtiments datant de l'époque victorienne, dont certains menacent aujourd'hui de s'effondrer. Certes, les lieux où furent découvertes les victimes n'ont plus le « visage » d'antan, mais l'ambiance subsiste. Par exemple, Mitre Square[8] où fut assassinée Catherine Eddowes conserve sa configuration d'alors, avec ses passages attenants (Church Passage devenu St. James Passage ; Mitre Passage). En définitive, les rues ont peu changé depuis le plan dressé par Charles Dickens en 1888.

Outre ces promenades dans le vieux Whitechapel, je me rendis au musée de la Police britannique pour y examiner les lettres reçues par Scotland Yard et par les journaux de Londres. Je ressentis un véritable choc émotionnel lorsque je contemplais pour la première fois ces « lettres de l'enfer ». Certaines, impossible d'en douter, étaient de la main du meurtrier, puisqu'il annonçait ses prochains crimes et fournissait des détails que lui seul pouvait connaître.

La « mode » était alors à la théorie du complot. Le film des frères Hughes, *From Hell* (2001), adapté de la bande dessinée d'Alan Moore, elle-même inspirée par Stephen Knight, obtint un grand succès en s'appuyant sur une théorie souvent évoquée : le duc de Clarence, Albert Victor, fils du prince de Galles[9] et petit-fils de la reine Victoria, aurait eu un enfant avec une prostituée de l'East End, Annie Crook.

La reine, craignant de voir éclater le scandale, commandite l'enlèvement de la malheureuse, qui subit une lobotomie dans l'amphithéâtre de médecine du Royal Hospital. Pendant ce temps, cinq prostituées du quartier ont été chargées de veiller sur l'enfant. Menaçant de révéler la vérité, ces femmes font chanter la Couronne. En échange de leur silence, elles exigent la remise d'une somme d'argent. Ordre est alors donné par Victoria de « résoudre le problème ».

Interprétant ce royal souhait d'une façon toute particulière, le chirurgien William Gull – encore lui ! – se lance aux trousses des cinq femmes, armé de ses instruments de torture. On le voit, sortant de son fiacre noir, en haut-de-forme et redingote, portant son sac regorgeant de scalpels et de pinces, s'enfoncer dans l'ombre et exécuter les cinq malheureuses. De son côté, l'inspecteur Abberline, interprété par Johnny Depp et devenu cette fois opiomane, s'éprend de la belle Mary Jane Kelly – ce qui aura tendance à compliquer l'enquête – le tout sur fond de complot maçonnique…

« Je croisais toujours la piste du même homme »

En définitive, toutes ces hypothèses ne réussissaient pas à me convaincre. Pour moi, l'assassin de Whitechapel n'était pas un surhomme, un cabaliste, un médecin de la reine franc-maçon et à moitié fou, ni une sage-femme jalouse et vindicative. Celui que je recherchais depuis mon adolescence était un homme aux blessures bien réelles, avec un passé qu'aucune fiction ne saurait imaginer. L'auteur de ces crimes horribles était un monstre. Mais il n'était pas qu'un monstre. C'était un homme à deux visages. Un docteur Jekyll doublé d'un Mister Hyde, qui sévissait dans les ruelles de Whitechapel, au moment même où la pièce de Stevenson se jouait à guichet fermé au Lyceum. Bien avant d'avoir réuni les preuves que j'obtiendrai par la suite, je savais que Jack l'Éventreur possédait une double personnalité, tantôt héroïque, à l'instar du tueur d'enfants Gilles de Rais lorsqu'il combattait aux côtés de Jeanne d'Arc, mais doté d'une face obscure lorsqu'il s'adonnait à ses orgies criminelles dans l'East End. Dans ses phases cruelles, le monstre s'acharnait sur de pauvres prostituées, allant jusqu'à voler leurs organes.

Cet engouement pour l'affaire m'entraîna vers le champ psychiatrique. Le criminel devait, forcément, avoir eu une enfance douloureuse, peut-être des problèmes relationnels graves avec ses parents. Je le soupçonnai d'être atteint de schizophrénie. Et je décidai d'enquêter en amont, d'établir le profil du criminel et de découvrir son mobile.

Je me plongeai de nouveau dans les lettres reçues par la police pendant la période des crimes, et celles expédiées durant les mois suivants. Malheureusement, un certain nombre d'entre elles a disparu dans le Blitz de 1940 à 1941, détruites par les bombes allemandes. Parmi les lettres épargnées, j'en identifiai une trentaine attribuables à Jack l'Éventreur. J'entrepris de les décortiquer, étant acquis que le criminel savait, non sans une grande habileté, déguiser son écriture. Les graphologues étaient formels : malgré les apparences, ces lettres étaient de la même main. L'absence de ponctuation, les phrases lapidaires, une forme constante d'humour noir désignaient un seul et même auteur. Une question : pourquoi le criminel veillait-il à déguiser son écriture ? Parce que son écriture – la vraie – était identifiable par la police ?

Je méditai longuement sur ces trente lettres et arrivai à la conclusion que le scripteur, l'assassin qui s'adressait systématiquement à Sir Charles Warren, préfet de police et « patron » de Scotland Yard, avait un compte à régler avec la police. Sir Charles était un homme redouté et brutal. L'année précédente, il avait dirigé une sanglante répression policière contre des grévistes rassemblés à Trafalgar Square. Il y avait eu un mort et des centaines de blessés. On avait baptisé ce jour le « dimanche sanglant » (*Bloody Sunday*). Warren avait de quoi alimenter les rancœurs. De là, j'en suis venue à me demander si des raisons plus personnelles auraient pu pousser l'Éventreur à en vouloir au chef de la police. En examinant de près les archives et en opérant une série de rapprochements, je ne tardais pas à découvrir les éléments qui me manquaient. Les doutes n'étaient plus permis, tout concordait : les lettres, les meurtres, les menaces. Je croisais toujours la piste du même homme…

Je m'engageais alors dans une recherche plus difficile : reconstituer la vie de mon suspect. En procédant par recoupements, je mis à jour plusieurs indices concordants qui consolidèrent ma certitude. Et la suite de mon enquête allait renforcer mes convictions. Tous les événements se juxtaposaient parfaitement. Les preuves de sa culpabilité – on le constatera dans les pages qui suivent – s'accumulaient. Je savais, enfin, qui se cachait derrière le sobriquet de « Jack l'Éventreur ».

C'est ainsi qu'au terme d'une quinzaine d'années d'enquête, de recherches, d'analyses, de questionnements, de découvertes, je suis parvenue à une terrible certitude : sous le masque de Jack l'Éventreur se dissimule un des hommes les moins soupçonnables de la haute société britannique. Un homme maîtrisant l'art de faire disparaître les preuves, apte à dissimuler sa double personnalité, avec suffisamment d'élégance pour terminer sa vie sous les honneurs. Un homme qui a emporté dans la tombe son terrifiant secret…

Première partie

LE CRIMINEL LE PLUS CÉLÈBRE DE TOUS LES TEMPS

Chapitre premier

L'EAST END DE L'ÉVENTREUR

Le Londres de 1888 a deux visages : à l'ouest de la Tamise, la ville se développe dans une ambiance de prospérité, sinon de luxe. Victoria règne depuis un demi-siècle. On vient de fêter son jubilé et elle incarne les vertus morales d'un empire en pleine expansion. La « Rule Britannia », la Règle, se veut un exemple pour le monde entier. Avec ses quatre millions et demi d'habitants, Londres est la plus grande ville d'Occident.

Mais c'est aussi, dans sa partie est, la ville de tous les malheurs. L'East End, où s'entassent populations défavorisées et immigrants venus d'Europe centrale, offre le spectacle à peine soutenable d'une misère qui dépasse tout ce qu'on voit dans les bas-fonds des autres cités d'Europe. L'East End englobe une grande partie des installations portuaires sur la Tamise, les docks. Il est séparé de la City – quartier des affaires soumis à une juridiction et à une police particulière – par les vestiges d'un mur médiéval, dont un fragment subsiste à Tower Hill. Bordé par la célèbre Tour de Londres et le Tower Bridge, l'East End comprend les quartiers de Spitalfields, Bethnal Green, Shoreditch, Hackney et Whitechapel.

En 1886, Charles Booth, sociologue qui étudia la pauvreté à Londres, dévoilait que « plus d'un tiers des habitants de l'East End ne mangeait pas à sa faim et que s'étendaient les ravages de la maladie, de l'alcoolisme et de la prostitution ». Les voyageurs étrangers qui plongent dans cet univers de ténèbres en sortent en général traumatisés, comme le dessinateur français Gustave Doré, dont le livre de croquis réalisés dans ces quartiers obtint un grand succès en 1886.

À Whitechapel en particulier, l'air est irrespirable. Usines et ateliers rejettent jour et nuit des fumées toxiques, des enfants chétifs errent en quête de nourriture, des asiles de nuit, les Doss-House, recueillent des épaves rongées par la tuberculose ou l'alcoolisme.

L'enfer de Whitechapel

À Whitechapel où vivent, pense-t-on, près de quatre-vingt mille personnes, on dénombre deux cents asiles – et soixante-deux maisons closes ! Scotland Yard, qui effectue des rondes régulières dans les bas-fonds, estime à plus de mille deux cents le nombre des femmes obligées de vendre leurs charmes pour survivre. La misère est la plus grande pourvoyeuse de prostituées. La criminalité, la violence y sont monnaie courante. Les statistiques de l'année 1888 signalent d'ailleurs un accroissement de deux pour cent de délits criminels par rapport à l'année précédente. Malgré l'étroite surveillance de la police métropolitaine (« Met »), dont le préfet Warren est le responsable suprême, l'East End détient le triste record des crimes de sang. La grande famine en Irlande des années 1846-1850, qui a fait un million et demi de morts, a attiré à Londres une foule de gens en quête de travail. Mais les salaires sont misérables et beaucoup de femmes, ouvrières le jour, n'ont d'autre issue que la prostitution nocturne. Ces occasionnelles, ou *dollymops*, dévorées par l'alcool, tombent le plus souvent sous le joug des proxénètes ou des gangs. À l'afflux des Irlandais, s'ajoute l'arrivée régulière et massive d'immigrés attirés par l'éclat de l'Empire et les promesses – non tenues – de plein-emploi dans une industrie en développement. Ouvriers allemands ou français, juifs russes fuyant les pogroms tsaristes, hindous s'entassent dans des taudis où la maladie ne tarde pas à les terrasser. Une humanité en proie au désespoir et décrite par Charles Dickens, un Londres où les files d'attente s'allongent à la porte des asiles de nuit et des hospices. Enfant, Charlie Chaplin en a fait la douloureuse expérience. Sa mère, comédienne irlandaise dont la voix s'était brisée, abandonnée par son mari, n'avait eu d'autre solution que de placer ses deux fils dans un hospice de Whitechapel.

C'est dans ce périmètre relativement réduit de Whitechapel – deux kilomètres carrés et demi – que va naître un prédateur exceptionnel, dont le souvenir marquera son époque. En moins de deux mois et demi, il va assassiner – au moins – cinq malheureuses prostituées dans des conditions particulièrement atroces, évoquant sadisme et ritualisation. À l'époque, on ne parle pas encore de *serial killer*, de « tueur en série », les « profileurs » n'existent pas et la police ne dispose que de moyens limités : la méthode anthropométrique, mise au point par Alphonse Bertillon, est encore balbutiante ; la photographie exige un équipement lourd (la bobine et l'appareil léger viennent tout juste de faire leur apparition). De plus, le climat social est troublé : le préfet de police Warren vient de réprimer dans le sang une révolte ouvrière, tandis que le mouvement dit « radical » regroupe de jeunes journalistes en quête de justice sociale, comme George Bernard Shaw.

Dans ce contexte particulier, qu'on peut qualifier de « criminogène », les actes horribles du tueur de Whitechapel auront un impact imprévu sur la population. Les journaux s'en empareront et pas seulement les *penny dreadful* à gros tirage qui ont l'habitude de raconter avec un luxe de détails les crimes des quartiers déshérités. Les quotidiens dits sérieux, comme le très respectable *Times*, vont se focaliser sur les meurtres de Whitechapel. Et le monstre, qui signe « Jack l'Éventreur », deviendra une célébrité, un monument dans la « culture du crime ».

Aujourd'hui encore, cent vingt ans après les faits, l'ombre qui entoure l'assassin a conservé son pouvoir de fascination, sinon son mystère…

Chapitre II

PREMIER ACTE

Le vendredi 31 août 1888, une femme est retrouvée sauvagement mutilée dans Buck's Row. La malheureuse a été égorgée. L'abdomen est fendu sur la longueur, mais l'ensemble des organes et des viscères est en place. La presse londonienne, qui d'ordinaire ne s'intéresse que très modérément à la vie des indigents, va, sous l'impulsion des radicaux comme George Bernard Shaw, se saisir de cette affaire et dénoncer les conditions sociales de l'East End. C'est la première fois qu'un crime dans ces quartiers obtient une telle publicité. C'est qu'il est de nature particulière. Il ne s'agit pas de l'œuvre d'un gang comme celui des « Old Nichols ». Ni de celle du tueur à la baïonnette qui s'en est pris un mois plus tôt à Martha Tabram et dont le corps, retrouvé dans George Yard, a été lardé de trente-neuf coups de couteau. Non, cette fois, le contexte est différent. La pauvre Mary Ann Nichols a été victime d'un tueur très particulier. Le prédateur opère d'une manière suffisamment inquiétante pour alerter la presse radicale (*Pall Mall Gazette*, *Star*) et la presse conservatrice (*Times*). Le tueur agit méthodiquement et n'a rien à voir avec les crimes crapuleux commis précédemment.

Mary Ann Nichols, première victime de l'Éventreur

Mary Ann Nichols[1], de son vrai nom Mary Ann Walker, est l'une des nombreuses prostituées de Whitechapel. Âgée de quarante-trois ans, cette femme aux yeux marron et aux cheveux bruns est décrite par son amie Ellen Holland comme « propre sur elle et coquette[2] ». Le seul défaut qu'on lui connaisse est sa dépendance à l'alcool. Mary Ann, dite « Polly », a épousé William Nichols le 16 janvier 1864. Le couple a eu cinq enfants : Edward John né en 1866, Percy George, 1868, Alice Esther, 1870, Eliza Sarah, 1877, et Henry Alfred, 1879. William et Polly ont tout d'abord vécu à Bouverie Street, puis emménagent au 131 Trafalgar Street. Ils logent ensuite à différents endroits pendant six ans et finissent par s'établir à Stamford Street, sur Blackfriars Road, près des docks.

En 1881, Polly quitte son mari après une union de vingt-quatre années. Sans source de revenu, elle n'aura d'autre choix que la prostitution. La chute s'annonce terrible. William, qui découvre la situation équivoque de Polly, décide de lui couper sa maigre pension. Il ne lui reste rien. Son ex-mari se servira d'ailleurs de ce motif pour lui retirer légalement la garde des enfants. Il évoquera lors d'un procès « l'immoralité de Polly[3] ». Livrée à elle-même, la pauvre femme sombre dans une dépression grave. L'alcool devient son seul exutoire quand en 1886, une autre tragédie vient la bouleverser. Son frère trouve la mort dans une explosion due à une lampe à paraffine. Cette fois, Polly part complètement à la dérive. Faute de moyens suffisants, elle ne peut se payer une chambre en pension. Sa seule alternative est d'être prise en charge par le gouvernement. Elle entre à l'« asile de travail » de Lambeth où elle fait la connaissance d'une amie d'infortune. Encouragée par cette amitié, elle écrit une lettre émouvante à son père :

> « Je vous écris juste pour vous dire que je serais heureuse que vous sachiez que je me suis installée à une nouvelle adresse, où je me trouve très bien maintenant. Des gens sont sortis hier, et ne sont pas rentrés, aussi j'ai pu être prise en charge. L'endroit est grand, avec des arbres à l'avant et derrière […]. J'espère que vous vous portez bien et que le fiston a du travail [...].
>
> Bien, je vous dis au revoir.
>
> Sincèrement,
>
> *Votre Polly.*
>
> PS : Répondez-moi vite de grâce et ayez l'obligeance de me donner de vos nouvelles[4]. »

Son père répondra, mais pas avec la meilleure des dispositions paternelles. Quelque temps plus tard, elle emménage dans une pension de famille modeste, située

18 Thrawl Street, dans le quartier de Spitalfields, et partage sa chambre avec quatre autres femmes.

Le 24 août 1888, Polly s'installe dans une pension, 56 Flower and Dean Street, en fait une maison close. Stride et Eddowes (troisième et quatrième victimes de Jack l'Éventreur) y feront d'ailleurs un bref passage.

Incendie et meurtre dans la même nuit

Au soir du jeudi 30 août, le brouillard succédant à la pluie s'est abattu sur Londres. Vers 20 heures 30, un violent incendie s'est déclaré dans les docks, le long de la Tamise, à Shadwell, district de Whitechapel. Des entrepôts de la Compagnie des Indes, où étaient stockés du gin et du brandy, ont été la proie des flammes.

La lueur de l'incendie a été visible jusqu'au centre de Londres. Les pompiers ont mis des heures à maîtriser le feu, qui a attiré beaucoup de curieux.

Sept heures plus tard, transporté à l'hôpital de Whitechapel, le corps d'une femme assassinée est examiné aux premières heures du jour par le docteur Henry Llewelyn dont le cabinet se trouve près de Buck's Row. La victime est identifiée dans la matinée. Il s'agit de Mary Ann Nichols. Une « collègue » revenant des docks en flammes l'a croisée vers 3 heures du matin sur Whitechapel Road. Ce sera la dernière personne à l'avoir vue vivante. L'inspecteur Donald S. Swanson du CID est chargé de l'enquête (il remettra son rapport le mois suivant). Il établit qu'on se trouve en face d'un tueur d'une espèce particulière, méthodique, froid, et que le meurtre de Polly diffère des assassinats commis récemment à Londres, comme celui d'une autre prostituée, Martha Tabram, il y a un mois dans George Yard. Le tueur de Polly a agi avec un extraordinaire sang-froid. Il n'a pas violé sa victime. À ce stade de l'enquête, Scotland Yard ne bénéficie d'aucune piste exploitable. L'assassin de Polly reste introuvable – comme le criminel qui, la nuit du meurtre, a mis le feu aux entrepôts de Shadwell…

Retour sur la nuit du jeudi 30
au vendredi 31 août 1888

23 heures. – Polly a besoin d'argent. Elle se résout à prendre la direction des bas quartiers. Elle arpente les rues de Whitechapel, à la recherche d'un client.

Minuit 30. – On la voit errer à l'angle de Brick Lane et de Thrawl Street, près d'un pub, The Frying Pan, puis elle se dirige vers la pension du 18 Thrawl Street.

Entre 1 heure 20 et 1 heure 40. – Son logeur la met à la porte. Elle n'a pas les moyens de payer sa chambre mais promet de revenir avec l'argent : « Je trouverai bien vite quelqu'un ! Visez donc mon beau chapeau[5] ! »

2 heures 30. – Polly croise Ellen Holland à l'angle de Whitechapel Road et d'Osborn Street. La jeune femme revient des docks de Shadwell où un incendie s'est déclaré. Elle regarde l'horloge de Matfellon après avoir suggéré à Polly qu'elle l'accompagne. Cette dernière, complètement éméchée, décline l'offre et avoue « qu'elle a bu l'équivalent de trois fois le prix de sa

BUCK'S ROW

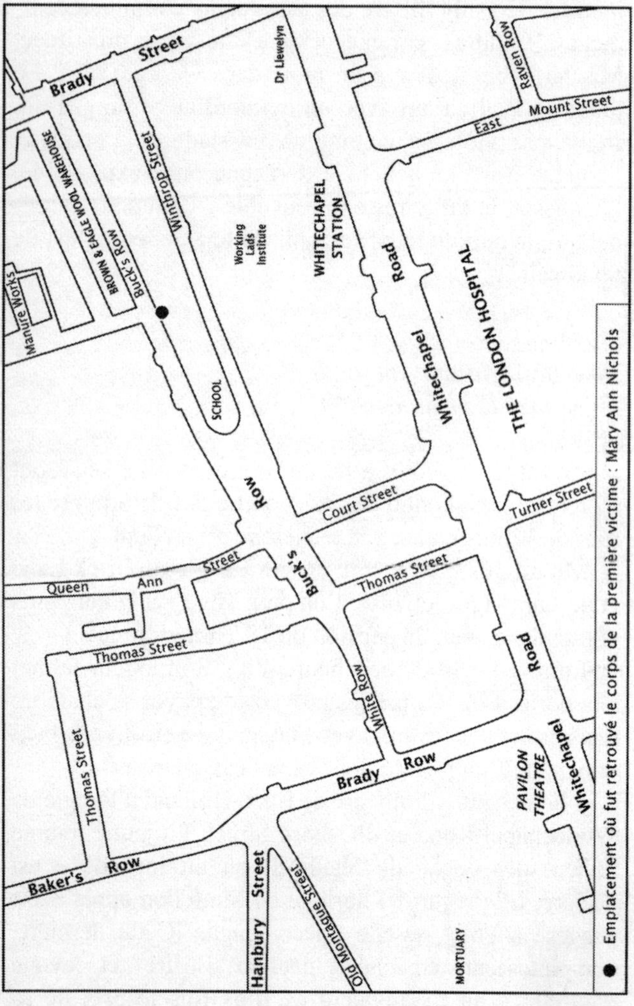
Brady Street
Dr Llewelyn
Raven Row
East Mount Street
Winthrop Street
BROWN & EAGLE WOOL WAREHOUSE
Buck's Row
Manure Works
Working Lads Institute
WHITECHAPEL STATION
Whitechapel Road
THE LONDON HOSPITAL
SCHOOL
Buck's Row
Court Street
Turner Street
Queen Ann Street
Thomas Street
Thomas Street
Thomas Street
White Row
Brady Row
Whitechapel Road
PAVILON THEATRE
Baker's Row
Hanbury Street
Old Montague Street
MORTUARY
Emplacement où fut retrouvé le corps de la première victime : Mary Ann Nichols

chambre, tout cela dans la même journée[6] ». Dix minutes passent, les deux femmes se séparent. Polly s'aventure dans Whitechapel Road.

3 heures 15. – L'agent de police John Thain arpente Buck's Row. Il ne remarque rien d'inhabituel. De son côté, le sergent Kerby[7] de Scotland Yard descend la même rue ; rien à signaler.

3 heures 40 à 3 heures 45. – Charles Cross, un charretier, part travailler dans le quartier de Pickfords lorsqu'il découvre une bâche abandonnée dans Buck's Row. Robert Paul, résident de Foster Street, lui aussi charretier, part pour Corbett's Court dans Spitalfields quand il aperçoit un homme au beau milieu de Buck's Row. C'est Charles Cross, qui emprunte le trottoir et vient à sa rencontre. Il l'incite à le suivre. Robert Paul obtempère. Arrivé devant la masse sombre, Cross soulève la bâche : « Je crois qu'elle est morte[8]. » Robert Paul se penche au-dessus de la femme allongée. Le corps est encore chaud. Les deux hommes se demandent si elle respire. Ils n'ont pas vu les mutilations.

Le corps de Polly a été retrouvé par les deux hommes dans les secteurs de la poissonnerie de l'Essex, des laines Brown and Eagle, au coin de l'usine de Schneider's Cap, devant un porche d'entrée. Celui d'une écurie de Buck's Row.

William Nichols, son ex-mari, l'identifiera par la suite. On fera le point sur ses maigres affaires : la femme possédait un bonnet noir, un long manteau d'hiver style ulster, marron et rouge, une robe marron, deux jupons provenant du Lambeth Workhouse et divers petits accessoires sans importance.

Dans le *Times* du 3 septembre, on lira le compte-rendu *post mortem* établi par le docteur Llewelyn, dont le cabinet ne se trouve qu'à cent mètres du lieu du crime :

> « Cinq dents étaient manquantes et la langue avait été lacérée. La mâchoire présentait de multiples contusions sans doute dues à des coups de poing. Le côté gauche du cou, un centimètre au-dessous de la mâchoire était incisé depuis une oreille jusqu'à l'autre et l'incision [huit centimètres environ] s'arrêtait à quelques centimètres des oreilles. Une large lame [couteau ou scalpel] moyennement affûtée avait servi. Il n'y avait pas de trace de sang sur la poitrine, ni même sur le corps ou les vêtements. Pas de blessures sur le corps hormis au bas de l'abdomen. À cinq ou six centimètres du côté gauche de l'abdomen, on trouva une blessure de taille considérable aux contours déchiquetés. La blessure était très profonde et avait franchi les tissus. Plusieurs incisions avaient été pratiquées à travers l'abdomen et furent infligées plus bas sur le côté droit. Les blessures administrées de gauche à droite laissaient à penser que la personne était gauchère. Toutes les blessures avaient été infligées à l'aide d'un même instrument[9]. »

La victime n'a pas été violée

L'enquête policière confirmera que Polly a été attaquée par derrière. Les hématomes sur le visage et la mâchoire indiquent que l'assassin l'a empêchée de crier avant de l'égorger. Quand elle s'est retrouvée sur le dos, le tueur a retroussé ses vêtements sur le visage pour l'étouffer. Malgré la posture dans laquelle Charles Cross et Robert Paul ont découvert Polly, elle n'a pas été violée. Sur place, aucune trace de sperme ne fut retrouvée.

Le matin du 1er septembre 1888, aux environ de 4 heures, les employés de la morgue de Whitechapel, Robert Mann et James Hatfield, commettent l'erreur de laver le corps de Polly Nichols après avoir découpé ses vêtements pour les ôter plus aisément et ainsi « faciliter » le travail du docteur Llewelyn, le médecin légiste chargé de l'affaire.

Les deux hommes comparaissent le 17 septembre lors de l'audience préliminaire tenue par le coroner Wynne Baxter. Robert Mann est questionné assez rudement et admet qu'à l'arrivée à la morgue, les vêtements étaient intacts, ni entaillés, ni déchirés. Il ajoute que le sang les aurait durcis.

Lors de ce premier meurtre, l'assassin n'a prélevé aucun organe sur la victime. L'idée du « trophée » n'émergera qu'après le deuxième crime.

Le meurtre de Polly, dans les jours qui suivent, fait l'objet de nombreux articles dans la presse. Le *Times*, on l'a vu, publie le rapport du docteur Llewelyn. Les journaux d'opposition saisissent cette occasion pour dénoncer les terribles conditions de vie qui sévissent dans l'East End, et à Whitechapel en particulier. Des bonnes consciences s'émeuvent.

Chapitre III

À MOITIÉ DÉCAPITÉE…

Une semaine après la découverte du corps poignardé de Mary Ann Nichols, le samedi 8 septembre, vers 6 heures du matin, John Davis, un voiturier partant au travail, sort de son logement, 29 Hanbury Street, dans le quartier de Whitechapel et découvre le long d'une palissade un corps inanimé. Affolé, il réclame de l'aide. Il s'agit d'une femme. Son visage est enflé et tuméfié. Elle a été égorgée, presque décapitée. Un foulard rouge est noué autour de son cou et sans la présence de celui-ci, la tête se serait peut-être détachée du corps. Le spectacle est horrible : les intestins sont enroulés autour de l'épaule droite. L'alerte est donnée, la police arrive sur les lieux du drame. Le corps est transporté à la morgue, où il est examiné par le docteur Phillips, chirurgien de la division H de la police métropolitaine.

Le bruit d'un nouveau crime se propage dans Londres comme une traînée de poudre. Bientôt, des cortèges de protestation se forment à Whitechapel et dans les quartiers avoisinants. Des membres du Working Men's Educational Club de Dutfield Yard se rendent en délégation dans les locaux de Scotland Yard pour exiger l'arrestation du – ou des – tueur(s) de prostituées. L'*East London Advertiser* du 15 septembre dénonce la « terreur rouge » qui règne dans les quartiers misérables. Le nom de « Jack l'Éventreur » n'est pas encore apparu. Une controverse naît alors. Le docteur Phillips affirme que le criminel possède nécessairement des connaissances anatomiques chirurgicales, d'autres prétendent le contraire. C'est à partir de ces déclarations que va naître la thèse du tueur chirurgien ou du médecin fou de l'East End.

Annie Chapman

Née en septembre 1841, Eliza Ann Smith a épousé John Chapman – cocher de son état – le 1er mai 1869. Celle qu'on appelle « Annie » a alors vingt-huit ans. Le couple emménage à Brompton, un quartier situé dans les districts de Kensington et Chelsea, à Londres. Son mari travaille pour le compte d'un gentleman de Clewer. Cocher à Windsor, il entretient le ménage à l'aide de revenus irréguliers. À maintes reprises, John est licencié par ses patrons, dont un aristocrate demeurant Bond Street, qui l'accuse d'être malhonnête.

Annie et John Chapman s'accommodent de leur situation instable. Trois enfants naissent : Emily Ruth (1870),

Annie Georgina (1873) et John (1881). Emily mourra d'une méningite à douze ans.

En 1884-1885, le couple se sépare d'un commun accord. Le motif de la séparation n'est pas clair. La police évoque l'alcoolisme d'Annie et sa « conduite immorale ». Mais, en dépit de son attitude déplorable, John se montre généreux puisqu'il lui verse une pension hebdomadaire. Ces dix shillings lui suffisent amplement pour vivre. Malheureusement, cette source de revenus prend fin à la mort de John à Noël 1886. Selon Amelia Farmer – une amie résidant au 30 Dorset Street, Spitalfields – cette disparition la laisse inconsolable. John Siwey, avec lequel Annie vivait, la quitte au moment où elle cesse de percevoir sa pension.

Cette mère de deux enfants se retrouve sans ressources. Elle cesse de rendre visite à sa famille. Elle reverra son père, cinq mois plus tard, pour lui réclamer de l'argent. Peu à peu, Annie montre des signes de malnutrition. Elle sombre dans l'alcool. Les derniers moments de sa vie, Annie les passe à la pension de Crossingham, 35 Dorset Street. D'ici là, elle aura vendu ses travaux de couture et occasionnellement ses charmes. Annie est une femme de quarante-sept ans lorsqu'elle croise la route de l'Éventreur...

Les indices « parlent »

Dans la cour délabrée de Hanbury Street, où a été retrouvée le corps d'Annie Chapman, les policiers de Scotland Yard ont recueilli plusieurs objets-indices.

Certains, après cent vingt ans, continuent de nous interroger.

Premier indice. – Un tablier de cuir, comme en portaient à l'époque certains ouvriers, les savetiers par exemple, se trouvait aux côtés de la victime. Cela a suffi pour que l'on désignât comme coupable un bottier demeurant à peu de distance de Mulberry Street. Il s'appelait Pizer et fut aussitôt arrêté. Il était juif, ce qui provoqua, dans le quartier, une flambée d'un antisémitisme latent à Whitechapel. Le malheureux Pizer allait être lynché et dut fournir des alibis pour sauver sa tête. Le soir de la mort de Mary Ann Nichols, il se trouvait sur les docks en flammes et put prouver qu'au moment du meurtre, il discutait avec un policier. La nuit du deuxième meurtre, il n'avait pas quitté son domicile. Le tablier en cuir appartenait en fait à un voisin nommé Richardson et résidant au 29 Hanbury Street. On relâcha Pizer, mais les accusations cnvers les juifs allaient ressurgir plus tard avec une violence rare.

Deuxième indice. – Le foulard rouge serré autour du cou entaillé d'Annie Chapman n'appartenait pas à la victime. Un journaliste du *Star* fit remarquer que ce foulard serait la marque des thugs[1], les adorateurs de la déesse Kali, une secte de tueurs sévissant aux Indes. Il suggérait que l'enquête devait peut-être explorer cette piste. On releva aussi, dans la boue de la cour, des empreintes de semelle en caoutchouc de type indien. L'avantage de ces semelles est d'être silencieuses…

Un *troisième indice* attisa la curiosité des journalistes à l'affût : on ramassa près du cadavre mutilé d'Annie Chapman un morceau d'enveloppe portant l'initiale « M ». L'origine de ce fragment de papier n'a jamais été clairement établie.

L'adresse du destinataire laisse apparaître deux éléments : « 2 Sq[2] » et « M ». On remarque également les armes du Royal Sussex Regiment[3]. Le cachet sur l'enveloppe indique : 28 août 1888. On ignore encore à ce moment que le fragment de lettre est un indice laissé volontairement par l'assassin. Nous aurons l'occasion de revenir sur ces points dans la troisième partie de cet ouvrage.

Retour sur la nuit du vendredi 7 au samedi 8 septembre 1888

23 heures 30. – Annie Chapman rentre à la pension de Crossingham's Lodging House et demande la permission d'aller en cuisine.

Minuit 12. – William Stevens, un peintre locataire de la pension, boit une bière avec Annie dans la cuisine. Le témoin la voit ensuite glisser ses comprimés dans un morceau de papier plié, qui sera retrouvé près de son corps. Selon Stevens, Annie l'aurait fait après avoir cassé son pilulier. Elle aurait ensuite placé le bout de papier dans la poche de sa robe. Il la voit sortir de la cuisine lorsqu'elle précise simplement qu'elle « ne restera pas longtemps sans lit ». Sur le coup, Stevens pense qu'elle va partir se coucher. Lorsqu'elle quitte la cuisine, il est une heure du matin.

1 heure à 1 heure 30. – Annie Chapman part « boire un coup » selon ses propos.

1 heure 35. – Elle est de retour à la pension de Crossingham.

1 heure 45. – Annie cuisine une pomme de terre sur le poêle. Dès qu'il l'aperçoit dans la cuisine, Tim (Timothy Donovan, son logeur) menace de la flanquer dehors. Il lui demande si elle a l'argent pour payer son lit, elle fait signe que non. Tim se montre sarcastique : « Tu trouves bien de l'argent pour ta bière, mais quand il s'agit d'en dégoter pour ton lit… Tu connais la règle ? Pas de fric, pas de lit ! – Pas d'importance, je reviens bientôt. Pense à garder mon lit », supplie-t-elle une dernière fois[4]. Fin de non-recevoir de la part du logeur…

Annie a juste le temps d'adresser une dernière recommandation au veilleur de nuit. Elle insiste pour qu'il demande à Tim de lui garder « son lit habituel » jusqu'à ce qu'elle revienne avec l'argent. Timothy Donovan ne fera aucun geste. Pourtant, il connaissait Annie Chapman depuis seize mois et cela en faisait quatre qu'elle logeait dans sa pension. Il faut dire que cet homme est un individu peu recommandable, réputé pour voies de fait. En 1904, il sera jugé pour le meurtre de sa femme.

Le sort d'Annie Chapman n'émeut pas le logeur. Tuberculeuse ou pas, l'individu la chasse sans ménagement. Annie n'a pas le choix, elle déguerpit en vitesse de la pension. Le veilleur de nuit la voit tourner à l'angle de Little Paternoster Row et disparaître en direction de Brushfield Street. Pendant trois heures et quarante-cinq minutes, personne ne l'apercevra.

4 heures 45. – John Richardson, un résident, entre dans la cour du 29 Hanbury Street et s'assoit sur les marches pour réparer ses chaussures.

5 heures 30. – Elizabeth Long, habitant 198 Church Row, descend Hanbury Street. Elle entend l'horloge de la brasserie du Black Eagle, sur Brick Lane, sonner la demi-heure alors qu'elle dépasse l'angle de la rue qui l'amène à proximité du numéro 29. Contre les volets de cette maison, un couple discute. L'homme tourne le dos à Brick Lane, la femme est orientée en direction du marché de Spitalfields ; elle fait face à Elizabeth Long. Celle-ci est formelle, il s'agit d'Annie Chapman[5]. Elle n'entend rien de leur conversation, si ce n'est la question laconique de l'homme : « Tu veux bien ? » La femme acquiesce.

Long ne verra pas le visage du client. Selon elle, il porte un chapeau de chasse marron et un manteau de couleur foncée : « À ses vêtements, on aurait dit qu'il essayait de sauver les apparences et semblait d'origine étrangère. » Désigne-t-elle un étranger ou un Anglais qui aurait passé du temps à l'étranger et en aurait gardé quelques traces ? La question mérite d'être posée. Après cette brève rencontre, Long les dépasse pour se rendre au marché de Spitalfields[6].

Après 5 heures 30. – Albert Cadoche sort du 29 Hanbury Street pour se rendre à son travail. Au moment de dépasser la clôture mitoyenne séparant le numéro 29 du 27, il entend de l'autre côté de la palissade une plainte étouffée. Une voix de femme. « Non ! Non ! » Puis la clôture tremble comme sous un impact. De l'endroit où il se trouve, Cadoche ne peut apercevoir quiconque.

6 heures. – John Davis, qui occupe le troisième étage du 29 Hanbury Street, sa tasse de thé avalée, sort du loge-

ment. Il traverse la cour. Là, au bas des marches, il reste pétrifié. Une silhouette inanimée recouvre les dalles cassées de la cour détrempée. Affolé, il réclame de l'aide : « Hé, par ici les gars[7] ! »

Le corps de la pauvre Annie est allongé sur le dos, parallèle à la palissade. La malheureuse victime est égorgée (quasiment décapitée) et mutilée. Vision d'horreur : organes internes et intestins ont été extraits de leurs cavités. Les intestins sont enroulés autour de l'épaule droite. Sur l'épaule gauche reposent l'estomac et son nombril. La police arrive rapidement sur les lieux et ne peut que constater l'ampleur du désastre.

Le docteur George Bagster Phillips – chirurgien de la division H, affecté à la police métropolitaine – se joint aux équipes dépêchées sur place. Il se charge de l'autopsie aux alentours de 6 heures 30 et estime que l'heure de la mort remonte à deux heures. D'après le médecin, Annie Chapman aurait donc été assassinée vers 4 heures 30. Or, ce fait est contredit par les témoignages d'Elizabeth Long et d'Albert Cadoche, qui permettent de situer la mort aux alentours de 5 heures 30. Le rapport du docteur Phillips[8] contient des erreurs notables. Pour fiabiliser cet examen, un relevé de la température rectale ou de celle du foie aurait été nécessaire.

Le rapport du docteur Phillips a été publié par le *Times* :

> « […] Le visage était gonflé et tourné vers la droite. La langue était très enflée et coincée entre les dents, mais ne dépassait pas les lèvres. La gorge avait été profondément tranchée par des incisions irrégulières et circulaires. […]

Dans la cour de l'immeuble, je remarquai des taches de sang directement situées au-dessus de la tête de la victime, à une hauteur d'environ trente-cinq centimètres. Plusieurs contusions sont constatées : une au-dessus de la tempe droite, une autre sur la paupière et deux autres encore, de la taille d'un pouce masculin, sur le haut de la poitrine [...]. Une abrasion marque un doigt de la main gauche, où se trouvaient probablement une, voire plusieurs bagues [...]. Concernant les blessures à la gorge, les incisions de la peau indiquent qu'elles ont été infligées en partant de la gauche du cou [...]. La structure musculaire paraît indiquer que l'assaillant a tenté de séparer les os du cou. Il a immobilisé la victime en la tenant par le menton, avant de trancher sa gorge de gauche à droite. L'observation de la langue et du visage indique une suffocation de la victime [...].

L'abdomen a été totalement ouvert : les intestins, tranchés de leurs attaches mésentériques, furent extraits de la cavité abdominale pour être placés sur l'épaule droite de la victime. L'utérus et ses appendices, la partie supérieure du vagin, ainsi que les deux tiers postérieurs de la vessie ont été intégralement retirés. Ces organes ne se trouvaient pas sur les lieux. Les incisions étaient précises, évitant le rectum, tout en coupant le vagin de manière suffisamment basse pour éviter d'endommager l'utérus. [...] La lame de l'instrument doit, en conséquence, mesurer au moins treize à dix-huit centimètres de long[9]. »

Au nombre des possessions de la victime, on recense un long manteau noir, une chemise, deux gilets, deux justaucorps, un peigne et d'autres accessoires féminins. À côté du corps sont retrouvés le fragment d'enveloppe mentionné plus haut, deux bagues en cuivre appartenant à la victime ainsi qu'un bout de papier contenant deux pilules.

Le meurtrier a paniqué

Si l'on suit le raisonnement du docteur Phillips, la victime aurait été préalablement et partiellement étranglée avant d'être égorgée. Le gonflement du visage et la protrusion de la langue confirment cette hypothèse, de même que son cri étouffé entendu par le témoin Cadoche. Aucune trace de cyanose de la face ne fut relevée, juste des ecchymoses sous-conjectivales. Elle était donc consciente au moment où on l'a égorgée. Les traces de pression constatées autour de la mâchoire, à savoir les ecchymoses cutanées arrondies dues à la pression des pulpes (doigts) et celles retrouvées sur le menton montrent que le tueur a soulevé le menton de la victime pour mieux l'égorger. L'incision de gauche à droite prouve qu'il est gaucher.

Le tueur a paniqué, il aurait dû avoir la présence d'esprit de bâillonner sa victime au lieu de l'étrangler directement. L'étouffement est l'acte le moins radical et la mise en danger est décuplée car la victime résiste à son assaillant. Elle contractera les muscles, d'autant plus si elle est de forte corpulence. L'hyperflexion du cou reste un moyen efficace de résistance, la victime peut encore crier dans ce laps de temps et alerter l'entourage.

L'assassin a vidé la totalité des poches de la victime pour en disposer méticuleusement le contenu à ses pieds (peigne à cheveux, brosse à dents, un fragment grossier de mousseline, farthings astiqués, bagues, etc.). À côté de sa tête se trouvait le morceau d'enveloppe estampillée aux armes du Royal Sussex Regiment, sur laquelle figure un fragment d'adresse, d'une écriture masculine.

L'assassin a tenté de décapiter la victime, en essayant de séparer au couteau les os de son cou, mais il a été incapable de trancher la tête. En tournant le couteau de façon à décoincer les vertèbres cervicales, il devenait possible de décapiter la victime sans recourir à la scie. Agir autrement est impossible. On ne peut trancher une colonne vertébrale à l'aide d'un couteau, même de grande taille. S'il avait coincé sa lame entre la sixième et la septième vertèbre, la décapitation aurait été possible. Le docteur Phillips prétendra que l'auteur de ces méfaits devait posséder des « connaissances anatomiques ». D'autres médecins spécialistes de l'affaire iront à l'encontre de cette observation, en prouvant que les connaissances rudimentaires du tueur sont à la portée de quelques amateurs éclairés. Lors de l'audience tenue au Working Lads' Institute par le coroner Wynne Baxter, la version du docteur Phillipps fut exagérée de telle manière que la presse fut désormais convaincue qu'elle avait affaire à un médecin. Et Baxter de résumer : « Le corps n'a pas été disséqué, mais les blessures infligées ont été commises par quelqu'un possédant de considérables connaissances chirurgicales et anatomiques. » Or le docteur Phillips n'a pas utilisé le terme « considérables » dans son rapport ; il a simplement évoqué des « connaissances anatomiques ». Paniqué à l'idée qu'un discrédit soit jeté sur le corps médical londonien dans son ensemble, le *British Medical Journal* s'empressa de démentir : « Il n'existe pas de fondement solide à cette théorie, et les rapports erronés qui ont été transmis à la presse font que cette hypothèse doit être rejetée[10]. »

On notera enfin une faute professionnelle grave : à son arrivée à la morgue du Whitechapel Workhouse Infirmary, le corps d'Annie Chapman fut lavé (comme celui de Polly Nichols !) au regret du docteur Phillips, qui pratiqua l'autopsie. Signalons que ce docteur examinera le corps de quatre victimes sur cinq.

Avec l'assassinat d'Annie Chapman, on vient de franchir un degré de plus dans l'horreur. Le 15 septembre 1888, une semaine après le meurtre de cette dernière, la foule s'en prend aux juifs et aux bouchers, aux cris de « *Fetch them out !* » (« lynchez-les ! »).

Suite aux débordements, la police inspecte et perquisitionne plus de deux cents asiles et dépôts de mendicité. Huit mille cinq cents suspects sont interrogés. Dans le strict cadre de l'enquête…

Chapitre IV

LE TUEUR FUT DÉRANGÉ…

Le 17 septembre 1888, une lettre parvient à Scotland Yard :

« Cher Patron,

Donc maintenant ils disent que je suis juif ? Quand apprendront-ils ? Vous et moi connaissons la vérité. Attrapez-moi si vous pouvez.

Jack l'Éventreur[1]. »

La « terreur rouge » des journalistes a désormais un nom, qui va enflammer les imaginations, et donner naissance à de nouvelles hypothèses. Le « cher patron », bien sûr, fait l'objet de multiples spéculations. Et le défi – « Attrapez-moi si vous pouvez » (« *Catch me if you can* ») – accroît le suspense.

Le public n'attendra pas longtemps. Dans la nuit du dimanche 30 septembre, vers une heure du matin, un camelot, vendeur de bijoux bon marché, Louis Diemschutz, remonte Berner Street à Whitechapel, avec son attelage. Soudain, au niveau de la cour de Dutfield, son poney se cabre. Diemschutz se penche, descend du véhicule, craque une allumette pour comprendre ce qui effraie l'animal. Il découvre, allongé sur le sol, le corps d'une femme qu'il juge en état d'ivresse. À proximité se trouve le Club des travailleurs en faveur de l'éducation (*International Working Men's Educational Club* ou *IWMEC*[2]), qui rassemble des socialistes – certains disent : anarchistes – en majorité juifs. Ce sont eux qui se sont rendus en délégation à Scotland Yard, quelques jours auparavant, pour réclamer des renforts de police. Cette nuit – particulièrement pluvieuse et froide – le Club donne une soirée sur le thème : « Pourquoi les juifs doivent-ils être socialistes ? » Le débat vient de se terminer, comme c'est l'usage, par un intermède musical où les participants sont conviés à danser la polka. Soudain, la musique s'arrête.

Diemschutz vient de surgir comme un démon. Il appelle à l'aide. Rapidement, il quitte le hall d'accueil, escorté par Isaac Kozebrodsky et Morris Eagle. Le trio descend dans Dutfield Yard et se penche sur le corps étendu. Là, ils constatent avec horreur que la femme a été égorgée par celui qui s'est désigné lui-même sous le nom de Jack l'Éventreur.

Un médecin de quartier, le docteur Blackwell, est rapidement alerté. Il déclare que la femme est morte depuis moins de dix minutes et note que les vêtements ne présentent aucune tache de sang. Un petit bouquet de fleurs – géranium et fougère – est épinglé sur le manteau, la robe est déboutonnée vers le haut, un bonnet se trouve tout près de la tête. Louis Diemschutz avance l'hypothèse que dans l'obscurité, son arrivée avec la carriole a pu faire fuir l'assassin.

Arrivé sur les lieux, le médecin de Scotland Yard, George Bagster Phillips, qui pratiquera ensuite l'autopsie de la malheureuse, fait les observations suivantes :

> « La gorge de la victime a été tranchée par une incision nette sur quinze centimètres de large qui commence à environ six centimètres sous l'angle de la mâchoire. L'incision dévie quelque peu vers le bas. L'arme utilisée mesure environ douze centimètres [ce qui diffère de la lame de dix-huit à vingt centimètres, utilisée d'habitude par le tueur]. »

Cette déclaration conduira les enquêteurs à penser qu'en effet, le tueur a été interrompu dans sa basse besogne par l'arrivée imprévue de Diemschutz.

Phillips poursuit :

> « L'incision dévie quelque peu vers le bas. L'artère et les autres vaisseaux ont été sectionnés. La coupure des tissus du côté droit est plus superficielle, les vaisseaux sanguins s'y trouvant n'ont pas été endommagés […]. La cause du décès est due à la section de l'artère carotide gauche et la perte de sang qui s'ensuivit. L'incision a été effectuée de gauche à droite par un couteau à lame plutôt

large [douze centimètres], mais pas très pointu et passablement émoussé [...]. On note une grande dissemblance entre ce cas et celui d'Annie Chapman, dont le cou avait été tranché jusqu'à atteindre la colonne vertébrale, celle-ci étant dégagée par deux incisions, dans le but évident de décapiter la victime[3]. »

Elizabeth Stride

Née Elizabeth Gustafsdotter le 27 novembre 1843 en Suède, au nord de Göteborg, Elizabeth Stride a grandi dans une ferme entre sa mère, Beatta Carlsdotter, et son père, Gustaf Ericsson. Elle a occupé un emploi de domestique chez Frederick Olofsson. En mars 1865, elle est ramassée dans la rue et, le 21 avril, donne naissance à une petite fille. Elle vit quelque temps dans un faubourg de Göteborg.

Octobre 1865, Elizabeth est traitée à l'hôpital Kurkhuset pour des problèmes vénériens. Une fois rétablie, elle prend le bateau pour l'Angleterre et débarque à Londres en 1866, où elle devient employée de maison. Afin de s'en sortir financièrement, elle se rend à la paroisse et s'invente une histoire pour toucher les aides du gouvernement : elle prétend ainsi que toute sa famille a disparu dans le naufrage du *Princess Alice*[4], survenu à Woolwich en 1878.

Âgée de quarante-cinq ans au moment des faits, Elizabeth, dite « Liz », est une belle femme aux yeux gris clair, au teint pâle et aux cheveux sombres. Elle mesure environ un mètre soixante-cinq. Ses propriétaires la décrivent comme une femme sans histoires, même si plusieurs fois elle comparaîtra pour ivrognerie et tapage. Son activité professionnelle n'est pas régulière. De temps à autre, elle s'adonne à la couture. Parfois, elle exerce le métier de charretière. Très occasionnellement, elle est amenée à se prostituer. Son compagnon, Michael Kidney, l'entretient et l'aide à compléter ses revenus.

Retour sur la nuit du samedi 29
au dimanche 30 septembre 1888

18 heures 30. – Elizabeth Tanner, une veuve de Spitalfields, boit un verre en compagnie d'Elizabeth Stride au Queen's Head Public House, Commercial Street. Les deux femmes repartent ensuite à la pension tenue par Catherine Lane et Charles Preston, située au 32 Flower and Dean Street (Spitalfieds). La dernière fois que Miss Tanner[5] la voit, Elizabeth Stride se trouve dans la cuisine.

19 heures 20. – Stride part rendre visite à Thomas Bates, gardien de pension.

23 heures. – Les ouvriers J. Best et John Gardner se rendent à Settles Street lorsqu'ils croisent Elizabeth Stride accompagnée d'un petit homme arborant moustaches noires et favoris. Le couple sort du Brick Layer's Arms[6]. L'homme porte un chapeau noir, un costume et une veste. Il pleut très fort. Se penchant sur elle, il l'embrasse. Sa mise est soignée, c'est celle d'un homme de confiance. Les témoins sont étonnés de voir Stride en sa compagnie. Gardner remarque la fleur que porte Stride

à sa boutonnière. Les deux ouvriers leur proposent d'aller boire un verre, mais l'homme décline l'offre. Best et Gardner avertissent leur amie de la présence de « Tablier de cuir » (l'Éventreur) dans les parages, mais celle-ci ignore l'avertissement et s'éloigne avec son client en direction de Commercial Road et de Berner Street. On les voit partir ensemble après 23 heures.

23 heures 45. – William Marshall, ouvrier, se trouve au niveau du numéro 64 dans Berner Street, à proximité de Fairclough Street et de Boyd Street, quand il aperçoit la longiligne Elizabeth Stride, accompagnée d'un homme en habits noirs et casquette de marin, à la hauteur du numéro 63. L'homme un peu ventripotent, habillé comme un clerc, lui parle d'une voix éduquée : « Tu peux faire tes prières[7] ! »

Minuit 35. – L'agent de police William Smith effectue sa ronde lorsqu'il aperçoit Elizabeth Stride en compagnie d'un jeune homme dans Berner Street, à l'opposé du Club des travailleurs. Voici son signalement :

> « C'était un homme âgé de vingt-huit ans, vêtu d'un manteau noir et arborant un chapeau de chasse à bords de feutre rigides. Il portait un paquet de quarante-cinq centimètres de long sur vingt centimètres de large environ. Le paquet était enveloppé dans du papier journal. D'après mon estimation l'inconnu devait mesurer aux alentours d'1,70 mètre. » Smith ajoute : « Miss Stride portait une fleur à sa boutonnière[8]. »

Minuit 45. – James Brown dit avoir vu Elizabeth Stride accompagnée d'un homme. Le couple part en direction de Fairclough Street. Stride, qu'il avait croisée peu de temps auparavant, est maintenant adossée au mur, en face de cet homme, portant un long manteau descendant jusqu'aux chevilles. Le bras appuyé contre un mur, il la retient. Stride se refuse à lui et le gratifie d'une parole sans équivoque : « Pas ce soir, une autre fois[9]. »

À la même heure, Israel Schwartz traverse Berner Street pour se rendre à Commercial Road. En chemin, il voit un homme s'arrêter et parler à une femme sous un porche. Brutalement, celui-ci l'agrippe, la jette à terre et la traîne dans un recoin. La femme crie faiblement. En traversant la rue, il distingue un deuxième homme, en train d'allumer sa pipe. Schwartz identifie clairement Stride et décrit l'agresseur et son complice à la pipe :

> « Le premier homme – l'assaillant – avait environ trente ans, mesurait à peu près 1,65 mètre et semblait d'origine anglaise, avec une chevelure sombre, une petite moustache brune et des épaules larges. Il portait des vêtements sombres et une casquette noire à visière. […] Le fumeur de pipe avait environ trente-cinq ans, mesurait 1,78 mètre, avait une chevelure châtain clair, un pardessus sombre, et portait un vieux chapeau en feutre noir à bords larges[10]. »

Le plus petit d'entre eux jette la femme à terre. Il appelle celui qui semble être son complice et désigne le gêneur en criant : « Lipski[11] ! » (du nom d'un célèbre assassin juif, ayant sévi dans les quartiers populaires). Affolé, Schwartz s'éloigne, il est aussitôt suivi par l'homme à la pipe. Paniqué, Schwartz court en direction du pont de chemin de fer de Thilbury and Southend, espérant semer son poursuivant. Il y parvient au prix d'une énorme frayeur. Notre témoin – crucial pour l'affaire – sera dans l'incapacité de dire si les deux hommes étaient ensemble ou non. En revanche, il identifiera la femme agressée comme étant Elizabeth Stride.

1 heure. – Louis Diemschutz arrive dans Dutfield Yard et découvre ce qui semble être une femme en état d'ébriété. Le camelot s'inquiète pour sa propre femme qu'il est venu chercher ; elle travaille comme serveuse au Club des travailleurs. Enjambant rapidement l'escalier de l'association, l'homme, soulagé de voir sa compagne, informe les membres du Club qu'une femme gît dans la cour. Il réussit à se faire escorter de deux volontaires. Ils constatent que la femme est morte. Assassinée !

1 heure 16. – Le docteur Blackwell arrive sur place pour dresser l'état des lieux…

Les possessions de la victime se résument à une longue veste avec fausse fourrure aux cols et aux manches, un géranium écarlate et une fougère de Maidenhair épinglés à sa boutonnière, un body marron, un bonnet de crêpe noire et d'autres accessoires divers (peigne, clé, cuillère, etc.).

Victime de Jack ou pas ?

Le docteur Blackwell a déclaré être arrivé dans la cour de Dutfield à 1 heure 16 du matin et a estimé que la victime était morte depuis vingt ou trente minutes, soit entre minuit 46 et minuit 56. Par conséquent le meurtre de Stride s'est déroulé quelques minutes à peine avant que Diemschutz n'entre dans la cour de Dutfield avec sa charette. Le tueur, qui venait tout juste d'égorger Elizabeth Stride (corps chaud) quand Diemschutz est arrivé, n'a pas eu le temps de la mutiler.

Le docteur Blackwell livrera au coroner un témoignage supplémentaire :

> « J'ai examiné les vêtements sans trouver aucune trace de sang sur ceux-ci. J'ai remarqué un bouquet de fleurs sur sa veste et le bonnet de la décédée gisait au sol à quelques centimètres de sa tête. Sa robe était déboutonnée vers le haut[12]. »

« Une fleur à la boutonnière »... Faut-il y voir un geste de galanterie – macabre – de la part du tueur, avant qu'il ne passe à l'acte ? Certains spécialistes en sciences criminelles tel Stéphane Bourgoin[13] prétendent qu'Elizabeth Stride ne serait pas une victime officielle de Jack l'Éventreur, à cause de l'utilisation d'un couteau différent de celui employé habituellement (lame longue, tranchante et mesurant dans les dix-huit centimètres). Ici, la lame utilisée serait plutôt large et émoussée. Il est fort probable que dans l'état d'urgence où se trouvait le tueur, il se soit servi de l'arme de sa propre victime. En effet, beaucoup de prostituées portaient une arme, surtout depuis les méfaits de l'Éventreur. Si le tueur a cherché à étrangler sa victime pour la réduire au silence, il est possible que celle-ci ait tenté de se défendre avec un couteau qu'elle aurait sorti de son tablier. Son assaillant l'aurait alors retourné contre elle, pris de panique avec l'arrivée de Diemschutz dans la cour. Souvenons-nous qu'à peine deux heures plus tôt, Best et Gardner avertissaient Stride de la présence de « Tablier de cuir » dans les parages. Prudente, elle aurait décidé de se munir d'un couteau, imitant les nombreuses prostituées qui prenaient cette précaution.

D'autre part, le docteur Phillips signale la présence « d'une épaisseur de sang sur le dos de la main et le poignet ». La perte de connaissance des victimes, consécutive à leur étranglement partiel, ne veut pas dire qu'elles ne reviennent jamais à elles. Au moment d'être égorgées, ces femmes pouvaient reprendre leurs esprits et, instinctivement, porter la main à leur gorge pour chercher de l'air. Le sang retrouvé sur la main de Stride confirmerait cette hypothèse. Annie Chapman avait elle aussi du sang sur la main lorsqu'elle fut retrouvée à Hanbury Street.

Peu de temps après avoir assassiné Elizabeth Stride, l'Éventreur va frapper une deuxième fois.

Chapitre V

LA NUIT DU DOUBLE MEURTRE

Moins d'une heure s'est écoulée depuis la découverte du corps d'Elizabeth Stride, à Dutfield Yard, quand un coup de sifflet retentit dans la nuit de Whitechapel. À Mitre Square, l'agent Watkins, en accomplissant sa ronde, vient de découvrir dans une mare de sang le corps d'une femme gisant dans une posture grotesque, le visage hideusement défiguré, les intestins déployés sur l'épaule. Spectacle d'horreur, dépassant tout ce qu'on a vu dans le quartier depuis le début du mois de septembre. Affolé, Watkins traverse en courant le square et frappe à la porte de George Morris, un retraité de la police. Arrive à son tour un agent alerté par le coup de sifflet. Watkins est écœuré : « On aurait cru un cochon éventré sur le marché[1]. »

Le corps se trouve dans l'angle sud de Mitre Square, devant trois maisons inoccupées, zone faiblement éclairée. Une école protégée par une barrière se trouve à proximité.

Le choc est brutal. Personne ne pense à faire tout de suite le rapprochement avec cette mystérieuse lettre reçue par la Central News Agency (agence de presse), trois jours avant les meurtres de Stride et d'Eddowes :

> « Cher Patron,
>
> J'adore mon travail et veux recommencer encore. Tu entendras bientôt parler de moi avec mes petits jeux amusants[2] […]. »

Catherine Eddowes

Catherine Eddowes, surnommée « Kate », est née le 14 avril 1842 à Graisley Green, Wolverhampton. C'est un petit gabarit d'un mètre cinquante, aux cheveux auburn, aux yeux noisette et malicieux. Elle porte un tatouage au bras gauche, deux initiales « T. C. » (du nom de son compagnon : Thomas Conway). Ses amis parlent d'elle comme d'une personne au caractère bien trempé, très intelligente.

Fille de George Eddowes, ouvrier métallurgiste à l'usine Old Hall à Wolverhampton, et de Catherine Evans, Catherine a deux sœurs : Elizabeth et Eliza. Suite à la grande grève de 1848, George et sa famille sont contraints de quitter Wolverhampton. Ils emménagent à Londres.

Entre 1861 et 1863, Catherine quitte sa famille pour vivre avec Thomas Conway. Le couple s'installe à Birmingham, puis dans d'autres villes. Ils gagneront leur vie en vendant des livres bon marché. Peu avant 1881, elle quitte Thomas Conway à cause des mauvais traitements qu'il lui inflige. D'après la sœur de Catherine, Elizabeth Fisher, « il la battait[3] ! ». Catherine Eddowes décide d'emménager à la pension Cooney à Londres.

Ce samedi 29 septembre, à 8 heures du matin, Catherine revient à la pension Cooney. Elle a passé quelques jours dans le Kent, à Hunton près de Maidstone, pour participer à la récolte du houblon. Ce matin-là, elle lance nonchalamment « qu'elle sait qui est l'Éventreur et qu'elle compte palper l'argent de la récompense ». Le veilleur de nuit qui assiste à la scène lui répond qu'elle devrait faire attention. Là-dessus, elle le rassure : « Oh, aucune crainte de ce côté-là[4] ! »

Un peu plus tard, elle retrouve John Kelly, ouvrier en bâtiment. C'est un de ses nombreux compagnons. Elle porte ensuite ses bottes chez un prêteur sur gage sous le nom de Jane Kelly.

Entre 10 et 11 heures, Eddowes et John Kelly sont aperçus par Wilkinson, un résident qui prend son petit déjeuner dans la cuisine de la pension.

Mais les vivres sont épuisés, le couple a de nouveau besoin d'argent. À 14 heures, Catherine Eddowes propose d'en emprunter à sa fille, Annie. Cette dernière habite King Street à Bermondsey, un quartier de la rive droite réputé pour ses magasins de laine, ses fabriques de colle et ses grandes tanneries.

Catherine quitte John Kelly dans Houndsditch Street, pensant revenir vers 16 heures. Kelly ne saura jamais si Catherine vit sa fille cet après-midi-là.

Elle n'est jamais revenue.

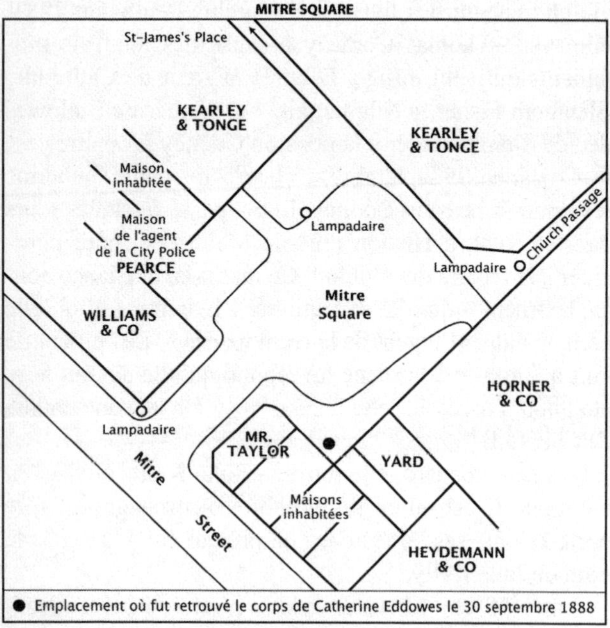

● Emplacement où fut retrouvé le corps de Catherine Eddowes le 30 septembre 1888

Retour sur la nuit du samedi 29 au dimanche 30 septembre 1888

20 heures 30. – Catherine Eddowes est aperçue en état d'ébriété dans Aldgate High Street en train d'imiter la cloche des pompiers. Un agent de police la remarque. Il demande à la foule si quelqu'un la connaît. Comme personne ne répond, l'agent la redresse, l'adosse au mur d'une maison, contre un volet. Elle s'affale de nouveau, alors qu'un autre policier arrive sur les lieux. George

Simmons aide alors son collègue à amener la femme au poste de police de Bishopsgate. Là-bas, l'agent Robinson lui demande de décliner son identité. Elle répond nonchalamment : « Personne. »

20 heures 50. – Robinson l'enferme en cellule de dégrisement, malgré ses protestations.

21 heures 45. – Le policier George Hutt inspecte les cellules toutes les demi-heures.

Minuit 15. – Kate chantonne.

Minuit 30. – La prostituée s'impatiente et exige de Hutt qu'il la relâche. « Quand tu seras capable de te prendre en charge ! » Là-dessus, elle répond : « J'en suis capable ! »

Minuit 55. – Le sergent Byfield charge Hutt d'aller voir quels sont les détenus susceptibles d'être relâchés. Kate est autorisée à sortir. On l'emmène à l'accueil. De nouveau, on lui demande de décliner son identité. Elle donne un faux nom et une fausse adresse : « Mary Ann Kelly, domiciliée au 6 Fashion Street. »

1 heure. – Kate est autorisée à sortir du poste de police. L'officier Hutt rapporte ses propos :

Kate : « Quelle heure est-il ?

Hutt : Trop tard pour que tu retournes à boire.

Kate : Je boirai ! J'ai caché de quoi boire sur moi !

Hutt : Dis, sois mesurée ! Tu n'as plus le droit d'être soûle. »

Le policier ouvre la porte.

Eddowes sort du poste de police.

Hutt : « Voilà mam'zelle et ferme la porte s'il te plaît.

Kate : Bonne nuit, vieux coq[5] ! »

Catherine Eddowes prend la direction opposée de son quartier. Elle emprunte Flower and Dean Street. On l'apercevra bientôt à Aldgate High Street, de nouveau ivre.

1 heure 35. – En descendant Houndsditch, Catherine Eddowes croise Duke Street. Elle va bientôt être aperçue par trois hommes, revenant d'une partie de poker. Hyam Levy (boucher), Joseph Lawende (voyageur de commerce : thé/tabac) et Henry Harris (vendeur de meubles) viennent de quitter le Club impérial situé au 16-17 Duke Street. Au coin de la rue, le trio traverse le passage de Church. Dans le goulet obscur, Lawende remarque un couple en train de discuter. Il ne verra pas le visage de la femme, noyée dans la pénombre et qui lui tourne le dos. En revanche il l'identifiera plus tard grâce à ses habits. Il s'agit de Catherine Eddowes. Parlant de l'homme qui accompagne la prostituée, Lawende lui donne entre trente-cinq et quarante-cinq ans, estime sa taille à un mètre soixante-quinze, stature moyenne ; il a le teint clair et porte la moustache :

> « [...] Il portait une veste poivre et sel qui semblait bien trop large pour lui, une casquette grise avec visière. Un foulard rouge était noué autour du cou. Il m'avait bien l'air d'être un marin[6]. »

[*1 heure 40. – Estimation de l'heure de la mort d'Eddowes par le docteur George William Sequeira.*]

Vers 1 heure 41-1 heure 42. – L'agent de police Harvey effectue sa ronde et traverse le passage de Church où il déclare n'avoir vu personne. Il patiente quelques minutes dans le goulet (quatre à cinq selon ses dires).

1 heure 44. – L'agent de police Watkins découvre le corps mutilé d'Eddowes dans Mitre Square et siffle pour donner l'alerte (le passage de Church où se tenait le couple vu par Lawende dix minutes plus tôt donne sur Mitre Square). L'agent Harvey réagit au coup de sifflet de son collègue et surgit dans Mitre Square.

2 heures 3. – Le docteur Frederick Gordon Brown arrive sur les lieux pour examiner le corps. Il estime l'heure du décès à moins d'une demi-heure. Au vu de la quantité de sang, cela ne fait aucun doute que la pauvre femme a été assassinée sur place. Une fois le procès-verbal dressé par les policiers, on emporte le corps pour qu'il soit examiné à la morgue de Golden Lane. Devant le coroner, le docteur Brown rapportera :

> « Le corps gisait sur le dos, la tête tournée vers l'épaule gauche, les bras de chaque côté du corps [...], l'abdomen était à l'air, la jambe droite pliée. La gorge était tranchée.
>
> Les intestins avaient été retirés et placés au-dessus de l'épaule droite. [...] Le lobe et le pavillon de l'oreille droite tranchés en biais. Il y a une quantité de sang éparpillée au sol à gauche du cou, autour de l'épaule et au-dessus du bras, du sang avait coulé de son cou jusqu'à l'épaule droite. [...] Elle est morte depuis une demi-heure. Il n'y a pas de sang sur le devant des vêtements. [...] Après avoir lavé la main gauche soigneusement, une contusion de la taille d'une pièce de six pence, récente et rouge a été découverte sur le dos de la main gauche entre le pouce et le premier doigt. [...]
>
> Le visage a été tout d'abord mutilé. Il y avait une coupe d'environ un quart de pouce [plus d'un centimètre

et demi] traversant la paupière gauche inférieure divisant la structure faciale. La paupière droite a été coupée de travers. […] Il y avait une coupe profonde au-dessus du nez, s'étendant de la frontière gauche de l'os nasal jusqu'à la mâchoire. […] Le bout du nez était fendu par une coupe oblique. La coupure a divisé la lèvre supérieure. […] La gorge a été tranchée jusqu'à six ou sept pouces [quinze à dix-huit centimètres] de profondeur. […] Le larynx a été divisé au-dessous de la corde vocale. La cause du décès est due à l'hémorragie de l'artère commune gauche de la carotide. La mort fut immédiate et les mutilations infligées après la mort […]. Le foie a été poignardé à l'aide d'un instrument pointu. La doublure péritonéale a été coupée de travers sur le côté gauche et le rein gauche soigneusement sorti et enlevé. […] L'utérus a été coupé horizontalement. Le reste de l'utérus avait été emporté avec certains ligaments. Le vagin et le cervix de l'utérus étaient non endommagés. […] La blessure à la gorge a été infligée en premier[7] […]. »

2 heures 55. – Le policier Alfred Long découvre un fragment de tablier de femme ensanglanté au bas des escaliers menant du 108 au 119 Goulston Street, non loin d'une fontaine publique dont l'eau est rougie de sang, ce qui suggère que le meurtrier s'y est lavé les mains. Il apparaît que le fragment de tablier appartient bien à la victime. Les immeubles voisins sont en grande majorité occupés par des juifs.

Là où fut retrouvé le tablier, à hauteur d'homme, on peut lire sur le mur de briques noires, tracé à la craie blanche :

« *The Juwes are*
the Men that
will not
be blamed
for nothing. »

« Les juifs [avec une faute d'orthographe] sont
les hommes qui
ne seront pas
accusés
pour rien[8]. »

La police suppose aussitôt que l'inscription est une revendication du tueur. Un policier est laissé en faction devant le message et on demande à ce que l'inscription soit photographiée. Mais avant que le photographe n'ait pu intervenir, le préfet de police Warren, arrivé sur les lieux, ordonne de l'effacer pour éviter que l'inscription ne provoque un pogrom au lever du soleil.

Au nombre des possessions de la victime, on recense un bonnet de paille, une veste noire, une jupe vert sombre en alpaga, une veste d'homme blanche, une chemise et un body marron, deux pipes noires courtes en terre, un morceau de flanelle, une boîte de thé, six morceaux de savon, un ticket de gage au nom d'Emily Burrell, 52 White's Row, daté du 31 août (pour une chemise d'homme en flanelle), un autre au nom de Jane Kelly, 6 Dorset Street et daté du 28 septembre.

Progression dans l'horreur

Avec le meurtre d'Eddowes, l'assassin change de mode opératoire. On note une brusque montée dans la violence. Les vêtements de Catherine Eddowes n'ont pas été épargnés contrairement aux cas « Polly Nichols » et « Annie Chapman ». Son visage est lacéré et quasiment méconnaissable (nez fendu, entailles de toutes parts, lèvres coupées en deux, joue ouverte jusqu'à l'os). Ni Polly Nichols ni Annie Chapman ne subirent une telle férocité, une telle volonté d'anéantissement de leur personnalité. Le tueur nie leur féminité. Le retrait d'utérus d'Annie Chapman ne suffisait pas. Il fallait davantage. Les coups qu'il porte à Eddowes sont désordonnés (administrés de haut en bas). Le rein découpé est volé, comme la moitié de son utérus tranché de façon approximative. Le tueur tend à perdre ses réflexes méthodiques pour céder ici à l'acharnement.

À première vue, le meurtre d'Eddowes marque le début d'une perte de contrôle chez le tueur. Le fragment de tablier appartenant à la victime, et laissé sous le graffiti, tendrait à le prouver. La haine antisémite de l'Éventreur serait orientée contre ceux qu'il accuse de l'avoir perturbé dans son « travail ». Il faut songer à Schwartz et Diemschutz dans le cas de Stride, et à Lauwende, Levy et Harris dans le cas d'Eddowes. Tous sont des témoins gênants, des promeneurs malencontreux ayant contrecarré les projets du tueur. Mais cette perte de contrôle est-elle réelle ou simulée ? On peut aussi analyser cette inscription sous un autre angle. Ce graffiti peut mettre le feu aux poudres dans un East End en ébullition et provoquer un véritable pogrom. Tout semble bon à l'Éventreur pour assurer un maximum de retentissement à ses actes, et dresser la population contre le pouvoir. Contre le pouvoir et par extension contre la police et son « patron ».

Sur le visage de Catherine Eddowes, des signes ont été tracés à la pointe du couteau, dont deux « V » renversés sous les paupières[9].

Chapitre VI

LA PLUS HORRIBLEMENT MUTILÉE

À Scotland Yard, l'atmosphère est devenue très pesante. Déjà quatre meurtres… Les lettres signées « Jack l'Éventreur » continuent d'affluer. L'une d'elles, datée du 7 novembre, prévient :

> « […] Je pense que mon prochain travail sera de te [le préfet Warren] faire renvoyer. Et dès que possible je deviendrai un membre de la Force [police]. Je pourrai bientôt te demander des comptes[1]. […] »

En haut de la lettre figurent les initiales « DSS », pour Donald Sutherland Swanson. L'auteur connaît suffisamment bien la police pour savoir que cet officier est préposé à l'analyse des lettres reçues par Scotland Yard.

Mais le pire est à venir…

Deux jours après l'envoi de cette « déclaration de guerre », le vendredi 9 novembre 1888 est un jour de fête : on célèbre l'anniversaire de l'élection du lord-maire de Londres. Un cortège doit parcourir le centre-ville. La célébration va être brutalement interrompuc au milieu de la journée. Les crieurs de journaux se répandent aux quatre coins de la capitale, annonçant un nouveau crime de Jack l'Éventreur. « Le plus horrible de tous ! »

Ce jour-là en effet, peu avant onze heures, on a découvert au 13 Miller's Court, à Whitechapel, le corps horriblement mutilé d'une jeune femme de vingt-cinq ans, Mary Jane Kelly. C'est en venant relever un arriéré de loyer que son logeur a affronté l'horreur. N'obtenant pas de réponse, le collecteur, un ancien militaire nommé John Bowyer, a passé le bras à travers le carreau cassé d'une fenêtre et a écarté les rideaux improvisés. Le spectacle qui s'est offert à lui le glaça d'effroi.

« Il ne restait rien d'elle[2] ! » dira-t-il.

Le lendemain, le *Daily Telegraph* donnait le ton :

> « Un autre cas de mutilation horrible ! »

La presse toute entière fait écho :

> « Hier, le meurtre le plus horrible de la série fut commis à Whitechapel[3] ! »

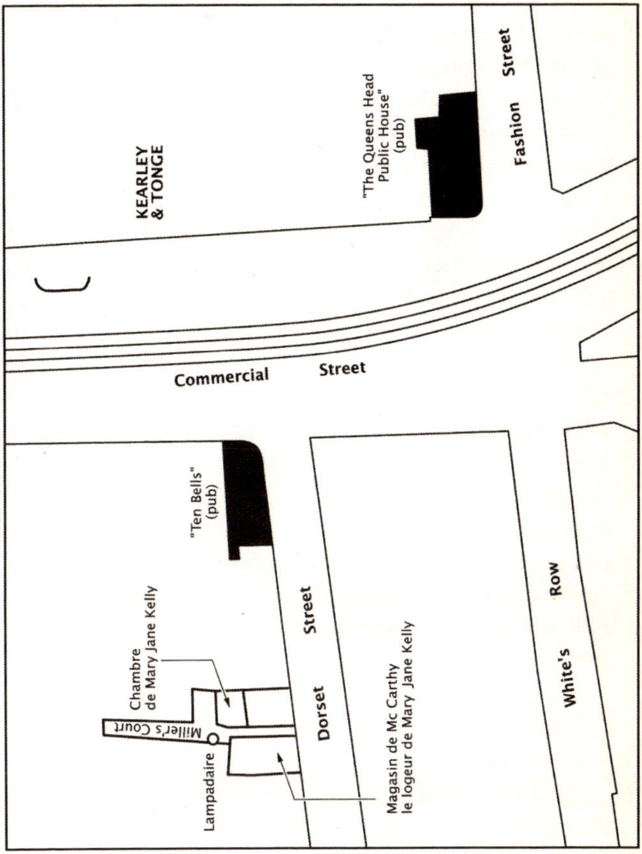

13 MILLER'S COURT - DORSET STREET

Deux indices parlants

Le soir de sa mort, Mary Jane Kelly s'est vu offrir un foulard rouge, identique à celui retrouvé sur le corps d'Annie Chapman.

Dans la chambre de la victime, l'assassin a jugé bon de laisser trois initiales : deux « M » et un « V ». Un premier « M » s'étale en majuscule sur le mur du fond ; il a été tracé avec le sang de la victime. Les deux autres (« M » et « V »), visibles sur la photographie du corps prise par la police, ont été habilement tracés sur la jambe droite de la jeune femme décédée. Ces trois lettres, clairement, sont de la main de l'Éventreur.

Mary Jane Kelly

Mary Jane Kelly[4], dite « Ginger », est née en 1863 à Limerick, en Irlande. C'est une belle fille, grande (un mètre soixante-quinze), mince, au teint clair, aux cheveux blonds soyeux, dotée « de charmes considérables », si l'on en juge les propos de l'officier de police Macnaghten[5].

Son père, John, travaillait dans une aciérie du comté de Carnarvon au pays de Galles. Il eut six ou sept enfants dont une fille.

En 1879, à l'âge de seize ans, la jeune femme épouse un mineur du nom de Davies. Celui-ci trouvera la mort dans une mine deux ou trois mois plus tard. Elle s'installe alors chez un cousin à Cardiff et commence à se prostituer. En 1884, elle part à Londres et décroche un emploi de domestique, Cleveland Street. De l'avis de Joseph Barnett, son concubin, dès son arrivée à Londres, Mary offre ses charmes dans une maison close de haut standing, située dans les quartiers opulents. Là-bas, elle y aurait connu un homme qu'elle aurait suivi à Paris, mais n'étant pas éprise du gentleman, elle serait revenue à Londres pour tomber dans une misère atroce. Logée au 13 Miller's Court, elle paye la location à la semaine pour un montant de 4 shillings. Depuis la fin août, elle cumule un arriéré de loyer, mais John McCarthy, son logeur, se montre conciliant.

Dorset Street se termine par un cul-de-sac appelé Miller's Court[6], dans lequel se trouvent six maisons occupées exclusivement par des femmes. Les chambres lilliputiennes sont pléthore. Du côté droit du passage vers Dorset Street, il y a deux portes. La première de ces portes mène aux étages supérieurs de la maison dans laquelle Mary Jane Kelly loue une chambre. En tout, il y a sept chambres. Le premier étage surplombe une réserve : celle des brouettes d'un certain Coster. La seconde porte donne directement dans la chambre de la jeune femme. Dans sa chambre, le lit est parallèle à la fenêtre et empêche que la porte s'ouvre en grand. Le reste des meubles consiste en deux tables et une chaise. La chambre ne mesure pas plus de dix mètres carrés.

Retour sur la nuit du jeudi 8 au vendredi 9 novembre 1888

19 heures. – Mary Jane Kelly a quitté son logement, sans doute vers 18 heures. Un témoin dit l'avoir rencontrée près de l'église de Commercial Street, dans Whitechapel.

22 heures. – Mary Jane Kelly est accompagnée d'un homme dont la description n'a pu être obtenue.

22 heures 45. – Elle est remarquée dans Commercial Street, accompagnée d'un client. Elle sera ensuite aperçue de nouveau seule.

23 heures 45. – Mary Ann Cox, résidant 5 Miller's Court, veuve et prostituée, arrive dans Dorset Street en provenance de Commercial Street quand elle aperçoit Mary Jane Kelly avec un client. Le couple tourne au coin de Miller's Court, suivi par Mary Ann Cox. Le compagnon de Mary Jane tient une chope de bière à la main. Le couple entre dans la chambre de la jeune femme. Le témoin souhaite une bonne nuit à Mary Jane, qui la gratifie à son tour d'un « bonne nuit ! », imperceptible. Mary Ann Cox l'entendra ensuite chanter. Elle décrira l'homme qui l'accompagne :

> « Âgé de trente-six ans, le teint clair, rubicond, les petits favoris sur le côté, il porte une petite moustache rousse, s'habille en vêtements sombres, manteau de couleur foncée et chapeau melon. L'homme est un peu corpulent et pas très grand[7]. »

Minuit passé. – Mary Ann Cox sort dans la cour. Il pleut. Elle part se promener.

Une heure passée. – Mary Ann Cox revient chez elle. À ce moment, elle entend de nouveau Mary Jane Kelly qui chante *Sweets on Violet*. Cox sort de sa chambre.

2 heures. – George Hutchinson revient de Romford, dans la banlieue est de Londres, lorsqu'il distingue un homme au coin de Thrawl Street. Ce dernier semble patienter. Parvenu à hauteur de Flower and Dean Street, George Hutchinson se fait interpeller par Mary Jane Kelly, qui le connaît. La jeune femme s'empresse de lui demander un service : « Monsieur Hutchinson, pourriez-vous me prêter six pence[8] ? » Il lui répond que c'est impossible, il a dépensé son argent !

Déçue, elle se dirige vers Thrawl Street, lui lançant au loin qu'il lui faut trouver de l'argent. L'inconnu qui se tient toujours au coin de cette rue aborde la jeune femme en posant sa main sur son épaule. Tous deux discutent, avant d'éclater de rire. Ils se mettent en route, l'homme gardant sa main sur l'épaule de la jeune femme. Alors qu'ils s'approchent, Hutchinson fixe l'inconnu du regard. Le chapeau de feutre mou, fortement incliné sur le visage, l'homme se retourne brusquement vers Hutchinson à qui il jette un regard noir, juste avant qu'ils ne traversent la rue en direction de Dorset Street. Le couple a dépassé Hutchinson. Ce dernier se rapproche du pub, à l'angle de Fashion Street, et continue de les épier. L'homme lance à la femme : « Tu seras d'accord pour ce que je t'ai dit ! » Mary Jane répond qu'elle souhaite l'emmener dans un endroit plus confortable. Intrigué, Hutchinson les suit en stoppant au coin de la rue. Le couple patiente trois minutes devant l'entrée de Miller's Court. Mary Jane Kelly s'adresse à l'inconnu d'une voix forte : « J'ai perdu mon mouchoir. » Celui-ci sort un mouchoir rouge de sa poche et le lui tend avant qu'ils n'entrent ensemble dans Miller's Court. Hutchinson les perd de vue ; il suppose qu'ils sont entrés dans la chambre de Mary Jane Kelly, située au numéro 13.

George Hutchinson va patienter devant la chambre de Mary Jane. Soupçonneux à l'égard de ce client peu habituel, il maintient le siège devant chez elle. Cet inconnu a attiré son attention en raison de son apparence :

> « Il mesurait environ un mètre soixante-dix, pour un âge de trente-quatre ou trente-cinq ans, son visage était pâle, il avait des moustaches noires retroussées sur les bords et des sourcils touffus. Son long manteau noir était orné d'astrakan, il arborait un col blanc à cravate noire avec une épingle à cravate en forme de fer à cheval. Je remarquai une grosse chaîne reliée à une montre en or, décorée par un sceau en pierre rouge. Ses demi-guêtres avaient des boutons blancs. Il ressemblait à un étranger. Lorsque je les attendai dans la cour, je n'entendis aucun bruit et je ne vis aucune lumière en provenance de la chambre de Mary Kelly […]. Je le reconnaîtrais immédiatement. L'inconnu tenait un petit paquet avec une espèce de lanière tout autour et qui mesurait vingt centimètres de long. Il le tenait fermement serré dans sa main gauche. On aurait dit qu'il était recouvert d'un tissu américain de couleur foncée. Sa main droite serrait une paire de gants marron […]. Il marchait très doucement[9]. […] »

« Il ressemblait à un étranger »... la même remarque que celle faite par Elizabeth Long, durant l'enquête sur le meurtre d'Annie Chapman. Ici, le témoignage d'Hutchinson est d'une précision incroyable : environ un mètre soixante-dix, une épingle à cravate en forme de fer à cheval, un sceau en pierre rouge, etc. Comment l'homme a-t-il fait pour observer autant de détails en si peu de temps, dans une rue sombre, à distance du couple ? A-t-il enjolivé sa déposition pour se donner de l'importance face aux enquêteurs ?

Vers 2 heures 50-3 heures. – Hutchinson quitte Miller's Court après avoir patienté trois quarts d'heures.

3 heures. – Retour de Mary Ann Cox dans sa chambre, celle-ci remarquant qu'il n'y a aucune lumière dans celle de Mary Jane Kelly. Tout est calme. La nuit s'écoule silencieusement.

3 heures 30-4 heures. – Eliza Prater, qui vit au-dessus de Mary Jane Kelly, est réveillée par son chaton Diddles. L'animal lui piétine le cou. L'instant d'après, elle entend crier faiblement « au meurtre[10] ! », deux ou trois fois. Les cris sont étouffés. Elle affirme que c'est une voix féminine et comme les cris sont fréquents dans le quartier, elle se rendort.

Avant 4 heures. – Sarah Lewis, prostituée et lavandière, demeurant 34 Great Pearl Street, Spitalfields, entend un cri, celui d'une jeune femme. Elle précise en outre qu'elle a aperçu un homme faire le guet dans Miller's Court, peu avant d'entendre le cri. De l'avis de la police, il s'agit d'Hutchinson.

5 heures 30. – Eliza Prater se réveille une nouvelle fois. Elle descend les escaliers et file au pub The Ten

Bells, au coin de Dorset Street et Commercial Street, pour boire un rhum. Elle part ensuite se recoucher, toute habillée. Elle se réveillera vers 11 heures du matin.

Découverte macabre

10 heures 45. – Découverte du corps de Mary Jane Kelly par John Bowyer[11], pensionnaire militaire, collecteur d'impôts à l'occasion. L'homme venait de la part de John McCarthy (le logeur) percevoir l'arriéré impayé de Mary Jane Kelly.

L'enquête va commencer avec un certain retard. Personne n'ose forcer la porte. Les policiers présents sur place attendent les ordres de Scotland Yard, qui tardent à arriver. Pour une raison simple : depuis ce matin Scotland Yard n'a plus de chef. Sir Charles Warren a donné sa démission ! En réalité, il a adressé sa demande au Home Office la veille (elle ne sera rendue publique que le lundi suivant, 12 novembre).

Un télégramme expédié à la reine Victoria par le Premier ministre Lord Salisbury et daté du 11 attribuera la démission à un conflit interne : Sir Charles Warren n'aurait pu accepter un nouveau règlement du Home Office. Écran de fumée… C'est bien à cause des crimes de Jack l'Éventreur que Sir Charles donne sa démission ! Fait intéressant, le tueur n'était pas encore informé de la chose quand il a assassiné la malheureuse Kelly.

13 heures 30. – John McCarthy force la porte de Mary Jane Kelly à l'aide d'un manche de pioche et heurte la

LA CHAMBRE DE MARY JANE KELLY

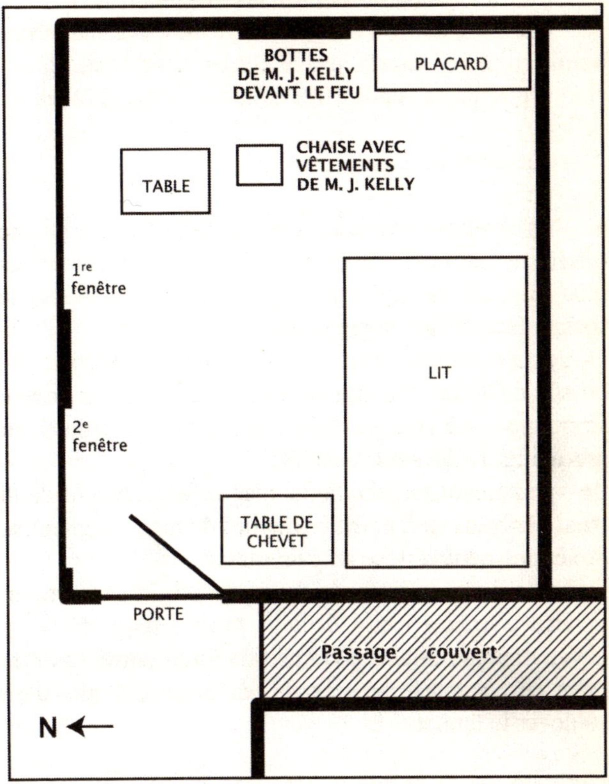

petite table à gauche du lit de la victime. Les policiers entrent dans la chambre. Des vêtements de femme sont soigneusement pliés sur une chaise, quelques fragments de vêtements sont retrouvés dans l'âtre. Ils appartiennent vraisemblablement à Maria Harvey, l'amie de Mary Jane.

Parmi les accessoires et les meubles, on trouve :

– une table de chevet et une autre table (certainement pour le repas ; à droite, dans l'entrée, la table de chevet était si proche de la porte que cette dernière butait contre celle-ci) ;

– une chaise ;

– un lit ;

– un manteau masculin, coincé dans la fenêtre, faisant office de rideau (la fenêtre a été cassée sept semaines plus tôt, suite à une dispute entre Mary Jane Kelly et Joseph Barnett son compagnon) ;

– une cheminée avec une bouilloire accrochée au-dessus de l'âtre. Pendue au-dessus de cette cheminée se trouvait une représentation bon marché d'un tableau intitulé : *La Veuve du pêcheur* ;

– un placard en face de la cheminée contenant de la vaisselle bon marché, des bouteilles de bière au gingembre et une petite miche de pain rassis.

N.B. : il manquait la clé de la porte de la chambre où vivait Mary Jane Kelly. Celle-ci avait disparu au cours des dernières semaines. On accédait à la porte du logement en passant le bras par la fenêtre cassée afin d'en soulever le loquet.

14 heures. – Le docteur Bond procède à l'examen *post mortem* de la victime :

« Le corps gisait nu au milieu du lit, les épaules à plat mais l'axe du corps était incliné du côté gauche du lit. La tête était tournée de côté, sur la joue gauche. Le bras gauche se trouvait le long du corps avec l'avant-bras fléchi à angle droit et reposant en travers de l'abdomen. Le bras droit était légèrement détaché du corps et se trouvait sur le matelas. Le coude était tordu. L'avant-bras était posé sur l'abdomen et les doigts étaient serrés. […] La surface entière de l'abdomen et des cuisses était arrachée et la cavité abdominale, vidée de ses viscères. La poitrine fut coupée […]. Et le visage tailladé était totalement méconnaissable.

Les tissus du cou étaient tranchés jusqu'à l'os. Les viscères furent retrouvés dans les parties variées de la chambre.

L'utérus, les reins et un sein furent retrouvés sous la tête de la victime, l'autre sein près du pied droit, le foie entre les pieds, les intestins du côté droit et la rate près du côté gauche du corps. Des morceaux de chair de l'abdomen et des cuisses avaient été disposés sur la table. La couverture dans le coin droit du lit était trempée de sang et sur le sol il y avait une flaque de sang couvrant environ soixante centimètres carrés de surface. Le visage était lacéré en tous sens, le nez, les mâchoires, les paupières. […] Les lèvres étaient exsangues et coupées en plusieurs incisions obliques cheminant jusqu'au menton. Le cou était profondément coupé à travers la peau. Les cinquième et sixième vertèbres étaient entaillées. La peau coupée sur le devant du cou montrait de nettes ecchymoses. Le passage de l'air était coupé au niveau de la partie inférieure du larynx à travers le cartilage cricoïde. Les deux seins ont été ôtés en pratiquant plus ou moins des incisions circulaires, les muscles en bas des côtes sont restés attachés aux seins. Les intercostaux entre la quatrième, cinquième et sixième côtes furent coupés et le contenu du thorax était visible à travers les ouvertures pratiquées […]. Le genou droit avait été dénudé jusqu'à l'os. La peau de la cuisse droite était ôtée jusqu'au genou et laissait voir les muscles. Les deux avant-bras comportaient de nombreuses blessures. Le pouce droit montrait une petite incision superficielle avec extravasion de sang et il y avait de nombreuses écorchures sur le dos des mains présentant le même aspect [la victime se serait donc défendue !]. En ouvrant le thorax, on a trouvé que le poumon droit était imperceptiblement adhérent. La partie inférieure du poumon était déchirée. Le poumon gauche était intact. Il était adhérent au sommet et un peu sur le côté. Le péricarde était ouvert par le dessous et le cœur absent[12]. […] »

Le cœur a disparu

Le rapport du docteur Bond indique que l'assassin se serait enfui avec le cœur de la victime. Ce détail troublant demeura inconnu du public jusqu'en 1987, date à laquelle le rapport fut mystérieusement retrouvé, après avoir disparu durant un siècle. On y lit aussi que « les côtes étaient demeurées intactes, le péricarde déchiré par le dessous », ce qui prouve que l'assassin est certainement passé par le diaphragme pour atteindre le cœur. Il fallait pour cela des connaissances en anatomie, voire en médecine légale ou en taxidermie.

Le docteur Bond mit fin à ses jours en 1897, en se défenestrant. Il souffrait d'une longue dépression due à une maladie douloureuse. Peut-être aurait-il pu livrer d'autres détails probants, mais les responsables de Scotland Yard n'ont jamais souhaité valider son rapport, pour des raisons ignorées à ce jour.

La pauvre victime de Miller's Court ne sera jamais vengée du crime atroce qu'elle a subi. Ses quatre malheureuses collègues d'infortune non plus.

Un point nous interpelle dans cette affaire, ce sont les intervalles de plus en plus longs entre chaque meurtre. Il s'est écoulé huit jours entre le premier et le second crime, vingt-deux jours entre le second et les troisième et quatrième (dans la même nuit). Enfin, entre le double meurtre du 30 septembre et le dernier crime de la série, il s'est écoulé plus d'un mois ! Les spécialistes interprètent ces délais comme l'expression d'une crainte d'être pris chez le tueur, ou comme une preuve qu'il a trouvé des supports d'excitation temporaires pour prolonger son plaisir, telles les lettres adressées à la police.

Si l'on se contente de voir derrière les crimes de Whitechapel l'œuvre d'un tueur en série ordinaire, la peur d'être pris ne devrait pas être plus forte que l'envie de tuer. Le laps de temps entre chaque crime devrait être de plus en plus réduit… Ou alors, c'est qu'il faut voir derrière ces crimes autre chose que la concrétisation d'une pulsion homicide. Un autre objectif…

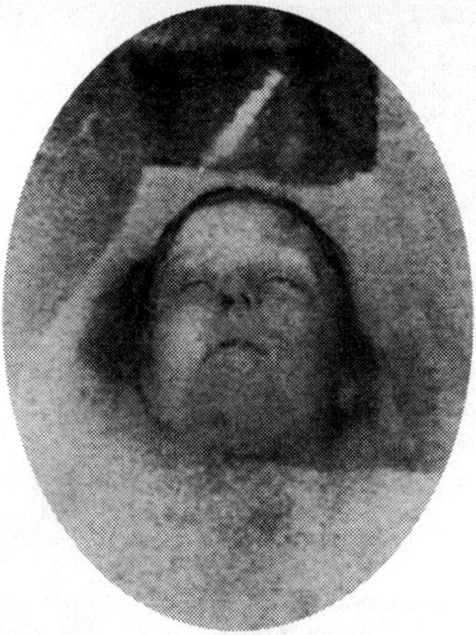

La première victime de Jack,
Mary Ann Nichols, dite « Polly ».

Le décor du premier crime :
Buck's Row.

La victime lors de son mariage
(1864).

Le décor : Hanbury Street.

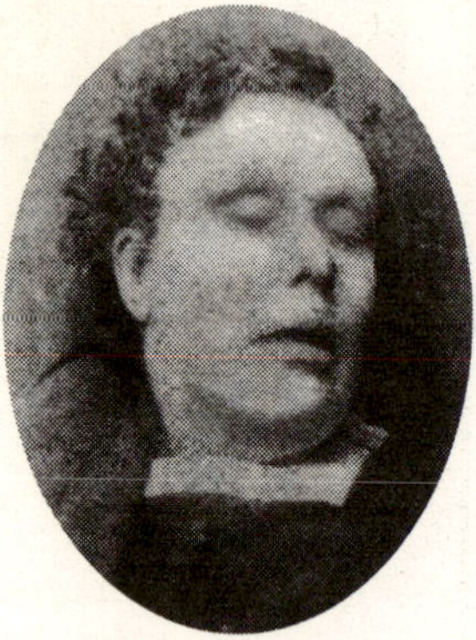

La seconde victime de Jack, Annie Chapman.

Hanbury Street de nos jours.

La cour où l'Éventreur entraîna sa seconde victime. Photo d'époque.

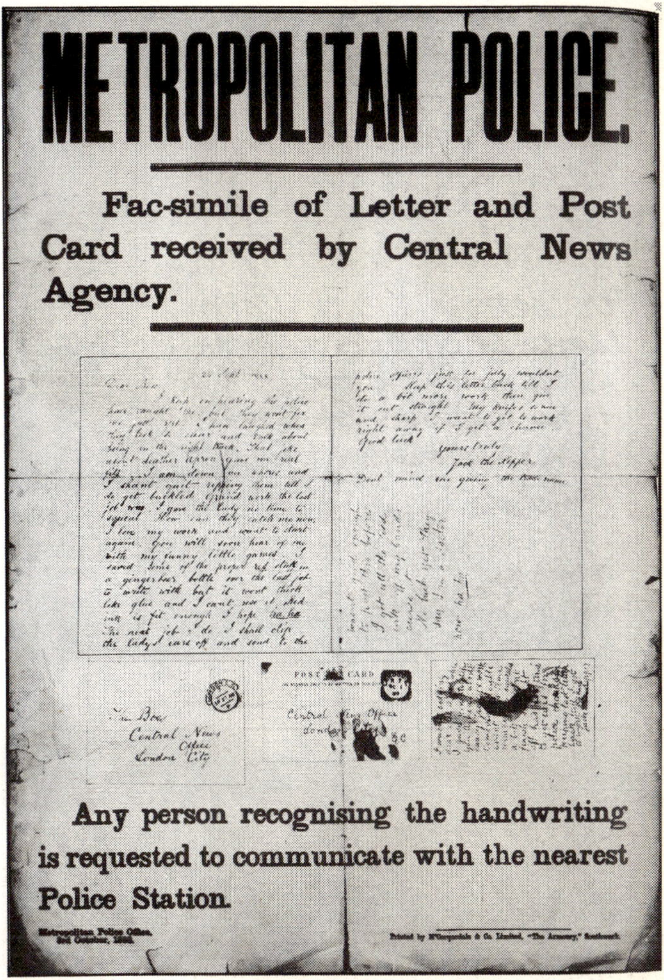
METROPOLITAN POLICE.

Fac-simile of Letter and Post Card received by Central News Agency.

Any person recognising the handwriting is requested to communicate with the nearest Police Station.

Reproduction d'une lettre de Jack et d'une carte postale adressées au « Cher Patron ».
Affiche placardée dans tous les postes de police de Londres à l'époque des crimes.

Elizabeth Stride,
troisième victime.

Berner Street. On distingue l'entrée de la cour où le corps a été retrouvé (au niveau de la roue de charrette).

La nuit du double meurtre. Après Stride, le tueur va s'attaquer à Catherine Eddowes dans Mitre Square.

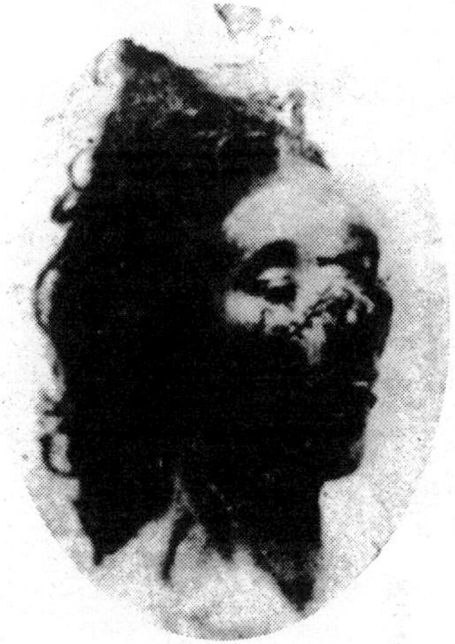

Catherine Eddowes,
la quatrième victime.

Church Passage, ruelle menant à Mitre Square.

Le décor du quatrième crime. Photo d'époque.

Mitre Square de nos jours.

Dorset Street, décor
du cinquième meurtre.
Le plus horrible.

Whitechapel en 1888.

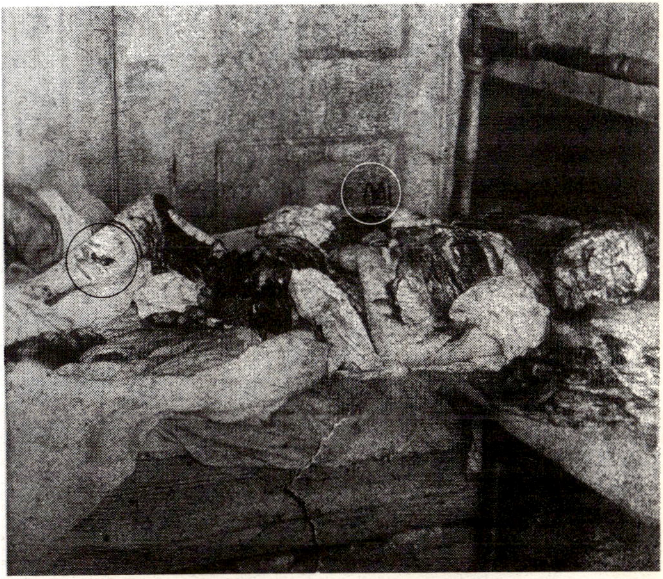

Mary Jane Kelly, cinquième victime.
On distingue les mystérieuses signatures.

Entrée de Miller's Court menant au 13. Photo d'époque.

13 Miller's Court. La chambre où fut retrouvé le corps de la cinquième victime. Photo d'époque.

Deuxième partie

UN GENTLEMAN AU-DESSUS DE TOUT SOUPÇON

Cinq femmes on été sauvagement assassinées à Whitechapel et l'Angleterre retient son souffle, en attendant le prochain drame. Il n'aura pas lieu : Sir Charles Warren, le préfet de police, vient de démissionner, sur ordre de la reine Victoria, et sous la pression de l'opinion publique. Et la série de crimes cesse.

Existe-t-il un lien entre la démission du préfet Warren et l'arrêt des crimes monstrueux ?

La réponse est : oui !

Pour le comprendre, il est nécessaire de revenir deux mois et demi en arrière, de se retrouver dans le bureau du « patron » de Scotland Yard, un soir d'août 1888.

Chapitre VII

L'EXCLUSION QUI A TOUT DÉCLENCHÉ

SCOTLAND YARD, 4 WHITEHALL PLACE
BUREAU DU PRÉFET WARREN

Le soir humide tombe sur les rives de la Tamise. Scotland Yard étend son ombre massive sur Whitehall, tout près de Foot Bridge, à deux pas de Charing Cross.

Nous sommes le mardi 28 août 1888.

La scène se déroule dans le bureau du *Commissioner* (préfet) Sir Charles Warren, le « patron » de Scotland Yard. Un homme attend dans l'antichambre : trente-cinq ans environ, grand, blond, moustachu, les yeux clairs, le front haut et dégarni. Vêtu avec élégance, le chapeau melon à la main, il est arrivé récemment de Calcutta, où il dirigeait une importante plantation de thé appartenant à sa famille. Un de ses amis, rencontré aux Indes et devenu par la suite assistant du préfet Warren, James Monro, lui a proposé d'entrer à Scotland Yard, en qualité d'inspecteur. Ce « job » très convoité est censé apporter un nouvel élan à la carrière de l'ex-planteur de thé. Mais les choses ne vont pas se dérouler comme prévu.

Dans le bureau du « patron » se trouvent Sir Henry Matthews, chef du Home Office – le ministère de l'Intérieur – et James Monro. Robert Anderson, l'un des assistants du préfet Warren, perçoit des éclats de voix avant même de pénétrer dans le bureau. La discussion semble vive.

Ce n'est un secret pour personne, au Yard, que les rapports entre le préfet et son adjoint Monro sont difficiles. Mais les disputes atteignent rarement cette intensité. Le préfet semble en proie à une terrible colère. Il a appris que la nomination du planteur de thé Macnaghten a été signée sans son accord.

« Je ne veux pas en entendre parler », répète-t-il, en martelant ces mots.

Monro n'a pas le temps de répondre.

« Votre protégé, continue Warren, n'a aucune qualification pour rentrer au Yard. Je ne le recevrai même pas ! »

Monro est habitué aux accès de violences du « patron », un ancien militaire blessé plusieurs fois au combat, vétéran des guerres d'Afrique, officier dans le régiment du Sussex, sauveur du général Gordon au Soudan anglo-égyptien. Mais sa responsabilité est engagée. N'a-t-il pas fait revenir son jeune ami, lui présentant sa nomination au Yard comme acquise ? Ce refus imprévu va le mettre dans une situation impossible. Ses arguments se heurtent à la fureur grandissante du préfet :

« Inutile d'insister, Monro. J'ai consulté son dossier ! Ce Macnaghten n'a aucune expérience ! C'est le seul homme en Inde à s'être fait “tabasser” par les Hindous ! Même ces hommes seraient plus qualifiés que lui pour le job. Si vous n'aviez pas été là, Monro, il aurait sans doute succombé. Voilà de brillants états de service !

– Pas du tout, plaide Monro. Je l'ai vu à l'œuvre avec ses ouvriers. C'est un meneur d'hommes !

– N'insistez pas, coupe le préfet. Je n'en veux pas ! Vous pouvez déchirer sa feuille d'affectation. D'ailleurs, vous auriez dû me la soumettre.

– Vous étiez absent !

– Aujourd'hui même, j'ai envoyé une lettre à votre Macnaghten dans laquelle il est dit que je refusais sa candidature. Les choses sont claires. Maintenant, je ne vous retiens pas ! »

Les deux hommes s'affrontent du regard. Leur rivalité au sein de Scotland Yard n'est un secret pour personne. Entre le préfet et son assistant, rien ne va plus depuis longtemps, mais nul n'a prévu la rupture qui va suivre.

Blanc de colère, Monro lance au préfet :

« Vous ne me retenez pas… Je vous offre ma démission ! »

James Monro sort du bureau de son supérieur. Il lui reste maintenant à communiquer la mauvaise nouvelle à celui qui l'attend dans l'antichambre. Son ami

Macnaghten, qu'il a fait venir de Calcutta, a abandonné l'exploitation familiale et s'attend à tout – sauf à ce qui lui arrive : sa nomination au Yard est annulée et son ami, à cause de lui, a donné sa démission ! Depuis mars 1888, le Home Office avait pourtant enregistré sa candidature. Six mois d'espoirs ont été anéantis brutalement par la force d'un seul homme : Warren.

Si Monro, assistant du préfet, peut imaginer que le ministre Matthews s'opposera éventuellement à son départ, son ami Melville Macnaghten voit ses projets s'effondrer, son avenir s'obscurcir. Que va-t-il devenir ? Comment va-t-il assurer la survie de sa femme et de ses trois enfants ? Comment exposer cet échec à son père, qui le taxe d'incompétence, malgré des études brillantes à Eton et des succès sportifs au cricket ? Regagner les Indes ? Impossible à envisager. Sur la foi des promesses de Monro, il a tout vendu là-bas… Mais surtout, comment accepter la terrible humiliation qu'il vient de subir de la part du préfet Warren ? Monro ne lui a rien caché, ni le mépris, ni les accusations d'incompétence, ni les allusions aux problèmes rencontrés avec ses ouvriers… Des insultes. Inqualifiables. Inadmissibles.

Ce soir-là, Melville Macnaghten sent monter une haine puissante à l'égard de cet ancien officier supérieur qui l'a humilié et qui, soudain, se dresse entre lui et son avenir. Il ne rentrera que très tard, chez lui. Il fait sans doute une escale au pub de Whitechapel, The Prussian Eagle, dans Wellclose Square, puis il se rend dans les beaux quartiers, à son club, le Garrick, où il retrouve des amis écrivains et comédiens. En particulier, ceux qui jouent en soirée au Lyceum Theatre *Docteur Jekyll & Mister Hyde*, à deux pas du Garrick sur le Strand.

Contre toute attente, les portes de Scotland Yard viennent de se fermer devant lui, par la volonté haineuse d'un préfet en conflit avec son assistant. Melville Macnaghten ne peut l'accepter. Et avec les heures qui s'écoulent et les bières qui s'accumulent, la haine s'empare de lui et l'envahit tout entier. Comme dans la pièce du Lyceum, il a l'impression qu'un autre homme est en train de surgir de lui-même.

Et que cet homme n'a d'autre but dans la vie que la vengeance…

Chapitre VIII

WARREN REJETTE MACNAGHTEN

C'est une scène bien étrange que nous venons de découvrir au chapitre précédent[1], une violente dispute dans les locaux de Scotland Yard un soir d'août 1888. Il s'agit en réalité d'un événement fondamental dans l'affaire qui nous intéresse ici. L'histoire la voici dans ses détails.

En 1888, la plus grande opportunité de carrière se profilait dans la vie d'un homme que rien ne destinait à devenir haut gradé de la police britannique. Malheureusement, les conditions n'étaient pas toutes réunies pour que cet homme concrétise son rêve. Melville Macnaghten, puisqu'il s'agit de lui, revient sur cette période dans ses Mémoires, publiés en 1914 :

« En 1884, monsieur Monro fut appelé à succéder à Sir Howard Vincent en qualité d'*Assistant Commissioner* de la Metropolitan Police, chargé du département d'enquêtes criminelles. Quatre ans plus tard, à mon retour des Indes, on me demandait si j'étais prêt à prendre les fonctions d'*Assistant Chief Constable* de Scotland Yard. Flatté par la nature de la proposition, je n'étais cependant pas en mesure d'accepter pour le moment, étant donné que le travail familial et les intérêts privés requéraient mon entière attention. Mais quand l'offre était renouvelée un an plus tard, je répondais volontiers par l'affirmative et les formalités nécessaires furent remplies. Je commençais mon travail en qualité de détective à la police métropolitaine[2]. »

Macnaghten relate ces événements de manière bien pudique. On lui aurait proposé un poste dans la police (1888), mais il aurait refusé, préférant attendre 1889 pour accepter, le temps de régler ses affaires familiales. Il passe sous silence l'essentiel. Le ton badin cache en réalité une blessure d'orgueil immense, une blessure terrible infligée le 28 août 1888.

Un homme humilié

Les semaines précédant ce 28 août 1888, Macnaghten a parcouru l'équivalent de huit mille kilomètres, reliant Calcutta à Londres sur un vapeur de la Peninsular and Oriental Company. Il s'occupait jusque-là d'une exploitation de thé à Kishnaghur, dans les plaines du Bengale, à une centaine de kilomètres de Calcutta. De retour à

Londres, il s'apprête à tourner la page sur sa carrière de planteur pour obtenir un poste de la plus haute importance. L'affaire familiale n'a jamais exigé de lui qu'il se batte pour l'avoir, mais ce nouveau poste dans la police, c'est autre chose… Le 19 mars 1888[3], la candidature de Macnaghten a en effet été retenue par le Home Office, sur recommandation de James Monro. Et en cette fin août, l'ex-planteur s'apprête à prendre ses fonctions à Scotland Yard !

Tout se serait parfaitement déroulé si un homme ne s'y était opposé farouchement : Sir Charles Warren. Abasourdi d'apprendre que le candidat au poste d'*Assistant Chief Constable* n'est autre que Macnaghten, le préfet de police voit rouge :

« C'est le seul homme en Inde à s'être fait "tabasser" par les Hindous[4] ! »

Warren prend à témoin Matthews du Home Office, lequel assiste à ce débordement sarcastique. Le préfet a décidé de rejeter Macnaghten à cause des rumeurs dont il fait l'objet. En Inde, l'homme aurait maltraité ses employés pendant les soulèvements de 1881. En retour, les Hindous auraient violemment répliqué. On l'aurait retrouvé dans les plaines du Bengale, sans connaissance.

Pour le prétendant au poste d'*Assistant Chief Constable*, l'humiliation est totale. On lui laisse entendre qu'il vaut moins qu'un « sauvage » – car c'est bien ce que l'Hindou représente aux yeux de l'impérialisme britannique de l'époque ! –, qu'il ne sait ni se conduire de façon civilisée, ni remplir une fonction policière.

Monro est aussitôt convoqué dans le bureau de Warren. Le ton monte entre les deux hommes. Le préfet reproche à son second de ne pas lui avoir fait signer directement l'affectation de son ami. Ce à quoi Monro répond qu'il ne pouvait pas, puisqu'à ce moment-là, il n'était pas dans les locaux ! De mauvaise foi, Warren lance à Monro que cela ne l'étonne pas, qu'il prend toujours des décisions sans le consulter…

Au terme cette conversation houleuse, Monro est tellement écœuré par la réaction de Warren qu'il démissionne de son poste d'*Assistant Commissioner*.

Ce Melville Macnaghten que Warren vient de chasser, Monro l'a connu aux Indes, à l'époque où il était juge de district à Bombay (1881). Monro a privilégié la candidature de son ami pour des raisons bien précises, que le *Star* dévoilera dans un article du 5 septembre 1888. La police recherchait en effet un profil particulier pour occuper ce poste : « Un gentleman disposant d'une vaste expérience de l'Inde était recommandé […]. » Ce qu'était par ailleurs Macnaghten, même si au demeurant, il ne bénéficiait d'aucune expérience notable dans la police. Mais l'article intitulé « *An Assistant Chief Constable* » précisait que pour obtenir le poste en question, il fallait obtenir « l'accord du *Chief Commissioner* [Warren] et la recommandation devait être formellement adressée au ministre de l'Intérieur [Matthews] ». Ce qui, en l'absence de Warren, ne fut apparemment pas respecté.

Le *Star* allait encore plus loin en relatant la dispute du 28 août et le renvoi de Macnaghten, sans toutefois citer son nom :

« Mais avant qu'il [Monro] n'ait pris réellement rendez-vous, monsieur Charles Warren a retiré sa recommandation, prétextant que les circonstances avaient déjà été portées à sa connaissance et qu'il n'était pas souhaitable que le monsieur en question [Macnaghten] soit nommé pour le poste. Le rendez-vous ne fut jamais pris, et la question portant sur l'utilité de créer ce nouveau poste demeure en suspens. La situation n'a pas amélioré les relations entre monsieur Charles Warren et monsieur Monro. »

Scandale à Scotland Yard

Il apparaît clairement que Warren a refusé d'accorder le poste à Macnaghten pour des raisons personnelles. Ce n'est pas son incompétence qui lui est reprochée. Il est tout simplement l'ami d'un homme que Warren méprise : Monro. Le problème est bien là. Les motivations de Warren sont fondées sur un litige avec son second, au sujet de la façon qu'a le patron de Scotland Yard de gérer les différents districts de la ville. Des témoignages d'époque attestent de la paranoïa du préfet. Celui-ci est persuadé que Monro place des hommes dans son service pour l'espionner. Certes, Monro appartient aussi à la Branche spéciale de Scotland Yard, unité chargée d'infiltrer les groupes d'activistes et d'anarchistes (secteur D), mais il ne jouerait jamais contre son propre camp. De son côté, Monro ne supporte plus que Warren profite de cette position privilégiée pour tout contrôler, jusqu'aux rapports qu'il rédige pour le ministère de l'Intérieur.

Monro n'a pas dit son dernier mot. Il ne travaille plus aux côtés de Sir Charles Warren, mais il appartient toujours à la police, puisqu'il conserve son poste dans la Branche spéciale.

Dans ses souvenirs jamais publiés, Monro livrera un élément capital, justifiant sa démission le soir du 28 août 1888 (acceptée par le Home Office le 31 suivant) :

> « Le préfet de police Warren m'a rendu la vie si intolérable que je donnai ma démission. Ce que le ministère de l'Intérieur a pensé du problème, entre nous, se résume au fait qu'il a maintenu mon poste en tant que chef du parti révélateur [Branche spéciale][5]. »

Ce passage révèle tout le soutien que Monro obtenait secrètement de Matthews. De son côté, la presse relatera brièvement cette démission :

> « L'association de la presse a indiqué que le commissaire auxiliaire Monro, de la police métropolitaine, dont la démission paraissait dans la *Gazette* [de la police] mardi soir [28 août], a quitté Scotland Yard, et monsieur Robert Anderson, nouveau commissaire auxiliaire, a pris ses fonctions tôt au matin suivant[6]. »

Le *Pall Mall Gazette* du 29 août confirmait :

> « Il a été annoncé dans la *Gazette* la veille au soir que monsieur James Monro, C.B. [compagnon de l'ordre du Bain], commissaire auxiliaire de la police métropolitaine, avait démissionné, et qu'il serait remplacé par monsieur

Robert Anderson, L.L.D. [docteur en droit], avocat de formation[7]. »

Le litige Monro-Warren

James Monro a toujours cru que le service auquel il appartenait aussi (Branche spéciale) était indépendant de la Met. D'un point de vue légal, il avait tort. Warren était bien le patron, le « Big Boss », et avait autorité sur tout Scotland Yard. Furieux de ne pas avoir été informé de l'admission de Macnaghten, le préfet a fait pression sur Henry Matthews qui, au dernier moment, s'est vu dans l'obligation de ne pas avaliser l'affectation de Macnaghten. Il ne manquait pourtant que deux signatures pour valider son entrée au Yard. Seulement deux, mais les deux plus importantes ! Tous les autres hauts fonctionnaires concernés avaient signé. Sauf Warren et Matthews…

Macnaghten a traversé les océans avec femme et enfants, pour se voir refuser l'accès à ce poste qu'il croyait acquis, depuis que Monro lui avait laissé entendre que c'était possible, lui annonçant même que « l'affaire était dans le sac[8] ».

Embarrassé, James Monro a essayé de plaider en faveur de son ami :

« J'ai vu sa manière de commander les hommes quand j'étais fonctionnaire de police aux Indes, et j'en fus frappé. Après son épisode houleux avec les Hindous, il a toujours réussi à les diriger fermement mais avec justesse[9]. »

Sans succès. Warren avait déjà son avis sur la question, et Matthews de renchérir : « Il existe des gens bien plus qualifiés que Macnaghten pour le poste et ce dernier vient de voir sa candidature rejetée. »

Monro a toujours détesté Warren. En ces heures amères, il se souvient de leurs divergences perpétuelles, notamment de ce projet de restructuration des forces de police, qui les a toujours opposés.

À son arrivée à Scotland Yard, Warren avait entrepris de transférer les agents de l'est dans les quartiers ouest, et *vice versa.* Il ne s'y serait pas mieux pris s'il avait voulu, comme dit le *Times*, « que ses officiers ignorent tout de leur terrain ». L'exemple illustre parfaitement cette attitude bornée, consistant à vouloir calquer l'organisation de la police sur celle de l'armée. Warren ne supporte pas l'insubordination de ses officiers. Il veut tout contrôler. Le problème est bien là. Depuis le *Bloody Sunday*, l'ancien militaire compte bien rester maître de la situation pour éviter que l'anarchie ne gagne.

La commission, qui avait validé le choix de Macnaghten, est outrée. On trouve dans l'urgence « une pièce de rechange » : Robert Anderson est nommé au poste de Monro, démissionnaire. Le soir même, « l'affaire aurait dû se tasser » se plaît à dire Anderson…

Macnaghten n'a pas obtenu satisfaction le 28 août 1888. Pourtant, il finira par rejoindre le département d'enquêtes criminelles, le CID (*Criminal Investigations Department*), dès que Warren sera hors jeu. C'est ce qui arrivera, mais à la suite de dramatiques événements.

Et près de sept mois après les meurtres de Jack, le 1er juin 1889, Leslie Melville Macnaghten obtiendra le poste d'*Assistant Chief Constable*. À cette date, Warren ne constitue plus un obstacle à sa carrière ; il a offert sa démission le jour où la cinquième victime de l'Éventreur a été retrouvée, tout en prétendant l'avoir donnée la veille pour calmer la colère du peuple qui le traitait de « vieux lâche ». La preuve en est qu'il informe la reine tardivement. Elle reçoit sa démission, ainsi que celle de Matthews assortie d'un mot d'excuses, le 10 novembre, soit le lendemain du cinquième meurtre de Jack l'Éventreur.

Dans ses Mémoires, l'ex-planteur mentionne qu'en 1888, il n'était pas prêt à remplir ses fonctions… N'est-ce pas plutôt par fierté qu'il avança cette excuse, lorsqu'on sait quel fut réellement le motif de cet ajournement ?

Anderson récupère le poste de Monro.

Il n'est pas étonnant qu'Anderson trouve sa nomination précipitée. Il semble qu'on l'ait mandaté au dernier moment pour « tasser les choses » après la dispute Monro-Warren. Nous n'aurons pas les échos exacts de leur querelle, si ce n'est qu'au terme de la conversation entre Warren et son second, le préfet de police décide de nommer Anderson au poste d'assistant pour remplacer Monro démissionnaire, avant même que la nouvelle ne soit officielle.

Anderson a reconnu son trouble de devoir prendre ses fonctions dans l'urgence et d'ailleurs nul ne comprend la discrétion que ses supérieurs exigent de lui :

> « Si l'annonce de ma candidature avait été effective sur la base de sa démission officielle [Monro] le 31 août, j'aurais dû réussir à l'Office, les choses se seraient tassées. D'autant que les principaux chefs de police savaient et me faisaient confiance. Mais pour des raisons obscures, l'affaire fut tenue secrète et j'étais encouragé à ne pas divulguer mon admission. »

Mais Anderson va encore plus loin dans la réflexion : au moment où on le désigna pour remplacer Monro, il n'était pas au courant du refus de poste de Macnaghten. Monro venait de démissionner et n'avait pas pris le temps d'informer ses collègues du renvoi de l'ex-colon. Les fonctionnaires du Yard ont alors cru que Macnaghten serait le remplaçant de Monro, jusqu'à ce que Warren démente l'information. Voici ce qu'Anderson pensait alors de la démission de Monro et du remplaçant que l'on s'apprêtait à nommer (il ne savait pas encore que ce serait lui) :

> « Les officiers du CID furent démoralisés par le traitement accordé à leur dernier chef [Monro] et durant l'intervalle après sa démission, des sinistres rumeurs circulèrent quant à la nomination de son successeur[10]. »

« Des sinistres rumeurs »... À quoi Anderson peut-il faire allusion ? Songe-t-il aux rumeurs véhiculées par

Warren sur le compte de Macnaghten ? Le colon se serait comporté de manière brutale, voire inhumaine, avec ses ouvriers aux Indes. Ce qui expliquerait son « passage à tabac » lors de la révolte des années 1880…

Mais les événements s'enchaînent et Anderson se retrouve en charge du CID, le 1er septembre 1888, lendemain du jour où Mary Ann Nichols est retrouvée assassinée à Buck's Row. Une semaine plus tard, il quitte l'Angleterre pour la Suisse, alors que l'Éventreur commet son deuxième crime. Pourtant, Anderson est censé être responsable de l'enquête ! Le premier crime – je le rappelle – fut commis la veille de son admission au poste d'assistant du préfet et le second, la nuit du jour où Anderson a quitté Londres pour la Suisse.

On le sent, Anderson n'est pas prêt à prendre ses fonctions. On se demande pourquoi Warren a choisi un homme fragile qui passe les trois quarts de son temps en congé maladie et qui prend des mois entiers de congés pour se reposer en Suisse.

Jack, au moment où il frappe pour la première fois, n'aurait pu choisir meilleure situation. Beaucoup de responsables du Yard sont encore en vacances, ou en congés maladie : entre Warren qui part se divertir dans le sud de la France, John Shore qui est gravement déprimé, Anderson qui retarde sa prise de fonctions en se faisant porter pâle, Williamson qui a le cœur fragile et Monro qui démissionne au mauvais moment, on peut se demander où sont passées les forces vives de la police britannique. Auraient-elles abandonné le « navire », alors qu'un avis de tempête surnommé « Jack » s'apprête à secouer l'édifice policier avec une violence rare ?

Trop de coïncidences

Monro offre sa démission le soir du 28 août 1888 pour des raisons évidentes : son ami Macnaghten vient d'être exclu de la police avant d'y être entré ; il est normal qu'il veuille lui prouver son amitié. La démission de Monro est un « beau geste ». C'est également le début de la tragédie.

La nuit du 31 août constitue une étape décisive dans la vie d'un homme humilié de la pire des façons. La veille, Melville Macnaghten a reçu une lettre datée du 28 et estampillée aux armes du régiment du Sussex. Il a alors réalisé que ses espoirs d'entrer au Yard étaient réduits à néant. Certes, Monro le lui avait déjà annoncé le 28 au soir. C'est désormais confirmé. La lettre officielle est signée « Warren » et son contenu relate « que sa candidature est malheureusement refusée ». Jusqu'au bout, il avait espéré que le « patron » changerait d'avis…

Du jeudi 30 au vendredi 31 août 1888, les événements vont suivre une chronologie suspecte. La nuit du 30 au 31, les bâtiments de la Compagnie des Indes, que présidait le père de Melville Macnaghten trente ans plus tôt, brûlent sur les docks sud-est, à Whitechapel. Cette même nuit, Jack l'Éventreur tue sa première victime, une prostituée du nom de Mary Ann Nichols, dans le quartier où a lieu l'incendie.

Le vendredi 31 août, la démission de Monro est officiellement annoncée.

Entre ce dernier événement et les faits relatés dans le chapitre suivant, dix semaines se sont écoulées. Dix semaines durant lesquelles Londres a vécu dans la crainte d'un prédateur sadique. Dix semaines durant lesquelles Jack l'Éventreur a écrit son épopée en lettres de sang.

Chapitre IX

LA DÉMISSION DE CHARLES WARREN

Les meurtres cessent

Jack obtient la « tête » de Warren

> « Le gouvernement, représenté par monsieur Matthews, me tint responsable de tous les meurtres commis à Londres[1]. » [*Charles Warren.*]

La démission de Sir Charles Warren, numéro un de Scotland Yard, est rendue officielle le 12 novembre 1888. Elle est suivie par celle d'Henry Matthews, chef du Home Office, c'est-à-dire ministre de l'Intérieur. Les deux hommes ont transmis leur demande quatre jours plus tôt. L'opinion attribue ce double départ au fiasco de Scotland Yard et à l'impuissance des pouvoirs publics face à la série des meurtres sadiques de Whitechapel – malgré le communiqué officiel du Premier ministre, Lord Salisbury, qui évoque assez maladroitement des conflits intérieurs à Scotland Yard.

Pour tenter de sauver la réputation du préfet Warren, Salisbury propose un démenti, hélas peu convaincant :

> « Lord Salisbury a oublié de mentionner dans un précédent télégramme que Charles Warren avait donné sa démission avant le dernier meurtre, parce que son regard s'était porté sur une réglementation émanant du Home Office, oubliant d'écrire aux journaux au sujet des affaires du département, avant de partir. Sa démission fut acceptée [...][2]. »

Le *Times* du mardi 13 novembre 1888 commente l'événement :

> « DÉMISSION DE SIR CHARLES WARREN
>
> Selon le rapport parlementaire, Sir Charles Warren a donné sa démission jeudi dernier. Une agence de presse a appris que la relation entre Sir Charles Warren et le Home Office s'était lentement dégradée [...]. Depuis que Monro avait été transféré au Home Office, les affaires n'avaient fait qu'empirer [...][3]. »

Mais personne n'est dupe. Dans une interview accordée au *New York Herald*, Sir Charles s'emploie à brouiller les pistes. À la question : « Votre démission est-elle liée aux crimes de Whitechapel ? », il répond :

« Non ! J'ai envoyé ma démission avant le meurtre de Mary Jane Kelly, le 8 de ce mois et immédiatement après la déclaration de Matthews au Parlement en référence à mon communiqué paru dans le *Murray's Magazine*. La démission fut acceptée hier[4]. »

Difficile de croire que Warren ait donné sa démission le 8 novembre 1888, à la veille du meurtre de Mary Jane Kelly. À cela une raison essentielle : rien dans ses déclarations habituelles ne laissait supposer sa démission prochaine. À l'inverse, l'effroi suscité par le meurtre Mary Jane Kelly constituait une raison suffisante pour démissionner, et écarter les menaces de lynchage qui pesaient sur sa tête. Cette autre déclaration de Warren au *New York Herald* le prouve :

« Une curieuse caractéristique liée au fonctionnement du service était que le gouvernement, représenté par monsieur Matthews, me tint responsable de tous les meurtres commis à Londres et communiquèrent ce sentiment à mes subordonnés. D'abord à mon premier *Assistant Commissioner*, James Monro, puis à Anderson[5]. [...] »

Il est évident que Charles Warren démissionne en novembre 1888 suite aux tensions entre lui et Monro, mais aussi et surtout parce qu'il est accablé par la presse, taxé d'incompétence dans l'affaire Jack l'Éventreur. Cet homme est à bout nerveusement. D'ailleurs, les membres de Scotland Yard n'ignorent rien de l'état désastreux dans lequel leur chef se trouve. Pendant deux mois, l'homme a été inondé de lettres injurieuses émanant de l'assassin présumé, des centaines d'autres ont été envoyées par des plaisantins inspirés. Le peuple et la presse socialiste (*The Star*, *The Sun*, *The Punch*, etc.) réclament sa tête et alimentent la haine des activistes.

Durant l'automne 1888, la presse illustre bien le malaise qui submerge Londres. Le *Star* du 10 novembre 1888 ignore que Warren a donné sa démission, mais la colère que l'article exprime envers les deux grands responsables de l'ordre est sans appel :

> « Par conséquent, nous soutenons que Matthews et Warren doivent partir bientôt, et le plus tôt sera le mieux. Le premier est une créature pitoyable, un pauvre spécimen sans esprit d'une race de brillants aventuriers qui fait du lèche-bottes aux hommes politiques en faisant du porte-à-porte. Par-dessus tout, il est dépourvu de tact, bureaucrate sans cœur et probablement en neuvième position derrière les dix clercs du Home Office qui seraient bien mieux habilités que lui à veiller sur la sécurité et la propriété des citoyens de Londres, qu'un honnête gentleman gagnant 5 000 livres de salaire annuel à ne rien faire. Et concernant le second, le cri est sans appel de la part du tory [conservateur] comme du libéral : "Warren doit partir !" Après sa démonstration de la veille, son nom est exécré d'Aldgate à Pall Mall. Cela devient ingérable. Il est condamné[6]. […] »

En raison de l'hostilité que Matthews et Warren inspirent, il est légitime que l'un et l'autre démissionnent, n'étant pas parvenus à mettre la main sur l'Éventreur. Et pourtant, Warren déclarait quelques semaines plus tôt que Londres était la ville « la plus sûre au monde[7] ». Déclaration absurde au regard du nombre d'agressions recensées dans les vingt-trois divisions de la police métropolitaine, mais aussi sur l'ensemble du pays. En 1887-1888, la police enregistre sept cent soixante-dix-sept cas de violence armée (arme à feu, couteau) et neuf cent neuf agressions contre des femmes !

En résumé, la démission de Warren restait la seule alternative :

– à cause du discrédit pesant sur lui depuis la répression de Trafalgar Square en 1887 (« *Bloody Sunday* ») ;

– du fait de sa responsabilité dans le départ de James Monro, le 28 août 1888, un homme apprécié des autres policiers et ayant contribué à endiguer les attentats programmés par les fenians (nationalistes irlandais) ;

– face à l'hostilité grandissante de ses subordonnés, contrariés par l'attitude autoritaire du préfet et sa volonté d'appliquer à la police des méthodes militaires ;

– mais surtout face à son impuissance et son incompétence à arrêter Jack l'Éventreur.

Jack l'Éventreur fut le raz-de-marée qui poussa Warren sur la touche[8]. Et la presse profita de ce vent de panique pour dénoncer l'incompétence policière et affirmer ses vues politiques quant aux réformes nécessaires.

Une constatation s'impose : au lendemain de la démission de Sir Charles, la série des crimes de Whitechapel cesse brutalement…

Les occupations de l'étrange monsieur Macnaghten

On a quelque difficulté à reconstituer l'emploi du temps de Melville Macnaghten après la démission de Sir Charles Warren et avant son entrée à Scotland Yard. Dans ses Mémoires, il signale simplement qu'il s'attache à régler différentes affaires de famille et des intérêts d'ordre privé.

On sait qu'il s'est installé avec son épouse et ses trois enfants dans une demeure de style classique, située 32 Warwick Square, un quartier résidentiel aux façades palatiales en stuc peint, dans le sud-ouest de Londres. Les colonnes et pilastres de Warwick furent aménagés par l'architecte Thomas Cubitt[9] au début du XIXe siècle. Les rues du square sont bordées de maisons attenantes, somptueuses.

Au 1 Tite Street, non loin du domicile des Macnaghten, réside un familier du sulfureux Oscar Wilde : il s'agit de Franck Miles, jeune portraitiste de talent, à l'origine du fameux *Portrait de Dorian Gray* (1891), dont le thème du double n'est pas sans nous rappeler le *Jekyll & Hyde* de Stevenson. En 1881, le British Census (recensement) établit même que l'adresse d'Oscar Wilde est commune à celle de Miles... Mary Christabel, fille des Macnaghten, se souviendra que Wilde, en voisin bienveillant, rendait souvent visite à ses parents. Et lorsqu'il se penchait sur son berceau, la nounou disait : « L'horrible monsieur Wilde m'a encore embêtée aujourd'hui, il a parlé au bébé et elle lui a souri[10] ! » La proximité avec les artistes était monnaie courante chez les Macnaghten !

Avec son ami James Monro, démissionnaire, mais qui lui aussi ne va pas tarder à réintégrer Scotland Yard et à occuper le poste laissé vacant par la démission de Warren, Macnaghten fréquente le Garrick Club, dont il devient membre sympathisant. Il y rencontre les écrivains Anthony Trollope et Arthur Conan Doyle et se lie d'amitié avec les comédiens Henry Irving – de surcroît directeur de théâtre – et Richard Mansfield. Justement, Irving soutient Mansfield qui – par une étrange coïncidence – joue à deux pas du Garrick, au Lyceum, l'adaptation du *Docteur Jekyll & Mister Hyde*, dont il vient d'obtenir le rôle principal ! Sa première prestation dans ce rôle « transformiste » a lieu le samedi 1er septembre 1888, au lendemain de la tragédie de Mary Ann Nichols.

À la grande déception d'Irving, les représentations suivantes seront annulées à cause des remous causés par l'Éventreur.

Henry Irving, devenu un des meilleurs amis de Macnaghten[11], avait pourtant obtenu les droits exclusifs d'adaptation du roman de Stevenson, par le biais d'un accord avec la société d'édition Longmans Green & Co., qui avait publié la nouvelle en 1886. Melville Macnaghten fera d'ailleurs appel au même éditeur pour publier ses mémoires en 1914 sous le titre : *Days of my Years*[12].

Melville Macnaghten n'a jamais caché l'attrait qu'exerçait sur lui le monde fascinant du théâtre. Avant de partir aux Indes pour y reprendre l'exploitation de thé appartenant à sa famille, il avait même envisagé de faire carrière sur les planches. Au grand dépit de son père qui – apprenant ses projets – lui aurait dit : « Tu feras ce que tu veux, mais je te considère comme parfaitement fou[13] ! »

Revenu en Angleterre, Melville est toujours attiré par le théâtre. Il le prouvera plus tard en traduisant en anglais les vers d'Horace et notamment son traité de théâtre à l'usage des tragédiens : l'*Épître aux Pisons*.

Mais outre ses passions artistiques, son profil de carrière est bien flou, même si son ami Monro – c'est lui qui l'a poussé à tout vendre aux Indes et à venir s'installer à Londres – continue de le protéger, en lui laissant entrevoir après l'humiliation d'août une prochaine affectation à Scotland Yard, que la démission de Warren rend possible.

Pour Melville Macnaghten, en vérité, rien ne presse. L'homme qui lui avait fermé brutalement les portes du Yard, son ennemi mortel, Warren, a été forcé de démissionner. Et Melville peut en secret savourer sa victoire. En moins de trois mois, il a obtenu réparation…

Le FBI à la recherche d'un mobile

On peut s'étonner, avec le recul, que la série des crimes de Whitechapel cesse au moment de la démission de Sir Charles. Mais c'est un fait. Le rapprochement qui semblerait s'imposer ne sera suggéré que plus tard, beaucoup plus tard, et encore, avec beaucoup de discrétion ! En fait, il faut attendre un siècle pour qu'un spécialiste fasse état du lien existant entre ces deux événements.

John E. Douglas, analyste du FBI, spécialiste en sciences comportementales, réalisa un rapport rendu public en 1988, à l'occasion du centenaire des crimes de Jack l'Éventreur. Le policier américain y suggère que « Jack l'Éventreur avait certainement eu quelque problème avec la police juste avant le premier meurtre ». Sur la base de cette constatation, on peut imaginer que l'homme en question ait été un délinquant connu des services de police. Un délinquant qui aurait voulu se venger du « patron » de Scotland Yard… Et pourquoi pas un représentant de Scotland Yard ? Ou un ex-agent de la force publique ? Un homme qui aurait eu des problèmes avec son supérieur hiérarchique. Un homme qui devait intégrer la police et dont la candidature aurait été injustement écartée…

Hormis ces malheureux grévistes outrageusement traités par les troupes de Warren en 1887, qui aurait eu intérêt à se retourner contre un préfet de police ? Un simple délinquant ? Un étranger malmené ? Un réformateur social ? Toutes ces pistes me semblaient aberrantes. Le tueur usait de trop de familiarité avec les forces de police et leur « patron ». Il connaissait l'institution policière. Il avait un lien, direct ou indirect, avec Scotland Yard ! Souvenons-nous d'un passage figurant dans la première lettre du tueur (17 septembre 1888) : « Vous et moi connaissons la vérité[14]. » Fanfaron, l'Éventreur sous-entendait que Warren le connaissait, mais qu'il n'avait pas encore fait le rapprochement…

Le « loup dans la bergerie »

Guidée par mon intuition, je passai au crible les archives policières et tous les dossiers de carrière des hommes du Yard en poste en 1888. J'observai leur parcours respectif, sans déceler le moindre impair. Ils alignaient, pour la plupart, des états de service irréprochables : carrière militaires, titres dans la magistrature ou diplômes universitaires d'une des neuf *Public School* du pays. Ces hommes triés sur le volet possédaient les qualifications nécessaires pour intégrer Scotland Yard. Déjà des centaines d'heures de recherches en archives et toujours rien. Je désespérai de découvrir une piste quand un visage m'apparut au détour d'un dossier. Irréprochable et d'une parfaite respectabilité, l'homme avait jusqu'ici échappé à mon attention. Parcours atypique dans un « océan de normalité »...

Je dévorai tout ce que je pus trouver sur sa vie familiale et ses états de service. À mon grand étonnement, je découvris que le 28 août 1888, sa candidature à Scotland Yard avait été violemment rejetée. Mais qu'il avait réintégré la police sept mois plus tard, sans bénéficier de la moindre qualification ni de la moindre expérience en matière policière.

La solution était sous mes yeux : un événement marquant avait déterminé les crimes de l'East End, mais aussi la démission de Sir Charles Warren. J'affirme que cet événement décisif eut lieu trois jours avant le premier meurtre de l'Éventreur. Il s'agit de la fameuse dispute du 28 août 1888, au cours de laquelle Melville Macnaghten fut renvoyé de la police. Trois jours plus tard, Mary

Ann Nichols trouvait la mort. Elle fut la première victime de l'Éventreur. Et vingt-six ans plus tard, un certain *Assistant Commissioner* à la retraite – du nom de Macnaghten – livrait dans ses Mémoires de bien étranges aveux concernant les démissions du préfet Warren et d'Henri Matthews :

> « [...] L'Éventreur se serait noyé après avoir mis hors service un préfet de police et mis fin à la carrière d'un des principaux secrétaires d'État de Sa Majesté[15]. »

« Hors service »... Aucun membre de Scotland Yard ne s'est jamais risqué à formuler ce genre de commentaires sur le départ de Warren. Aucun policier n'a affirmé avec tant d'aplomb que l'Éventreur était bien responsable de la démission des deux hommes. Aucun sauf Macnaghten... Pourquoi un tel jugement ? La réponse se trouve dans cette lettre déjà citée et reçue le 7 novembre 1888, un jour avant la démission du préfet Warren :

> « Cher Patron,
>
> [...] Je pense que mon prochain travail sera de te faire renvoyer. Et dès que possible je deviendrai un membre de la Force [police]. Je pourrai bientôt te demander des comptes [...]. Je déchirerai ton foie avant que tu ne meurs et te le montrerai. Et je prendrai tes reins et je les frirai aussi avec du poivre et du sel et les enverrai à Lord Salisbury [...].
>
> *Jack l'Éventreur*[16]. »

Demande-t-on des comptes au directeur de Scotland Yard lorsqu'on est un modeste subordonné, un simple agent de police ?

Presque sept mois après la fin des meurtres de Jack l'Éventreur, un homme rejoint Scotland Yard en qualité d'*Assistant Chief Constable* (inspecteur principal adjoint). À présent, Warren ne peut plus nuire à ce nouvel arrivant, alors qu'il s'opposait à son admission neuf mois plus tôt. Warren est parti de Scotland Yard, de la même manière que celui qu'il avait offensé lors de ce fameux 28 août 1888. Cet homme humilié par Warren n'a plus rien à craindre. Cet homme est Melville Macnaghten. Plus tard, il écrira dans ses Mémoires :

> « L'homme en bleu [Warren] n'était pas en bonne position dans l'opinion publique. Londres était en ébullition et commençait à craindre une sorte de guerre civile[17]. »

Chapitre X

LE RETOUR DE MONRO ET DE MACNAGHTEN

Monro succède à Warren

Depuis le 12 novembre 1888, Sir Charles Warren est officiellement « parti », mais il continue à viser les décrets de police. Les gradés ont hâte de le voir quitter définitivement Scotland Yard, au point qu'un certain C. Graham, officier de police, demande au Home Office « pourquoi les règlements de police de mercredi dernier [19 novembre] ont été signés par Sir Charles Warren, étant donné qu'il n'était plus préfet de police[1] ? ». On lui répond que Warren ne sera relevé de ses fonctions qu'au moment où un successeur aura été nommé à ce poste. Le 1er décembre 1888, l'ex-« patron » Warren fait ses adieux à la police. Il occupait ce poste depuis avril 1886.

Deux jours après le départ officiel de Sir Charles, le 3 décembre, James Monro resté chef du secteur D (ou Branche spéciale chargée des « infiltrations ») pose sa candidature à la succession de son ancien supérieur. Il l'obtient, au grand dépit d'un autre adjoint de Sir Charles, le préfet adjoint Anderson…

Le retour en fanfare de James Monro, trois mois après sa démission dramatique, est un véritable coup de théâtre. Il s'accompagne d'une mesure qui va consolider sa popularité auprès de ses subordonnés : quinze jours après sa nomination, Monro obtient du Home Office que le salaire quotidien des agents de police soit porté à une livre sterling. Sa carrière à la tête de Scotland Yard commence sous les meilleurs auspices.

Il semble clair qu'une des préoccupations principales du nouveau préfet est de réparer l'offense faite par son prédécesseur à son ami Macnaghten. Assez curieusement, cette entreprise va prendre sept mois. Faut-il voir dans ce délai l'effet d'une certaine prudence ? Le refus essuyé par Macnaghten, en août 1888, est peut-être encore trop récent dans les esprits. À moins qu'il soit préférable d'attendre que les remous provoqués par l'affaire « Jack » s'estompent… D'ici là, le nouveau préfet obtiendra une allocation spéciale de cent livres de plus par an pour le poste qu'il destine à son ami Macnaghten (dans ses Mémoires inédits, Monro signale qu'il lui devait bien cette compensation, puisqu'il était d'une certaine manière à l'origine de l'humiliation du mois d'août 1888).

Pendant ce temps-là, l'enquête piétine

Un mois après l'accession de James Monro au poste de préfet de police, survient un événement qui apporte un éclairage particulier dans l'enquête sur le tueur de Whitechapel. Le 31 décembre, le corps de l'avocat Montague John Druitt est repêché dans la Tamise. Il vient de passer plus d'un mois et demi dans l'eau. Suicide ? Ce jeune homme de la haute société, au psychisme instable, sera désigné quelques années plus tard par Macnaghten comme étant l'assassin. Notre homme regrettera d'ailleurs de n'avoir jamais pu croiser « un individu aussi fascinant[2] » que l'Éventreur. Dans ses Mémoires, Macnaghten prétendra être devenu détective six mois (sept en réalité) après que « Jack/Druitt » se soit suicidé et « n'avoir jamais rien eu à voir avec un tel homme ». Bien étrange déclaration…

En réalité, Druitt n'est qu'un suspect parmi bien d'autres. À Scotland Yard, on multiplie en vain les promesses de récompense en échange d'informations valables. L'affichage des lettres de Jack dans les postes de police n'a rien donné, de même que l'utilisation de chiens policiers sur ordre de Warren. Au Yard, les suspects et les témoins défilent (Mary Ann Cox, Elizabeth Prater, Forbes Winslow, George Hutchinson, Joseph Barnett, etc.) sans qu'aucune piste valable n'apparaisse. Lors de l'enquête sur le meurtre de Mary Jane Kelly, une certaine mademoiselle Maxwell a prétendu avoir aperçu la jeune femme au coin de Miller's Court le matin du 9 novembre, et lui avoir parlé aux environs de huit heures et demie ; elle l'aurait revue à neuf heures en compagnie d'un homme d'une trentaine d'années. Seul problème, la malheureuse a été dépecée par l'Éventreur depuis quelques heures… À partir de ce témoignage douteux, certains ont proposé une thèse farfelue : Mary Jane Kelly serait vivante et se serait fait passer pour morte.

Les témoignages comportant des erreurs sur l'heure ou le jour d'un crime sont nombreux dans les annales de police. Pour Mary Jane Kelly, aucune recherche sérieuse ne valide la piste hollywoodienne de la victime tuée par erreur (*From Hell*), ni celle de la complice de l'Éventreur se faisant passer pour morte afin de fuir Londres en compagnie d'un amant. Outre ces dépositions de bonne foi, mais erronées, d'autres témoignages relatifs à la cinquième victime sont entendus, sans qu'aucune preuve notable ne soit retenue.

Pendant ce temps, James Monro a entamé la campagne de « réhabilitation » de Macnaghten. La Branche spéciale de Scotland Yard, affirme-t-il, aurait besoin d'un homme comme lui dans ses rangs. Cette fameuse « section D » requiert un élément de son calibre.

Mais est-ce qu'une arrivée trop rapide de Macnaghten à Scotland Yard ne serait pas de nature à éveiller les soupçons ? D'autant qu'un journaliste, George Sims – ami de Macnaghten – vient d'établir dans le *Lloyd's Weekly News* un rapprochement curieux entre la nomination de James Monro et l'éventuelle arrestation de l'Éventreur :

> « Cela serait étrange si l'accession de monsieur Monro au pouvoir s'annonçait par un événement universellement populaire comme l'arrestation de Jack l'Éventreur. Selon

les informations qui nous sont parvenues, je me hasarde à prophétiser que ce sera le cas. »

Le samedi 1er juin 1889, avec la bénédiction de James Monro, Melville Macnaghten prend officiellement ses fonctions d'*Assistant Chief Constable* à Scotland Yard. Il devient le second de James Anderson. Selon les estimations (1885-1892) de la police métropolitaine, en qualité d'*Assistant Chief Constable*, il touche cent livres[3] de plus par an que ses homologues. Macnaghten bénéficie donc d'avantages substantiels, qu'il doit à son ami James Monro, nouveau préfet. À cette date, les équipes de surveillance policière dans l'East End ont été réduites, puisque l'Éventreur n'a plus frappé depuis sept mois…

Macnaghten intègre Scotland Yard

> « Eh bien mon gars, vous entrez dans un drôle d'endroit. Ils vous blâmeront si vous accomplissez votre devoir et pareillement si vous ne le faites pas[4] ! »

Voilà l'accueil que réserve Anderson, chef du département d'enquêtes criminelles, à son nouveau bras droit. Dans ses Mémoires, Macnaghten s'avouera fier de côtoyer la fine fleur des enquêteurs de Scotland Yard. Durant ses quinze premiers mois, il passera son temps à parcourir les arcanes de son nouveau métier et à rencontrer les principaux policiers.

James Monro choisit donc un homme dont la candidature a été rejetée sept mois plus tôt et lui confie un poste important, alors qu'il n'a en réalité aucune qualification. Son salaire, supérieur à celui de ses homologues, a de quoi frapper les esprits, même si Monro s'en explique dans ses Mémoires. La question que l'on est en droit de se poser est : pourquoi avoir choisi un candidat relativement âgé (il intègre Scotland Yard à l'âge de trente-cinq ans) et surtout sans compétences policières ? L'amitié entre Monro et Macnaghten est-elle la seule réponse ? Relevons qu'il est rare qu'une telle opportunité soit proposée deux fois à un même homme. Dans ces conditions, il n'est pas difficile de sentir la haine et les rancœurs planer au-dessus du Yard, sans compter d'étranges « rumeurs[5] » évoquées par Anderson.

Macnaghten aurait toutes les raisons de savourer sa victoire sur Charles Warren, à qui l'Éventreur lui-même – si l'on en juge l'étrange lettre du 19 octobre 1888 (envoyée par un anonyme) – annonçait sa prochaine entrée à Scotland Yard, « après avoir été injustement démissionné de la Force[6] ». Non sans provocation, l'auteur ajoutait le 7 novembre suivant : « Je pourrai bientôt te [Warren] demander des comptes[7]. » Drôle de coïncidence lorsqu'on suit le parcours de Macnaghten, lequel ne cessera de gravir les échelons du Yard : le 29 décembre 1903, il succédera même à Edward Bradford, *Assistant Commissioner*, chef du comité « Belper » chargé de l'identification criminelle (empreintes digitales).

Difficile de ne pas être interpellé par l'étrange candidature de Melville Macnaghten, lorsque de tels paramètres humains, financiers et statutaires soulèvent autant de questions.

Premiers pas du policier Macnaghten

Dès son arrivée à Scotland Yard, Macnaghten est affecté à l'affaire dite des « crimes de la Tamise », une vague de meurtres non élucidée, distincts de ceux de l'Éventreur, ayant débuté en 1887. Macnaghten, qui se prépare à mener sa première enquête, dit regretter de ne pas avoir eu la chance de croiser Jack l'Éventreur. Cependant, cette autre affaire de prostituées mutilées va lui permettre de compenser son intérêt morbide pour le tueur de l'East End.

Dès le lundi 3 juin 1889, l'*Assistant Chief Constable* Macnaghten reçoit deux télégrammes. Le premier, en provenance de Battersea, fait état de la découverte du corps démembré d'une femme. Le second annonce qu'on vient de mettre à jour un pelvis (partie du corps située sous l'abdomen) du côté d'Horsleydown. Certains des morceaux on été enveloppés dans un vieux manteau (ulster). Pour sa première enquête, Macnaghten va passer un certain nombre d'heures sur les rives du fleuve, en compagnie d'un officier chargé de l'affaire. On retrouve bientôt la cuisse gauche de l'inconnue sur les rives du fleuve, près d'Albert Bridge, puis, dans les jours suivants, d'autres membres à Battersea Park, et le reste sur les berges éloignées de Limehouse et Fulham.

> « Les crimes, relève Macnaghten, se rapprochent du mystère de Rainham en 1887 et du mystère de Whitehall en 1888. Dans les deux cas, des morceaux de corps de femme furent habilement démembrés et retrouvés dans des endroits variés, pour la plupart proches du fleuve mais

en aucun cas, la tête ne fut retrouvée ni même les corps identifiés[8]. »

Dans le cadre de cette affaire de femme sans tête, Macnaghten va établir une série de rapprochements plutôt pertinents : une prostituée vivant dans une pension de Turks Row, Chelsea, et déclarée disparue, possédait un ulster similaire à celui dans lesquels les restes retrouvés étaient enroulés. La police identifiera ainsi le corps démembré comme étant celui de la malheureuse Elizabeth Jackson.

En marge de ces observations « techniques », Macnaghten manifeste un rejet inexpliqué et violent des prostituées. Il ne semble pas avoir plus de compassion pour la malheureuse Elizabeth Jackson, retrouvée éparpillée sur les rives de la Tamise, que pour les prostituées victimes de l'Éventreur… Dans ses Mémoires, sa haine contre ces femmes apparaît ouvertement. Des crimes de Jack, il dit :

> « Les victimes, sans exception, étaient parmi les plus bas déchets de l'humanité féminine, évitant la police et déployant toute l'ingéniosité nécessaire pour rester dans les recoins les plus sombres[9] […]. »

Dans l'affaire Jackson, Macnaghten manifeste également sa haine :

> « La femme, qui semble avoir été un des déchets de l'humanité, doit avoir été tuée quelque part dans un lieu clos […]. »

« Déchets de l'humanité »… Il s'agit d'êtres humains, de femmes victimes de la misère, tombées sous les coups de tueurs sadiques ! N'est-il pas étrange d'observer un tel comportement chez un policier censé respecter les victimes ? Apparemment, pour Melville Macnaghten, gentleman bien sous tous rapports, ces malheureuses femmes ne sont que des « déchets » que l'on peut malmener, jeter… ou même éventrer… comme des sachets qu'on ouvre et qu'on jette après les avoir vidés de leur contenu.

De plus, il est étonnant de voir à quel point les affaires liées aux assassinats de femmes intéressent la recrue Macnaghten.

Spécialiste des meurtres de femmes

Durant sa longue carrière, Melville Macnaghten a suivi des centaines d'affaires de meurtres de femmes, ou de crimes perpétrés par ces dernières. Il en consigna d'ailleurs un certain nombre dans ses Mémoires. Voici le résumé des plus marquantes :

Les crimes de la Tamise. – Il s'agit, nous l'avons vu, de l'assassinat de plus d'une dizaine de femmes, dont les morceaux sont retrouvés sur les berges de la Tamise ou parfois repêchés dans le fleuve. Certains organes sont retrouvés enveloppés dans un manteau (ulster). Le criminel n'a pas été identifié.

L'affaire « Pearcey ». – Macnaghten est alerté le 23 octobre 1890, à quatre heures du matin. Une femme vient d'être retrouvée égorgée à Hampstead ; non loin de là, son nouveau-né gît mort dans son landau. Arrivé à la morgue, le policier examine soigneusement le corps non identifié. Il s'agit en réalité de Mrs Hogg, dont la disparition sera signalée un peu plus tard. Lorsque la belle-sœur de la victime et une amie se présentent pour l'identification, Macnaghten est témoin d'une scène pour le moins surprenante. Alors que la belle-sœur s'exclame : « Mon Dieu ! C'est elle ! », l'amie qui l'accompagne est subitement prise d'un accès d'hystérie et se met à hurler : « Ne la touche pas[10] ! » L'« amie », Miss Pearcey, sera arrêtée quelques heures plus tard. Elle était en réalité la maîtresse de l'époux de Mrs Hogg et a égorgé cette dernière selon la technique de l'Éventreur… Jugée coupable, elle sera pendue fin 1890.

Le meurtre de Dora Piernick. – Le 29 décembre 1903, à Whitfield Street, une femme est retrouvée assassinée dans son lit, la gorge tranchée. Macnaghten dit s'en souvenir parfaitement car l'événement coïncide avec sa nomination au poste d'*Assistant Commissioner*. La clé de la chambre a disparu, comme pour le meurtre de Mary Jane Kelly. Melville Macnaghten se demande si la victime ne l'aurait pas jetée par la fenêtre et attribue ce meurtre à un maniaque sexuel.

Le meurtre de Camden Town. – Emily (dite « Phillis ») Dimmock habite dans une petite rue de Camden Town. Un jour de septembre 1907, à trois heures de l'après-midi, son employée de maison tente d'ouvrir la porte de sa chambre et la trouve verrouillée. Anxieuse, la domestique appelle la police. La porte fracturée, Phillis Dimmock est retrouvée morte, la gorge tranchée d'une oreille à l'autre. Elle porte encore ses bigoudis dans les cheveux, aucun signe indiquant qu'elle comptait sortir. Elle a été tuée avec un rasoir ou avec un couteau très tranchant. Le meurtrier ne sera jamais arrêté.

L'affaire « Farrow ». – Deptford, des cambrioleurs forcent la porte du rez-de-chaussée d'une habitation. Réveillé par le bruit, le propriétaire, un certain Farrow, descend l'escalier et surprend les intrus, qui le rouent de coups et le laissent inanimé. La femme du malheureux aura moins de chance : pour la réduire au silence, les criminels vont la battre à mort avec un pied de biche alors qu'elle est encore allongée sur son lit. Les cambrioleurs décampent après avoir vidé la cassette de Farrow de son argent, mais ils commettent une erreur qui leur sera fatale : ils laissent la cassette vide sur les lieux. Or, celle-ci a conservé les empreintes des criminels, ce qui leur vaudra d'être arrêtés par la suite, grâce au procédé récent de détection à partir des empreintes digitales. Cette affaire sera l'une des grandes fiertés de Sir Melville Macnaghten, car elle marque un énorme progrès en matière d'identification criminelle.

On le constate, Macnaghten relate ces histoires de veuves assassinées, de matricides et met en scène des tueurs de prostituées avec une sorte de jubilation assez étrange. Une évidence s'impose : cet homme possède un appétit démesuré pour les affaires liées à la criminalité féminine et à l'assassinat de prostituées. Une véritable obsession chez ce policier dont la fille cadette, Mary Christabel, avoue dans ses Souvenirs :

> « J'allais encourager ma mère à me dire qui fut réellement mon père[11]. [...] »

Mais elle ne le fit jamais…

Troisième partie

L'ÉVENTREUR DÉMASQUÉ

L'auteur des crimes de Whitechapel, ce tueur « malade », acharné, compulsif, obéissant à des pulsions d'une telle violence qu'elles ont découragé toutes les analyses, ne peut être que celui que nous désignons : Melville Macnaghten. Il aura fallu plus d'un siècle pour que sa culpabilité apparaisse car si l'on en juge le vieil adage policier – « tous les innocents sont des suspects en puissance » – sa personnalité et sa position le mettaient à l'abri de tout soupçon. Il a mené une carrière exemplaire à Scotland Yard, accumulant les honneurs et ne mettant un terme à ses activités qu'à la suite de troubles mentaux. Dans ses Mémoires, auxquels nous faisons souvent référence, il déplore de n'avoir rejoint Scotland Yard qu'après que Jack l'Éventreur ait cessé de terroriser Whitechapel[1]. Et, dans le même élan, il affirme de façon convaincante qu'un jeune avocat homosexuel de la haute société nommé Montague John Druitt, retrouvé noyé dans la Tamise, est l'auteur des crimes. Pour Macnaghten, l'affaire était close. Pourtant, depuis cent vingt ans, des milliers de chercheurs ne partagent pas cet avis. Mais aucun d'entre eux n'a réussi à identifier de manière formelle le tueur.

Pour moi, il ne fait aucun doute que Jack l'Éventreur est Sir Melville Leslie Macnaghten, devenu un des hauts responsables de Scotland Yard après la démission de son ennemi juré, le préfet Sir Charles Warren. Ce Warren qui l'avait profondément humilié en s'opposant avec mépris à son entrée dans la police et qui a été poussé au départ par l'opinion publique et, murmure-t-on, par la reine Victoria elle-même.

Sir Melville n'a, jusqu'à ce jour, jamais été désigné comme le criminel qui, d'août à novembre 1888, a fait régner la terreur à Whitechapel, donnant à ses forfaits – avec une progression étudiée – un caractère de plus en plus sanguinaire.

Pourtant, des indices auraient dû alerter les enquêteurs. Le jeune Macnaghten était un comédien refoulé, méprisé par son père. Élève d'Eton, il n'avait trouvé d'emploi que dans l'entreprise familiale des Indes, où il avait vécu un véritable cauchemar en 1881, roué de coups et laissé pour mort lors d'une révolte indigène. À cette occasion, il avait noué un lien d'amitié avec un haut fonctionnaire de police coloniale – James Monro – qui plus tard, revenu à Londres, tenta de lui ouvrir les portes de Scotland Yard. Rejeté avec mépris par le préfet Warren, il s'était transformé en tueur sans pitié, graphomane, provocateur. Il ne mit fin à la série de ses crimes que lorsque Warren fut contraint de donner sa démission. Son but était atteint. L'assassin pouvait devenir policier ! Jusqu'au jour où il quitta la police, les troubles obsessionnels dont il souffrait ayant atteint un point de non-retour…

Tout concorde, tout s'explique, tout s'enchaîne parfaitement : la multitude d'éléments réunis et mis bout à bout ne laissent plus de place au doute.

J'ai consacré à cette enquête une grande partie de mon existence, poussant jusqu'à l'obsession le désir et la volonté de percer ce mystère. Je ne compte plus le nombre de mes voyages à Londres, les stratagèmes que j'ai dû mettre en œuvre pour avoir accès aux pièces d'archives conservées à Kew, au sud-ouest de Londres. Adolescente, j'ai dû souvent mentir sur mon âge, munie de fausses cartes de visite, voire de fausses recommandations !

Plusieurs fois, j'ai failli être arrêtée par la police, m'étant introduite frauduleusement dans les endroits protégés ou interdits – comme la Grande Loge unie d'Angleterre, The Freemason's Hall, située à Great Queen Street, au cœur de Londres.

Je ne me suis jamais découragée, même quand à bout de ressources, je n'arrivais pas à me procurer certains documents. Dans des lieux très fermés, comme le Garrick Club de Londres, j'ai bénéficié en revanche d'aides spontanées et amicales.

Les pages qui suivent constituent un véritable acte d'accusation. Le vrai visage de « Jack l'Éventreur » se dégage de lui-même, au milieu de cette accumulation d'indices.

Chapitre XI

« JACK L'EMPAILLEUR »

Histoire de chasse et de trophées

On s'est beaucoup interrogé sur l'étrange détermination du tueur de Whitechapel à récupérer les organes de ses victimes (utérus, rein, cœur, etc.) après avoir pratiqué une coupe longitudinale et médiane sur les corps. Le geste requiert-il une connaissance chirurgicale approfondie ? Les spécialistes de l'époque étaient déjà divisés sur la question.

Un tueur chirurgien ?

Le dimanche 30 septembre 1888, le docteur Gordon Brown examine le corps de Catherine Eddowes, quatrième victime de l'Éventreur. Il estime que le tueur est pourvu « d'aptitudes chirurgicales considérables ». Il ajoute que celui-ci connaissait « la position des différents organes et de quelle façon ils pouvaient être ôtés. Cependant un spécialiste en dissection animale pourrait avoir cette compétence[1]. [...] »

D'autres praticiens, comme le docteur Bond, affirment exactement le contraire. Cet expert soutient que le tueur ne possède aucune aptitude chirurgicale. Concernant les prétendues « connaissances médicales de Jack l'Éventreur », il affirme :

> « Dans chaque cas, la mutilation était infligée par une personne qui n'avait pas de connaissance scientifique ni anatomique. À mon avis, il ne possède même pas les connaissances techniques d'un boucher, ni celles d'un abatteur, ni celles de toute personne accoutumée à découper des animaux morts[2]. »

Le docteur Bond est intervenu en qualité d'expert dans l'enquête sur les « crimes de la Tamise » mais également sur ceux de l'Éventreur. Examinant le corps de Mary Jane Kelly, le 9 novembre 1888, il relève un détail macabre que choisira de taire le coroner MacDonald lors du rapport d'enquête : l'assassin a emporté le cœur de la victime !

Au cours de l'enquête sur le meurtre d'Annie Chapman, deuxième victime, le coroner Wynne Baxter avait déjà interrogé le médecin légiste George Bagster Phillips sur les connaissances supposées de l'assassin. Les audiences publiques du Working Lad's Institute ont alors donné l'occasion à la presse de s'emparer de l'affaire avec pour seul objectif le sensationnel. Déformant les propos de l'expert, les journalistes annoncent au public médusé :

> « Le corps n'a pas été disséqué, mais les blessures infligées ont été commises par quelqu'un possédant de considérables connaissances chirurgicales et anatomiques[3]. »

La théorie du chirurgien fou, dépeceur de prostituées, était née… En réalité, Phillips se montre plus prudent dans son rapport, ne parlant que de « connaissances anatomiques ». D'ailleurs, le même médecin va prendre une position totalement contraire en examinant le corps de Catherine Eddowes : cette fois, il ne relève « aucune aptitude spéciale ».

Que penser de ces avis contradictoires ? Les commentaires de la presse obscurcissent encore le débat. Un journal rapporte qu'un médecin américain aurait fait des demandes d'organes auprès des institutions médicales britanniques. L'homme a rendu visite au sous-directeur du musée de Pathologie : il se disait prêt à payer vingt livres à celui qui lui procurerait des organes similaires à ceux prélevés sur Annie Chapman. Les journalistes se sont précipités sur le scoop et les effets furent dévastateurs. Pour l'opinion publique, Jack était médecin. Afin d'éviter la catastrophe, le *British Medical Journal* dut rétablir la situation dans un communiqué de presse :

> « Il est vrai que des demandes ont été effectuées par un médecin étranger auprès d'une ou deux écoles médicales, en début d'année dernière […]. La personne concernée est

un savant des plus respectables, très connu des institutions médicales londoniennes. Elle a quitté Londres, il y a dix-huit mois de cela. Il n'existe pas de fondement solide à cette théorie, et les rapports erronés qui ont été transmis à la presse font que cette hypothèse doit être rejetée[4]. »

Expert ou novice ?

Pourquoi les opinions des spécialistes de l'époque divergent-elles autant ? Que doit-on retenir au juste de toutes ces déclarations ? Tentons de dresser un tableau synthétique du problème.

Question : *qui est capable de pratiquer une incision médiane* post mortem *sur des corps humains ?*

Réponse : un taxidermiste, un chasseur, un médecin légiste, un chirurgien.

Question : *qui est apte à extraire de façon méthodique des organes humains ?*

Réponse : *idem* que la précédente.

Questions : *quelles sont les connaissances en médecine de l'Éventreur ?*

Réponses fondées sur l'avis des médecins et experts chargés de l'affaire :

– pour 40 % : expertise en anatomie, chirurgie, médecine légale, médecine générale, gynécologie ;

– pour 40 % : notions minimales en médecine, connaissances en matière de découpe d'animaux ;

– pour 10 % : expertise animalière (chasseur, boucher, vétérinaire, taxidermiste, spécialiste en vivisection, équarrisseur, etc.) ;

– pour 10 % : aucune connaissance.

Tentons à présent d'aller plus loin en reprenant les cinq cas et les avis d'experts.

Affaire Mary Ann Nichols

– Dr Llevelyn : « Le tueur doit avoir quelques connaissances rudimentaires en anatomie, pour s'être attaqué aux organes vitaux[5]. »

– Dr Phillips : « Ces mutilations ont nécessité des connaissances anatomiques[6]. »

Affaire Annie Chapman

– Dr G. Bagster Phillips : « La manière avec laquelle le couteau fut utilisé semble indiquer de grandes compétences anatomiques [...], il n'y avait pas de coupe inutile. Le tueur possédait de réelles connaissances anatomiques ou pathologiques au point d'être apte à isoler les organes pelviens d'un seul coup de couteau[7]. »

Affaire Elizabeth Stride

Pas de mutilations.

Affaire Catherine Eddowes

– Dr Gordon Brown : « Il faut de grandes connaissances médicales pour retirer un rein et savoir où il est placé ; une telle compétence désigne quelqu'un habitué à disséquer les animaux[8]. »

– Dr William Sedgwick Sanders : « Les blessures n'étaient pas infligées par quelqu'un possédant de grandes connaissances anatomiques. »

– Dr Sequeira : « Je ne crois pas que l'assassin possédait de grandes aptitudes anatomiques. »

– Dr G. Bagster Phillips : « Ne discerne aucune connaissance particulière et pense que le tueur pouvait tout aussi bien être un chasseur, un boucher ou un abatteur comme un élève chirurgien [...]. Jack l'Éventreur ne semble pas avoir démontré d'aptitudes spéciales, vu l'état dans lequel fut réduit le corps de C. Eddowes. »

Affaire Mary Jane Kelly

– Dr Bond : « Dans chaque cas, la mutilation était infligée par une personne qui n'avait pas de connaissance scientifique ni anatomique. À mon avis, elle ne possède même pas les connaissances techniques d'un boucher ou d'un abatteur ou de toute personne accoutumée à découper les animaux morts[9]. »

Ces éléments posés, nous pouvons raisonnablement penser que des connaissances médicales rudimentaires et quelques notions d'anatomie suffisent pour ouvrir un corps humain et retirer des organes. À l'appui de cette affirmation, on peut évoquer le cas du *serial killer* Jeffrey Dahmer, qui découpait les corps de ses victimes et récupérait des organes, sans posséder aucune connaissance anatomique. Lorsqu'on l'arrêta, le 22 juillet 1991, les policiers découvrirent dans son réfrigérateur et dans un placard des parties génitales, des têtes et des membres humains. Ils retrouvèrent également trois cuves remplies d'acide, dans lesquelles Dahmer faisait dissoudre les thorax. La méthode était toujours la même : le jeune homme invitait ses victimes à son domicile – des marginaux de sexe masculin en général. Après avoir tenté de les séduire, il finissait pas verser dans leur verre des somnifères. Une fois inconscients, il pratiquait une ouverture dans leur crâne et y versait de l'acide. Il pensait ainsi les transformer en zombies ! Mais Dahmer ne s'arrêtait pas là, il allait jusqu'à démembrer ses victimes, leur ôter des organes et s'adonner au cannibalisme.

Dernier élément à verser au dossier : on se rappellera qu'après avoir égorgé Annie Chapman, l'assassin a tenté de décapiter la victime, sans succès ; il n'a pas réussi à séparer au couteau les os de son cou. Cette fois, le « challenge » macabre était trop difficile à relever pour l'Éventreur. Un véritable chirurgien, possédant par essence toutes les connaissances nécessaires pour effectuer cette opération, n'aurait pas échoué !

Leçon de taxidermie

Jack l'Éventreur a systématiquement incisé du sternum au pelvis quatre de ses cinq victimes. Cette première phase n'est pas sans nous rappeler le geste du médecin légiste, mais aussi celui très similaire du taxidermiste[10].

Le taxidermiste travaille fréquemment pour le compte des chasseurs et réalise des trophées (biche, sanglier, cerf, etc.), quand il n'est pas lui-même un chasseur averti qui empaille le gibier pour son propre compte. Une sorte de défi à la mort… Une quête métaphysique qui obsède plus d'un homme. Devenir Dieu sans avoir l'impression d'enfreindre les lois naturelles est un fantasme bien humain.

Les premières taxidermies ont été réalisées vers 1750 et les expérimentations se sont poursuivies jusqu'à la fin du XIXe siècle. Depuis, des évolutions notables ont encore été constatées sur le plan technique. La taxidermie se décompose en dépouillage, tannage, squelette et montage, pour arriver au résultat final : la naturalisation de l'animal.

Pour opérer, le taxidermiste utilise deux catégories d'instruments :

– les outils de dépouillage, permettant de séparer la peau de l'animal du reste de son corps. Ils s'apparentent aux instruments de chirurgie, fins, nets et précis (scalpels, pincettes, ciseaux, scies chirurgicales et couteaux de tailles variables) ;

– les outils de montage sont similaires à ceux utilisés dans le bricolage domestique (tenailles, pinces, maillets, épingles, tournevis, limes, etc.).

Le dépouillage consiste à enlever la peau de l'animal. Pour cela, des incisions sont pratiquées à l'aide d'un scalpel, sous le ventre et à l'intérieur des pattes. La peau doit être décollée avec soin de la chair. Ensuite, chaque parcelle de chair, de graisse ou d'os restante doit être grattée.

On se souviendra de la dernière victime de Jack l'Éventreur, Mary Jane Kelly, dont la peau a été retirée par endroit et complètement grattée. Son tibia droit a été dénudé jusqu'à l'os. Derrière le désordre apparent de ce crime, on remarque une volonté chez l'assassin d'ôter les organes – ce qu'il fit – mais aussi la peau de la victime selon un mode exécutoire particulier : « Des lambeaux de chair de l'abdomen et des cuisses ont été empilés sur la table[11] », note le docteur Phillips dans son rapport.

La deuxième phase consiste à *ôter viscères et muscles*, afin de réduire au maximum les risques de corruption dus à l'humidité ou aux insectes. L'Éventreur n'ignore pas cette phase et agira en conséquence avec Mary Jane Kelly. Viscères, utérus, foie, rate et intestins seront méticuleusement ôtés du corps de la victime. Sans oublier « la surface extérieure de l'abdomen et des cuisses, complètement arrachée », ajoute le docteur Phillips.

Contrairement aux autres corps retrouvés en pleine rue, celui de Mary Jane Kelly se trouvait dans une chambre. Le tueur voulait empêcher que les organismes nécrophages ne s'installent et ne détruisent le « travail », une fois terminé. L'Éventreur craignait vraisemblablement que le corps de Miller's Court soit découvert tardivement et que les organes putréfiés finissent par corrompre le cadavre plus vite que prévu. D'où la nécessité de les extraire.

Mais le fait le plus étrange concerne la disparition du cœur de Mary Jane Kelly. Faut-il y voir un nouveau rapport avec la chasse ? Parmi de nombreux exemples, souvenons-nous des Indiens d'Amérique du Nord, excellents chasseurs de buffles et de bisons. Chaque fois qu'ils tuaient ces animaux puissants et véloces, ils s'emparaient du cœur encore chaud de l'animal. Ils avaient la conviction qu'en mangeant l'organe vital, ils acquerraient la force de la bête. Le cœur est un organe hautement symbolique pour un chasseur. C'est un trophée ! Une récompense couronnant les efforts déployés pour traquer et abattre l'animal. Mais une fois le gibier mort, il faut s'en occuper plus sérieusement…

Expert en chasse et en tannage

Dans le cas Mary Jane Kelly, seul un expert en chasse ou un habitué de la taxidermie pouvait agir de la sorte et infliger de telles mutilations. Les enquêteurs ont longtemps supposé qu'un spécialiste en médecine légale ou un anatomiste était requis pour ce genre de basses besognes. Il n'en est rien. À l'époque victorienne, les amateurs de safaris et les colons sont nombreux à exceller dans l'art de la chasse aux bêtes sauvages. Aux Indes, les vastes plaines du Bengale favorisent ce genre d'expéditions (chasse au crocodile, chacal ou chat sauvage), avec leur lot de trophées admirablement restitués, de sacs en peau et d'animaux sauvages empaillés, etc.

Mais le chasseur averti ne se contente pas toujours de naturaliser les espèces pour en faire des trophées. Il peut aussi faire preuve de dextérité dans la confection de vêtements, de tapis ou de sacs en peaux de bêtes… Avec l'Éventreur, nous serions donc en présence d'un expert en « sauvagerie », un chasseur. La rapidité déconcertante avec laquelle l'assassin agit et mutile ses victimes tend à le prouver.

Jack a surtout une connaissance infaillible du terrain, car il évolue et agit dans une quasi-obscurité. Dans les rues de l'East End, les becs de gaz sont rares. C'est donc un homme disposant d'une expérience solide de chasseur nocturne qu'il faut rechercher, un homme capable de tuer une femme et de la mutiler quasiment « à l'aveugle ». Un médecin ne saurait opérer dans l'obscurité avec une telle précision, tous sans exception travaillent sous un éclairage efficace. Le chasseur de nuit, lui, fait confiance à sa rétine habituée à l'obscurité et à son coup de main. L'Éventreur est un homme de terrain, froid et concentré, sachant ôter des viscères en un temps record et sur place !

« Souvenirs du Bengale »

Penchons nous sur les Mémoires de Sir Melville Macnaghten. L'homme, qui entre dans la police en 1889, vient de passer plus de douze ans au Bengale, à travailler sur la plantation familiale (1876-1888). Malgré un relatif isolement, des voisins éloignés et peu nombreux (Calcutta se trouverait à cent trente kilomètres de Kishnaghur[12], où il habite) il se souvient que ces années furent placées sous le signe de « considérables plaisirs », dont ceux de la chasse, car « l'Inde était pour tout amoureux de safari un pays splendide[13] ».

Depuis qu'il est jeune homme, Melville, accompagné de son père, s'adonne quasi quotidiennement à la chasse. Chacals, léopards, chats sauvages et alligators sont ses victimes de prédilection. Il emporte avec lui un sac, « souvent confectionné à partir de peaux de chats sauvages, de renards ou autre[14] ». Il est plus que probable qu'il réalise lui-même ce type d'accessoire, la dissection et les opérations de tannage ne semblant pas le rebuter. Porter avec soit un organe ou une partie de l'animal tué relève typiquement du comportement ancestral du trophée.

Dans ses Mémoires, Macnaghten décrit une scène étonnante : des chasseurs traquent un léopard blessé, avant qu'il ne s'attaque au village le plus proche. Alors que le fauve, affolé, peut réagir de manière imprévisible, Macnaghten n'hésite pas à l'approcher, démontrant par là son instinct de prédateur :

> « [...] Pendant que les autres réfléchissaient aux moyens d'en finir au plus vite, je rôdais autour de l'animal irrité [...]. L'homme devant moi s'arrêta brutalement et pointa le doigt en direction de la jungle, criant : "Sahib le voilà !" [...]
>
> C'est vrai que le tir à courte portée, n'était pas difficile, mais si le projectile ratait sa cible, cette erreur pouvait être chèrement payée. Une blessure infligée par les dents ou les griffes d'un léopard est chose assez déplaisante à ce que je crois. [...] La suppuration suit immédiatement une morsure ou une éraflure[15]. »

Autre chapitre des souvenirs de Macnaghten, autre gibier : le chacal.

> « [...] Comme le pays comptait de bons cavaliers et un nombre pléthorique de rabatteurs, nous décidions de partir

certains jours à la tuerie. Cela incluait la chasse au chacal à l'aide de nos limiers [...]. C'est assez amusant et j'en ai tué jusqu'à sept avant le petit déjeuner.

[...] Un chacal avait été vu se dérobant, à moins de trois cents mètres de là où nous étions. Nous galopions après lui, les chiens suivaient les chevaux, jusqu'à ce que la proie soit dans la ligne de mire. Le problème était de savoir si les chasseurs pourraient attraper le chacal avant qu'il n'atteigne la jungle hospitalière [...], son sanctuaire[16] [...]. »

En anglais, chacal se dit *jackal*. Dans ce passage, Macnaghten utilise curieusement le diminutif *jack*. Coïncidence ? Nous aurons l'occasion d'y revenir.

La suite du récit montre le peu d'empathie qu'éprouve le jeune colon pour les animaux, mais également pour les autochtones, qui avaient le malheur de croiser la route des fauves :

« Parfois des enfants étaient tués, des chèvres et des chiens ont fréquemment été emportés[17]. »

Chez Macnaghten, la passion de la chasse induisait – de façon même indirecte – un goût pour les activités violentes, un instinct de prédation assez élevé, voire un intérêt pour le meurtre...

La chasse aux animaux dangereux se révèle un moyen efficace pour acquérir une bonne technique d'approche des proies et, par capillarité, un comportement de prédateur. Le chasseur victorieux cherchera toujours à utiliser au mieux ce que ses proies ont à lui offrir, à travers le tannage ou la récupération de trophées comme le cœur. Nous ne sommes pas loin de la dynamique régissant le comportement de l'Éventreur de Whitechapel, dont la pratique diffère très peu de celle du chasseur.

Il est évident que le tueur possède des connaissances anatomiques et maîtrise la technique du dépeçage. L'expérience du safari et du tannage possédée par Melville Macnaghten correspond au mode opératoire de Jack l'Éventreur. Mais notre bien étrange chasseur ne s'en est pas arrêté là dans ses confidences…

Chapitre XII

LA PISTE INDIENNE

Une lettre mystérieuse

Découvrant le passé de chasseur de Melville Macnaghten, au Bengale, je me suis soudain souvenue d'une mystérieuse lettre reçue par Scotland Yard en octobre 1888. La psychose « Jack » battait alors son plein. Expédiée depuis Dublin et adressée à Sir Charles Warren, cette missive attribuée à l'Éventreur de Whitechapel contient un détail pour le moins curieux :

> « 8 octobre 1888,
> Dublin,
> Commercial Street,
> Police Station.

Sir Charles Warren,

J'ai le plaisir de vous dire que je suis l'homme qui a posé des problèmes à Londres en tuant tout le monde. Je pense commettre deux crimes de plus ce soir et ensuite j'essaierai la police.

Je vis à Calcutta.

Cordialement vôtre,

Jack l'Éventreur[1]. »

« Calcutta », au Bengale ! L'auteur signale-t-il par là qu'il y vit réellement, ou, petit clin d'œil, qu'il y aurait vécu ? Le lieu d'expédition nous indique qu'il réside en Irlande, peut-être provisoirement, ou qu'il y fait de fréquents voyages. Jack ajoute qu'il va « essayer la police », c'est-à-dire intégrer la police après avoir commis deux crimes le soir même. Simples coïncidences ?

N'importe quel plaisantin peut avoir rédigé ces quelques phrases. En effet, les deux meurtres annoncés n'ont pas eu lieu. Aucune victime ne fut à déplorer ce jour-là. Le tueur a-t-il été contrarié dans ses plans ? Difficile de croire pourtant qu'il aurait pu couvrir la distance Dublin-Londres en une journée.

Cette lettre demeure une énigme. Mais à bien y réfléchir, l'assassin irait-il jusqu'à dévoiler sa véritable identité ? Non, il préfère brouiller les pistes. On imagine la réaction de la police londonienne et du préfet Warren, si le mystérieux Jack avait indiqué : « Après avoir commis quatre crimes, je me fais oublier en passant quelque temps en Irlande, pays dont ma famille est originaire ; j'ai vécu aux Indes, près de Calcutta, et je ne désespère pas d'intégrer bientôt la police, dont vous venez de me chasser… »

Plus sérieusement, on notera que Melville Macnaghten était originaire d'Irlande (branche paternelle), qu'il vécut aux Indes, à cent trente kilomètres de Calcutta, et qu'il a bien « essayé » la police à partir de 1889 ! Quant à savoir s'il était à Dublin le 8 octobre 1888, on ne dispose malheureusement d'aucune information sur son emploi du temps ce jour-là…

Chapitre XIII

« ATTRAPEZ-MOI SI VOUS POUVEZ ! »

CHASSE AU CHACAL EN MILIEU URBAIN

Les plaines du Bengale ne ressemblent guère aux ruelles sordides de l'Est londonien. Pourtant, sur ces deux terrains, chasseurs et bêtes fauves se sont affrontés.

Par mimétisme, tout criminel qui tente d'échapper aux forces de police se retrouve dans la peau d'un animal traqué, même si cet animal est parfois un grand prédateur… « *Catch me if you can* », attrapez-moi si vous pouvez ! La formule revient comme un leitmotiv dans des lettres de l'Éventreur reçues par Scotland Yard, au cours des mois tragiques de 1888. On se souvient de celle du 17 septembre :

« Cher Patron,

Donc maintenant ils disent que je suis juif ? Quand apprendront-ils ? Vous et moi connaissons la vérité. Attrapez-moi si vous pouvez.

Jack l'Éventreur[1]. »

Ou de celle datée du 2 octobre, alors que le tueur a déjà sauvagement assassiné quatre femmes :

« Je suis Jack l'Éventreur, attrapez-moi si vous pouvez[2]. […] »

On peut lire, en creux, la bravade d'un chasseur professionnel, devenu fauve traqué, mais toujours capable de déjouer les pièges qu'on lui tend.

Le tueur s'amuse. Il prend plaisir à narguer la police, assurant sa supériorité intellectuelle. Et c'est vrai que la police s'égare, qu'elle piétine lamentablement. Scotland Yard est désemparé face à ce criminel d'un nouveau genre. Les autorités sont incapables de protéger les citoyens contre cette mort qui rôde. L'opinion publique comme la presse en sont convaincues. Dans son édition du 22 septembre 1888, la gazette satirique, *The Punch*, a même parodié les propres mots du tueur, conseillant ironiquement aux enquêteurs : « Tournez trois fois sur vous-mêmes, pataugez, bougez gauchement et attrapez qui vous pouvez[3]. » Sur la couverture du magazine, on découvre un bobby, yeux bandés, jouant à colin-maillard avec des criminels plutôt moqueurs. Un avis de recherche est placardé en arrière-plan.

Pour les journalistes, la police est totalement aveugle dans cette affaire. D'ailleurs, le contenu des lettres envoyées par l'Éventreur semble indiquer qu'il est tellement intouchable que la police ne peut pas le soupçonner. Tant d'assurance a de quoi nous interpeller, surtout lorsqu'on sait que les cinq meurtres furent commis dans un périmètre restreint : deux kilomètres carrés et demi ! Un territoire de chasse grand comme un « mouchoir de poche », saturé de chasseurs-policiers tentant de capturer le prédateur avant qu'il ne frappe à nouveau… et se réfugie dans son sanctuaire inviolable. Un prédateur qui a délibérément choisi le sobriquet de « Jack », un prénom banal, mais également un diminutif utilisé par certains Anglais pour désigner une bête sauvage…

Le repaire de la bête

Certains ont voulu voir derrière le masque de l'Éventreur un habitant de Whitechapel, vivant à l'épicentre de ce drame sanglant. Un habitant du quartier ou un habitué ? La nuance est de taille. Souvenez-vous du premier chapitre de ce livre : « Le Londres de 1888 a deux visages. » Pendant que les quartiers est de la capitale ploient sous le fardeau de la misère, l'ouest, au contraire, est un havre de paix où la bonne société londonienne prospère à l'abri du malheur. Les quartiers « chics » ! Le tueur ne peut rêver meilleur « sanctuaire » dans cette société britannique de castes, où Scotland Yard n'imagine pas une seule seconde qu'un gentleman se livrerait à de tels excès sur des femmes, considérées comme des « déchets ». Dans ce monde victorien, bipolaire et hypocrite, entre les mains de quelques nantis, les crimes sordides sont toujours le fait de pauvres bougres, voire d'étrangers… Forcément ! Voilà comment des préjugés se transforment en protection absolue pour un criminel, qui se sait à l'abri des poursuites et s'en vante allègrement ! On n'enquêtera jamais sur un gentleman, résidant à Warwick Square, même s'il écrit dans ses Mémoires :

> « Le problème était de savoir si les chasseurs pourraient attraper le chacal avant qu'il n'atteigne la jungle hospitalière […], son sanctuaire[4]. »

Pourquoi, en effet, soupçonner cet homme bien sous tout rapport, qui évoque ici la chasse au chacal et se contente de désigner l'animal en employant quatre lettres : « *jack* », à la place des six que tout bon Anglais se doit de donner : « *jackal* » ? Coïncidence ou nouveau clin d'œil du policier Macnaghten, qui décidément ne peut s'empêcher de jouer avec les mots ? Comme l'Éventreur jouait avec la police et la mort… La mort dont le dieu était, dans l'Égypte ancienne, Anubis. Un chacal !

Chapitre XIV

JACK ET LE THÉÂTRE

TRAGÉDIE EN CINQ ACTES

Retour en arrière. Nous sommes en 1872, dans la demeure des Macnaghten. Après dîner, une partie de whist tient en haleine l'ensemble des convives. Entre deux coups, le chef de famille, Elliot – sexagénaire doté d'un solide tempérament –, jette un regard à son fils Melville. Il lui lance sur un ton qu'il voudrait neutre :

« Que comptes-tu faire maintenant que tu as terminé tes études ?

– Acteur ! »

La réponse a claqué, cinglante. Le jeune homme, d'ordinaire si timide, vient de faire preuve d'un aplomb qu'on ne lui connaissait pas.

Dans la pièce, les conversations se sont interrompues. L'atmosphère est électrique. Tous les regards sont braqués sur Elliot Macnaghten. Stoïque, l'homme pose ses cartes. Fin de partie. Tournant la tête vers son fils, il conclut :

« Tu feras ce que tu veux, mais je te considère comme parfaitement fou[1] ! »

Nul doute qu'Elliot Macnaghten, habitué à imposer ses vues, ne mesure pas l'effet de ses dernières paroles. Melville a toujours craint son père.

La même année, son tuteur écrivait : « Ce garçon aurait pu faire quelque chose… mais il n'a rien fait. »

Ce soir-là, en dépit de cette violente remarque paternelle, Melville Macnaghten, jeune diplômé de dix-neuf ans, garde espoir de devenir, selon ses propres mots, « un Roscius[2] », un acteur accompli. Cette vocation de comédien, Melville la porte en lui depuis son plus jeune âge, lorsqu'il s'inventait des mondes merveilleux pour tromper sa solitude[3]. Il est fait pour être acteur, il a du talent ! À Eton, n'a-t-il pas brillé au cours de nombreuses représentations théâtrales ?

Melville Macnaghten ne sait pas encore que ses rêves voleront en éclats sous la pression paternelle. Dans un an à peine, il endossera un autre rôle, celui d'exploitant agricole, perdu dans les vastes plaines du Bengale. Longues années d'exil et d'aigreur, pendant lesquelles sa passion ne l'abandonnera jamais. Un jour viendra où il pourra mettre à profit ses talents d'acteur, dans un drame sanglant qui tiendra en haleine des millions de « spectateurs » jusqu'à nos jours…

Itinéraire d'un acteur contrarié

Les quinze années que Macnaghten vient de passer aux Indes n'ont pas eu raison de ses aspirations. À son retour en 1888, le Londres artistique lui tend les bras. Ses malles sitôt défaites, il s'empresse de rejoindre, en qualité de membre sympathisant, une institution réputée de la capitale britannique : le Garrick Club.

Le Garrick Club fut fondé en 1831 par un groupe de gentlemen littérateurs et placé sous le patronage du duc de Sussex (frère du roi Guillaume IV). Les membres fondateurs pensaient le club comme un lieu où acteurs, hommes raffinés et éduqués pourraient rencontrer mécènes et professeurs. Quelque temps après sa création, le club prit le nom d'un de ses membres disparus, l'acteur David Garrick. Dans son *Dictionnaire de Londres* (1888), Charles Dickens précisait les modalités de fonctionnement du club :

> « Le Garrick Club, à Covent Garden, fut placé sous le patronage du drame. Il combine les avantages classiques d'un club et ceux d'une société littéraire, permettant l'accès à une bibliothèque théâtrale et la participation à des représentations costumées. Le nombre de membres est limité à six cent cinquante et leur élection est entre les mains du comité général. [...] Quatre candidats chaque année seront sélectionnés, en considération de leur reconnaissance publique ou distinction. Les frais d'adhésion sont pour l'instant fixés à 21 livres, la souscription annuelle étant de 88 livres [...]. »

Les premiers membres du Garrick faisaient partie d'un groupe cosmopolite incluant vingt-quatre pairs du royaume. On trouvait des écrivains, des éditeurs, des musiciens, des comédiens et des metteurs en scène. Parmi les nombreux artistes britanniques qui franchirent les portes de ce club, on citera les écrivains Charles Dickens, William Makepeace Thackeray, Arthur Conan Doyle ou Anthony Trollope, des acteurs tels que Macready, Charles Kemble ou Henry Irving, les compositeurs Elgar et Sullivan et les artistes Millais, Leighton et Rossetti. Le Garrick accueillait également de grands mécènes et des amateurs éclairés comme Melville Macnaghten.

Membre sympathisant du club depuis 1888, Macnaghten fut intégré comme membre à part entière en 1908. Le certificat d'admission est signé par ses amis déjà membres : « M. L. Harris, A. J. Ashton, Reginald Herrison, Bruce Martin, Hugh Montgomery, M. Blanchard Montmor, etc. » Son parrain est un certain Charles W. Mathias, secondé par Charles F. Gill.

Au Garrick, Macnaghten retrouvait l'atmosphère qu'il aimait tant, baignant dans un univers dédié à la création artistique. On se souvient de l'amitié qui liait les Macnaghten à leur voisin, Oscar Wilde, rapportée par la plus jeune des filles de Melville, Mary Christabel. Cette dernière précise dans ses Mémoires :

> « Mon père était l'ami de beaucoup d'acteurs de son époque : Henry Irving que je ne devais, hélas, jamais rencontrer, Beerbohm Tree et bien d'autres acteurs contemporains. Il me semble connaître parfaitement tous ces individus, car au déjeuner, mon père nous racontait souvent, à

ma mère et à moi-même, les conversations qu'il avait eues lors des soirées au Garrick Club, endroit qu'il adorait[4]. »

Macnaghten fréquenta assidûment le Garrick jusqu'en 1917, époque où il se mit à l'écart pour raisons de santé. Mary Christabel reprochera plus tard à son père d'avoir contrarié sa vocation d'actrice, comme il avait subi lui-même cette frustration de la part de son père[5].

Mise en scène macabre

Une multitude d'auteurs anticonformistes, avides de sensationnel, ont tenté de donner des interprétations cabalistiques et mystiques des crimes de Whitechapel. Exemple parmi d'autres, Ivor Edwards, dans son ouvrage *Jack the Ripper's Black Magic Rituals*, désigne comme coupable un certain Robert d'Onston. Ce franc-maçon aurait reçu des enseignements lucifériens d'une société secrète et les aurait mis en pratique…

On a toujours recherché les explications les plus extravagantes aux crimes de l'Éventreur. Chaque société, chaque époque a voulu interpréter cette épopée sanglante à l'aune de ses propres fantasmes. Jack l'Éventreur poursuivait un objectif :

– commettre les crimes les plus abjects qui soient, afin de s'assurer la plus grande audience possible ;

– terroriser la population pour obtenir la démission du préfet de police Warren, incapable d'arrêter le tueur.

Cinq crimes ont suffi pour atteindre ce but, cinq assassinats et une signature : « M ». Pourquoi ôter les intestins d'une femme égorgée et les placer sur son épaule ? Pour ne pas être gêné durant l'extraction d'autres organes, ou pour intensifier l'effet dramatique ? Ne faut-il pas voir derrière ce rituel macabre une mise en scène uniquement destinée à frapper l'opinion ? L'œuvre d'un « artiste », auteur et acteur de ce drame urbain. Les corps des victimes se présentaient comme un « vaste festin », des mots que Macnaghten utilise dans un rapport rédigé en 1894, lorsqu'il évoque le sort de la malheureuse Mary Jane Kelly. Un jugement « esthétique », qui ne nous étonne pas chez ce policier-acteur, là où tous ses collègues se seraient cantonnés à des termes plus respectueux.

La passion de Macnaghten pour le théâtre a conditionné sa vie et déterminera les événements de 1888. Seul un acteur dans l'âme peut se jouer avec autant d'« humour » de la police et se livrer à ces « drôles de petits jeux[6] ». Seul un acteur est capable de se dédoubler au moment de commettre son acte sanglant, puis de reprendre une vie normale, la représentation achevée. Seul un acteur peut « contrefaire » son style, son écriture et leurrer son entourage pour échapper aux soupçons.

Nous avons vu dans la première partie de cet ouvrage que l'Éventreur de Whitechapel a été aperçu par des témoins. Aucun d'entre eux n'a malheureusement fourni la même description physique. On l'a vu grand, plus petit, imposant, fluet, élégant ou négligé, l'air étranger, ressemblant à un marin avec son foulard rouge, à un ouvrier, à un gentleman, etc. Y a-t-il plusieurs Jack dans les rues de Londres ? Ou un seul tueur, capable d'endosser plusieurs rôles et de manipuler les témoins oculaires en se faisant passer pour ce qu'il n'est pas ? Comme un acteur…

C'était un jeu dangereux, certes, mais peut-être le plus beau « rôle » dans l'esprit d'un comédien frustré, humilié et psychologiquement instable.

Macnaghten et le théâtre latin

De retour d'Australie, en 1911, à deux ans de la retraite, sujet à des troubles psychiques de plus en plus rapprochés, Macnaghten décide de s'atteler à une entreprise de longue haleine : la traduction en anglais de l'*Art poétique* d'Horace. Il s'agit d'une œuvre énorme en vers et en deux volumes, écrite entre 20 et 10 avant Jésus-Christ, auxquels s'ajoute *Une Épître aux Pisons*.

L'*Art poétique* est aussi un traité d'art théâtral, comprenant des conseils pour composer et mettre en scène une « parfaite tragédie ». Certains passages traduits par Macnaghten évoquent de façon troublante les crimes de l'Éventreur :

> « En ce qui concerne l'action, il est des choses qu'on doit mettre sous les yeux des spectateurs ; d'autres qui paraîtraient invraisemblables ou trop odieuses seront simplement racontées. Certains faits cachés seront racontés par un témoin. »

Autre coïncidence, on trouve dans l'*Art poétique* les vers suivants :

> « Marchand infatigable, vous courez à l'extrémité de l'Inde. Vous fuyez la pauvreté à travers les flots, les rochers,

les climats les plus brûlants, et vous fermez l'oreille à la voix du sage qui vous apprendrait à refuser le fol objet de vos adorations et de vos désirs. »

Le traité d'Horace, que Macnaghten avait certainement lu à Eton, quand il était étudiant, propose un certain nombre de règles qu'un dramaturge doit appliquer : composition en cinq actes (il y a eu cinq meurtres), rôle des témoins, nécessité d'une « intervention divine », etc. Ce rapprochement n'a pas échappé au ripperologue Tom Cullen, qui écrit :

« Jack l'Éventreur était presque aristotélicien, si l'on constate les unités dramatiques qu'il instaure[7]. »

On retrouve également dans Horace ce passage qui fait réfléchir :

« Il fallait par le charme d'une agréable nouveauté, retenir le spectateur après le sacrifice et les copieuses libations [après la tuerie ?]. Mais on doit présenter ces satyres rieurs et bavards [les prostituées ?] et mêler le plaisant au sérieux, sans aller jusqu'à conduire dans une sombre taverne [pub ?], au milieu de gens au langage grossier, un dieu ou un héros [tueur ?] qu'on vient de voir couvert comme un roi, d'or et de pourpre. »

Chapitre XV

LES « MALADIES » DE JACK

Troubles obsessionnels, dépression

Les criminologues sont formels : la plupart des tueurs en série ont subi un choc violent à la tête, au cours des années précédant leur passage à l'acte. « Le traumatisme et autre blessure à la tête » est un des éléments récurrents du profil psychopathologique de ces meurtriers. À travers l'étude de plus de cinq cents cas, le psychiatre américain Joel Norris[1] a démontré que ce traumatisme est généralement le résultat d'un manque d'oxygène à la naissance, de blessures accidentelles durant l'enfance ou d'accidents graves à l'âge adulte.

L'Inde s'embrase en 1881

Dans l'histoire coloniale britannique, l'année 1881 fut, aux Indes, particulièrement agitée. De violentes révoltes éclatèrent dans tous les territoires, annonçant un rejet progressif de la domination britannique, le Raj[2]. Deux facteurs expliquent la montée du mécontentement et la flambée de violence qui s'ensuivit. Au niveau politique, 1881 voit l'imam Aga Khan Ier[3] s'éteindre à Bombay. Durant son gouvernement, il avait réussi à rapprocher les différentes communautés ethniques et religieuses de l'Empire (musulmans, hindous, etc.). À sa mort, le calme relatif laisse place à de violentes émeutes entre les communautés, mais également contre le pouvoir colonial. En effet, une loi nouvellement promulguée attise le mécontentement dans les milieux ruraux. Née sous la pression des industriels du Lancashire et de la chambre de commerce de Manchester, l'*Indian Factory Act* vient d'entrer en application. Cette loi doit permettre aux industries anglaises de rivaliser avec les produits manufacturés en provenance des Indes, pays à faible coût de main-d'œuvre. En soit, le texte favorise les travailleurs indiens, en imposant dans les usines indiennes des salaires plus élevés, afin d'augmenter le coût de revient des produits arrivant sur le marché britannique et permettre aux fabriques anglaises de rivaliser. À présent, les ouvriers de l'industrie sont mieux payés que leurs homologues travaillant sur des exploitations agricoles entre les mains des colons britanniques, comme celle des Macnaghten. Les laissés-pour-compte de cette loi se sentent floués. Ils vont se révolter.

Macnaghten laissé pour mort

Mai 1881. La situation est explosive au Bengale. Les Hindous ne tolèrent plus que leurs terres soient sous domination britannique. Ils tentent de les reprendre par la force ou d'obtenir des salaires équivalents à ceux proposés dans l'industrie locale. Le colon Macnaghten, installé sur cette terre depuis huit ans, est appelé dans un village pour régler un problème de fraude. Il est loin de se douter que sa vie va basculer dans quelques heures. Les révoltés lui ont tendu un traquenard :

> « [...] Un incident s'est produit en mai 1881, qui a changé ma façon de travailler pour la vie entière. [...] En une nuit, dans tous les districts de la région supérieure du Bengale, une affiche fut placardée devant la demeure de chaque cultivateur. Elle annonçait que plus aucune terre louée ne devait être payée [...].
>
> Dans certains districts, l'attitude des émeutiers était si menaçante que des "zemindars" (propriétaires terriens) quittèrent les plaines du Bengale et s'installèrent temporairement autour de Darjeeling. Sur nos terres, tout alla bien pendant deux ou trois mois. Je pense que nous étions justes, sinon généreux, et que nous n'étions pas impopulaires.
>
> Un jour, on me rapporta un cas de fraude dans un de nos plus grands villages [...]. Je filai immédiatement. Sur place, les émeutiers acharnés m'assaillirent, me frappèrent violemment et me laissèrent sans connaissance sur la plaine. Plusieurs de mes domestiques furent également battus. Le lendemain matin, accompagné de policiers, je

retournai au village afin d'identifier certains meneurs. Monsieur Ashley Eden, lieutenant gouverneur du Bengale, s'impliqua dans cette affaire et dépêcha une expédition punitive sur le village[4]. »

Il pourrait s'agir d'une anecdote banale : un propriétaire terrien, parti régler un problème avec un fermier, tombe dans un piège tendu par des émeutiers ; un propriétaire qui ne peut contenir la fureur de tout un groupe ; un homme molesté, roué de coups, « passé à tabac ». Mais l'histoire bascule lorsqu'on apprend que cet homme, certainement jeté à terre, a été frappé à la tête avec une violence telle qu'il en a perdu connaissance… Melville Macnaghten livre ainsi dans ses Mémoires un élément capital : il a bien été victime d'un « traumatisme à la tête », donnée clinique commune à la majorité des tueurs en série.

La rencontre avec James Monro

Dans les jours qui suivent son agression, Macnaghten se rend à Bombay pour porter plainte. Il est reçu par l'inspecteur général de la police, ancien juge de district au Bengale : James Monro[5]. Lorsque ce dernier découvre l'identité de l'homme assis face à lui, un souvenir remonte à la surface. Macnaghten… Monro connaît ce nom ! Et pour cause, Sir Francis Macnaghten[6], le grand-père de Melville, avait occupé des fonctions de magistrat à la cour suprême du Bengale.

Monro, victime d'une malformation de la hanche, boite depuis son enfance. Aussi éprouve-t-il de la sympathie pour ce jeune colon, diminué physiquement et moralement. Cette rencontre va marquer le début d'une longue amitié entre les deux hommes, malgré les quinze ans qui les séparent (Monro est né en 1838). Une amitié qui jamais ne faiblira et qui poussera James Monro à proposer, en août 1888, un poste de policier à Melville Macnaghten.

Macnaghten passera encore sept années aux Indes, tentant d'oublier cet épisode traumatisant. Il est probable que cette agression, particulièrement sauvage, a laissé des séquelles psychologiques profondes. Les coups portés à la tête ont peut-être provoqué des dommages neurologiques irréversibles. Melville Macnagthen se plaignait « depuis des années d'être en proie à un système nerveux défaillant[7] » et conservait d'ailleurs les traces de cette agression : si l'on regarde attentivement son portrait, on remarque une cicatrice sur sa joue droite et une boursouflure au niveau de la commissure des lèvres. On supposera même que certains nerfs faciaux ont été touchés au moment de l'agression.

Un traumatisme qui refait surface

En 1888, ce terrible traumatisme va remonter à la surface, dans un bureau de Scotland Yard. Rejetant la candidature de Melville Macnaghten, le préfet de police Warren, avec morgue et dédain, lance : « C'est le seul homme en Inde à s'être fait "tabasser" par les Hindous ! Même ces hommes seraient plus qualifiés que lui pour le job[8] ! »

Le préfet n'aurait pu choisir des termes plus humiliants, plus dégradants. Ce militaire borné reproche à un homme, hanté par un épisode douloureux, d'être un faible, un incapable. Par ces quelques mots, il met en doute sa force, sa virilité, son aptitude à diriger.

Le 28 août, l'ancien colon, au psychisme instable depuis son agression, et qui souffre certainement de migraines récurrentes, est renvoyé comme un « moins que rien ». C'est le sous-estimer que de penser qu'il en restera là.

Dans trois jours à peine, l'Éventreur de Whitechapel commencera à venger l'honneur bafoué de Melville Macnaghten…

Chapitre XVI

L'INCENDIE DE SHADWELL

LA NUIT DE TOUS LES DANGERS

Le soir du 30 août 1888, un incendie dévaste les trois entrepôts les plus importants des docks sud-est de Londres, à Shadwell, dans le quartier de Whitechapel. Des entrepôts appartenant à la Compagnie des Indes orientales. Sept heures après le départ du feu, on retrouvera dans Buck's Row, à moins d'un kilomètre de là, le corps sans vie de Mary Ann Nichols, première victime de l'Éventreur. Sept heures auront suffi pour qu'un homme humilié bascule dans la folie meurtrière.

À feu et à sang

Il est vingt heures trente, ce jeudi 30 août, lorsque l'alarme retentit dans les docks sud-est. Le feu[1] a pris sans raison dans des stocks de produits coloniaux, de brandy et de gin. L'extrême inflammabilité des produits a transformé trois bâtiments en un immense brasier. Des flammes géantes s'échappent, la fumée âcre est suffocante, le ciel londonien rougeoie. L'incendie se propage rapidement aux structures avoisinantes, les grues servant à charger et décharger les caisses de marchandises s'enflamment à leur tour. Le feu progresse à une vitesse vertigineuse. Les premiers pompiers arrivés sur place ont le plus grand mal à contenir l'incendie. Les sirènes retentissent dans toute la ville, les renforts appelés à l'aide se précipitent vers les docks. Bientôt, douze bateaux-pompes déversent des trombes d'eau sur le brasier. Les hippomobiles, équipées de doubles cylindres chromés horizontaux et de trois pompes actionnées, entrent en action. La foule des curieux est impressionnante sur les bords du fleuve ; on n'a pas vu un tel spectacle depuis bien des années !

Aux alentours de vingt-trois heures, l'incendie semble maîtrisé. Les badauds, tenus en haleine pendant deux heures et demie, commencent à se disperser. Ce soir, les pubs de Whitechapel résonneront des bruits de l'événement. Avant qu'un fait divers d'un tout autre genre ne monopolise l'attention des consommateurs : dans quatre heures, en effet, Jack l'Éventreur commettra le premier des cinq actes de son épopée sanglante. Et personne n'établira de lien entre le feu mystérieux et le crime commis la même nuit, à moins d'un kilomètre des docks. Incendie volontaire et meurtre, deux actes criminels distincts, deux événements que tout pourrait séparer. Et pourtant…

De l'incendie au meurtre

Qu'est-ce qui peut pousser un homme à déclencher un incendie ? Selon les études réalisées en criminologie clinique, en particulier les travaux du psychiatre Jean Oulès :

> « Le mobile avancé pour justifier l'acte est souvent la vengeance ou la haine, ou une simple vexation, une humiliation après une banale dispute[2] [...]. »

Vengeance, haine, humiliation, dispute... des termes qui résonnent d'un écho particulier, lorsqu'on sait que deux jours avant l'incendie de Shadwell, un homme a été renvoyé de Scotland Yard après avoir été humilié de la pire des manières. Un homme dont le père avait autrefois dirigé la Compagnie des Indes orientales. Un homme qui nourrit contre l'autorité paternelle, et policière, une hostilité violente : Melville Macnaghten.

Mais Jean Oulès va plus loin dans son analyse. Les nombreux cas examinés prouvent que l'acte incendiaire sert d'avertisseur. Le feu précède souvent un autre passage à l'acte, un nouvel incendie, ou alors un meurtre. D'ailleurs, les actes incendiaires font bien partie des facteurs énumérés par le psychologue clinique Joel Norris, lorsqu'il détermine le profil-type des tueurs en série. Or, Jack l'Éventreur commet son premier crime sept heures après le déclenchement de l'incendie sur les docks à Whitechapel. Simple coïncidence ? Je ne le pense pas.

La haine peut transformer n'importe quel individu en bête féroce, quand d'autres facteurs interviennent :

instabilité psychologique, frustrations, humiliation, dépit, colère, agressivité qui auraient entraîné le passage à l'acte, conséquence d'une « intolérance avec frustration » (stress, deuil, séparation, etc.). La volonté de nuire devient alors impérieuse. Quelques jours après le premier meurtre de Jack l'Éventreur, John Pizer, boucher juif de l'East End, est arrêté. Mais ce dernier possède un alibi : à l'heure du crime, il était encore sur les rives de Shadwell, en train d'observer le feu. En revanche, un autre homme avait quitté les lieux, peut-être aux alentours de vingt-trois heures, au moment où l'incendie commençait à décliner. Il partit alors à la recherche d'un nouvel exutoire. Sa première proie. Ce soir-là, le hasard désigna Mary Ann Nichols.

Faire parler de soi

L'excitation qu'un feu procure à un meurtrier aux tendances incendiaires est intense. Après avoir été stimulé par la destruction d'un objet inerte (bâtiment), le criminel choisira ensuite une victime bien vivante.

Des tueurs en série comme Peter Kurten – « l'Éventreur de Düsseldorf » –, Lucas Carlton ou Berkowitz (auteur de plus de mille quatre cents incendies) adoraient observer les bâtiments partir en fumée. Cette vision les plongeait dans un état extatique, une jouissance indicible.

À la recherche de sensations fortes, le criminel atteint avec le feu la forme la plus puissante de stimulation sexuelle. C'est aussi une façon d'exprimer son mépris envers l'autorité contre laquelle il se venge.

Un feu entraîne l'intervention de pompiers, de policiers et attire journalistes et badauds. C'est un acte visant à faire parler de soi et qui procure à son auteur des sensations fortes, l'impression qu'il « existe », qu'il surpasse en intelligence les autres mortels. N'est-ce pas le sentiment qui habite le tueur de Whitechapel, lorsqu'il commet ses actes immondes ? Jack s'assure la plus forte « audience » possible, alors qu'il pourrait se débarrasser des corps dans la Tamise comme son macabre « collègue », le Démembreur…

Non, Jack veut affirmer sa supériorité, offrir au monde entier un spectacle macabre qui dépasse en horreur son premier acte, l'incendie de Shadwell. Si les pompiers ont maîtrisé les flammes, les policiers, eux, ne réussiront pas à stopper le tueur.

Policiers et pompiers, deux professions à risque, deux corps d'élite au service de la collectivité qui s'apprécient mutuellement. Un policier, pourtant, ne partage pas ce sentiment : Macnaghten.

Nous sommes en 1911, des malfaiteurs se sont retranchés dans un immeuble de l'East End. La police arrive sur les lieux. Pour couvrir leur fuite, les bandits mettent le feu au bâtiment. Les pompiers sont aussitôt dépêchés sur place :

> « Les pompiers, tels des chiens tenus en laisse, se précipitent et commencent leurs opérations[3] […]. »

Curieuse image, celle de « chiens tenus en laisse » lorsqu'on parle de pompiers risquant leur vie. Sir Melville Macnaghten, dans ces lignes, n'apprécie peut-être pas les hommes qui luttent contre le feu, les mêmes que ceux qui ont réussi à éteindre un incendie en août 1888, sept heures avant que l'Éventreur ne passe à l'acte…

Chapitre XVII

M(ACNAGHTEN) LE MAUDIT

Le 19 juillet 1889, Scotland Yard reçoit une lettre particulièrement déroutante, signée Jack l'Éventreur. Encore un canular ? L'assassin n'a plus sévi depuis huit mois, Londres a presque fini par oublier l'assassin qui terrorisait l'East End. Les enquêteurs britanniques devraient pourtant réagir devant une phrase qui se veut anodine : « Je suis une marque sur les femmes[1]. »

Des marques, les policiers en ont effectivement relevées sur les victimes, ainsi que sur les scènes de crime. L'inspecteur Abberline se souvient encore de ce jour froid et gris de septembre 1888, où une inscription antisémite fut tracée à la craie blanche sur un mur de briques noires, non loin du corps de Catherine Eddowes. Pourtant, l'affaire ne va pas rebondir. Les meurtres ont cessé, les effectifs policiers dédiés à la traque de Jack l'Éventreur ont fondu. D'autres criminels, toujours actifs, monopolisent les forces disponibles.

D'ailleurs, pourquoi un tueur s'amuserait-il à narguer les forces de l'ordre, sans plus faire de victimes ? Aurait-il atteint son but ? Cela n'a aucun sens pour les enquêteurs du Yard, qui viennent de fêter l'arrivée dans leurs rangs d'un certain Macnaghten…

De la bonne lecture des lettres

Scotland Yard a-t-il manqué une nouvelle fois de discernement ? Encore aurait-il fallu mettre en relation plusieurs indices laissés par le tueur.

Car une « marque » a bien existé. On l'a relevée sur le visage sauvagement ravagé de Catherine Eddowes, la quatrième victime de l'Éventreur. Sous chaque paupière, à la pointe de son couteau, le tueur a tracé une lettre en majuscule. Dans le tourbillon de l'enquête, les policiers ont lu deux « V » renversés. Deux « V » renversés, qui forment un « M » à l'endroit ! L'assassin venait de signer son forfait dans la chair de sa victime. Avant cet épisode, il avait déjà tenté de laisser sa marque, non pas sur la victime mais à côté d'elle.

En effet, le 8 septembre précédent, près du corps mutilé de la malheureuse Annie Chapman, les enquêteurs ont ramassé un morceau de papier. Cet indice a fait l'objet d'une analyse approfondie : il s'agit d'un fragment d'enveloppe portant, sur le dos, le sceau du Royal Sussex Regiment et oblitérée le 28 août 1888. Sur l'endroit, la lettre « M », tracée à la main, figure à l'emplacement du destinataire. Dans la zone réservée à l'adresse, on aperçoit le chiffre « 2 », plus loin les lettres « Sq ».

Un véritable casse-tête pour les détectives de Scotland Yard, qui ont vite abandonné les recherches. Ils ont eu tort. Car en explorant la piste de l'enveloppe, j'ai fait une découverte intéressante.

D'abord, la date du cachet postal : 28 août 1888. Il s'agit du jour où le préfet Warren s'est opposé à l'entrée de Macnaghten à Scotland Yard.

Deuxième coïncidence, le même préfet Warren a mené une partie de sa carrière militaire dans le Royal Sussex Regiment, dont il commandait le deuxième bataillon entre 1881 et 1884[2]. Seuls les militaires de haut rang conservent le privilège d'utiliser, pour leur correspondance, des enveloppes portant les armes de leur unité, même s'ils ont quitté le service actif. Sir Charles Warren possédait sans doute une réserve de ces enveloppes.

Dernier élément troublant, le nom et l'adresse du destinataire de la missive : un « M » majuscule, un « 2 » et enfin « Sq ». Or, **M**elville **M**acnaghten habite 3**2** Warwick **Sq**uare. Les coïncidences laissent place aux certitudes.

Dès le meurtre d'Annie Chapman, Macnaghten a dévoilé une partie de son identité. Pas de manière trop flagrante, non. On peut imaginer le désespoir qui a parcouru l'ex-colon, lorsqu'il a reçu la lettre lui fermant les portes de Scotland Yard. Après l'avoir déchirée rageusement, il en a laissé un morceau à côté du corps de sa deuxième victime. Car je suis convaincue qu'il s'agit bien d'une partie de l'enveloppe ayant contenu la lettre du 28 août. Après avoir aligné rituellement les autres possessions de la victime (bagues, peigne, etc.), l'Éventreur l'a posée à côté du corps. Pour signer son forfait… Selon l'inspecteur Joseph Chandler, la lettre « M » et le fragment d'adresse, figurant sur le recto, ont été laissés en évidence par le meurtrier.

Jack l'Éventreur a laissé sa marque lors des meurtres d'Annie Chapman et de Catherine Eddowes, ses deuxième et quatrième victimes. Sans doute n'avait-il pas encore envisagé de le faire lorsqu'il égorgea Polly Nichols. Pour Elizabeth Stride, troisième victime, il fut dérangé durant son acte… Restait Mary Jane Kelly, sa cinquième victime.

Le 9 novembre 1888, dans une chambre misérable du 13 Miller's Court, le spectacle est insoutenable : Mary Jane Kelly n'est plus qu'un amas de chairs difformes. Arrivé sur les lieux, l'inspecteur Abberline découvre l'ampleur du massacre. Le corps est méconnaissable. Lorsqu'il parvient enfin à détacher son regard de la malheureuse, il remarque une lettre sur le mur au fond de la chambre : un « M » tracé avec le sang de la victime[3]. Le policier n'ira pas plus loin dans ses observations. Pourtant, en étudiant attentivement la photographie du cadavre, prise au lendemain du meurtre, un nouveau détail m'est apparu : sur le mollet droit de Mary Jane Kelly, probablement tracées avec du sang, on distingue nettement deux nouvelles lettres : « M » et « V ». Et l'Éventreur concluait son règne de terreur en livrant à la police ses initiales : **M**el**V**ille **M**acnaghten. Mais Scotland Yard est resté aveugle…

Cette façon de « stigmatiser » ou de « signer » un corps n'est pas un cas isolé. Donald Graeff, tueur impliqué dans l'affaire du « Dahlia noir » (Elizabeth Short), avait gravé ses initiales sur la cuisse de sa jeune victime (Helen Miller), en décembre 1947, à la façon de Jack.

M le maudit

Curieusement, l'Éventreur et son étrange signature nous rappellent le film expressionniste du réalisateur allemand Fritz Lang : *M le Maudit* (1931). Ici, le tueur sévit dans une république de Weimar rongée par le nationalisme et le chômage. L'étrange similitude avec les meurtres commis par Jack y est saisissante. L'assassin souffre en effet d'un dédoublement de personnalité. Un « M » le poursuit à travers les séquences du film et apparaît sept fois, comme une marque qui le désigne et l'accuse !

De Jack l'Éventreur à Macnaghten « le maudit », il n'y avait qu'un pas. Malheureusement, les marques de l'année 1888 ont été traitées par les enquêteurs comme des détails sans importance. « Je suis une marque sur les femmes » avait pourtant écrit Jack l'Éventreur. Et cette marque dirigeait les soupçons vers l'homme qui avait juré d'avoir la « peau » de Sir Charles Warren.

Chapitre XVIII

LE FOULARD ROUGE

Signature indienne

Outre ses initiales, celui qui se faisait appeler « Jack l'Éventreur » a volontairement utilisé un objet symbolique, comme une seconde signature, pour trois de ses crimes : un foulard rouge.

Le 8 septembre 1888, Annie Chapman, deuxième victime de Jack, est retrouvée à moitié décapitée. Le docteur George Bagster Phillips, légiste de Scotland Yard, examine le corps à six heures et demie du matin. Ces propos sont rapportés par le *Times* :

> « Un mouchoir était noué autour de la gorge de la victime. Il est exclu de penser qu'il ait été noué après que la gorge fut tranchée. Sans le foulard, la tête serait peut-être tombée à côté du corps[1]. »

L'assassinat d'Annie Chapman présente une particularité : un témoin a vu la victime moins de cinq minutes avant qu'elle ne soit tuée. Et le témoin, Elizabeth Long, n'a pas relevé qu'elle portait un foulard. Celui-ci provient donc bien de l'assassin.

Trois semaines plus tard, vers minuit trente-cinq, dans la nuit pluvieuse de Whitechapel, un passant croise un homme et une femme. L'homme a le teint clair, une moustache. Cheveux châtain clair, coiffé d'une casquette grise à visière, il est vêtu d'une veste « poivre et sel » qui semble trop large pour lui. Détail singulier, il porte autour du cou « un foulard rouge ». « J'ai pensé qu'il s'agissait d'un marin[2] », déclare le témoin, Joseph Lawende. Plus tard, dans la nuit, lorsqu'on présente à Lawende le corps de Catherine Eddowes, égorgée à Mitre Square, il confirme qu'il s'agit bien de la femme qu'il a croisée dans le passage. Le témoin a donc vu l'Éventreur, moins de cinq minutes avant qu'il commette son forfait. Pour lui, pas de doute : le foulard rouge autour du cou de Catherine est bien celui qu'il a remarqué sur l'homme.

Un mois plus tard, Mary Jane Kelly est aperçue par un certain Hutchinson, « en compagnie d'un homme élégant », visiblement un client. Hutchinson a gardé en mémoire des bribes de leur conversation. La fille se plaignait d'avoir perdu son mouchoir, l'inconnu lui tendit le sien : une grande pièce de tissu rouge… Ce foulard nous renvoie à une autre époque, à un autre lieu.

Les adorateurs de Kali

Jack l'Éventreur ne fut pas le premier tueur à employer un foulard rouge pour étrangler ses victimes. Fin 1888, un journaliste du *Star* avait avancé la bonne théorie pour expliquer la présence de ce foulard. Malheureusement, les enquêteurs n'établirent pas de lien avec un homme revenu des Indes… Le reporter voyait, derrière cette pièce de tissu rouge, la marque des thugs[3], secte de tueurs fanatiques, adorateurs de la déesse Kali. Des sicaires qui sévissaient depuis plusieurs siècles aux Indes !

Melville Macnaghten y a passé plus de dix ans. Il a été souvent confronté à la violence. Cependant, c'est un autre Macnaghten qui eut à subir les actions néfastes des thugs : son père, Elliot Macnaghten.

Rendus célèbres par le film *Indiana Jones et le temple maudit*, ces adorateurs de la déesse Kali s'attaquaient aux voyageurs isolés, les étranglant avec un foulard rouge avant de les égorger. Ils s'en prenaient également aux convois transportant les produits de la Compagnie des Indes orientales. Dans les zones escarpées, ils surgissaient à l'improviste, massacraient les soldats chargés de protéger les marchandises, puis disparaissaient avec leur butin. On retrouvait parfois des corps démembrés, pour rendre toute enquête impossible.

Chaque attaque entraînait un manque à gagner important pour la Compagnie des Indes orientales. Aussi, en 1850, son président, Sir Elliot Macnaghten, prit-il les mesures qui s'imposaient. Il déclencha une vaste campagne de répression, qui porta rapidement ses fruits. Et, bien avant la fin du XIXe siècle, le thuggisme avait été éradiqué. Si quelques étrangleurs furent emprisonnés ou exécutés, d'autres subirent une réhabilitation originale à travers l'art du tissage de tapis. Certains se montrèrent tellement habiles dans cette confection que la reine Victoria se porta acquéreur d'un tapis d'étrangleur.

Elliot Macnaghten, homme à poigne, devait s'enorgueillir de son action contre les thugs. Nul doute que ses récits des crimes de la secte, avec les détails macabres qu'on imagine, ont frappé son jeune fils, Melville, et ont nourri son imaginaire. Au point que ce dernier n'a pu s'empêcher de transposer leur méthodes d'étranglement dans les rues de Whitechapel. On pourra voir également dans l'emploi du foulard une réhabilitation des tueurs que son père avait combattus…

Chapitre XIX

LE CAS « NEMO »

À VINGT MILLE LIEUES DE LA VÉRITÉ

Le 4 octobre 1888, le *Times* publie une lettre reçue par la police. Un certain « Nemo » se propose de renseigner les policiers sur le profil de l'homme à rechercher :

« 2 octobre 1888,

Monsieur,

Ayant passé beaucoup de temps en Inde et, par conséquent, familier des méthodes employées par les criminels de l'East End, j'ai été frappé par les propos rapportés sur les meurtres de Whitechapel. Ceux-ci furent probablement commis par un Malais, ou un quelconque Asiatique des classes populaires, connus sous le nom de “lascars” et qui, je crois, sont en grand nombre dans cette partie de Londres.

Les mutilations consistant à couper le nez et les oreilles, à éventrer le corps et à ôter certains organes sont des méthodes fréquentes dans l'East End et propres aux criminels humiliés, envahis par la haine et le mépris. Le public et la police sont généralement embarrassés par la signification de tels actes et se contentent de les décrire comme étant le fait de maniaques furieux et insensibles. Ma théorie propose qu'un homme de cette classe aurait été trompé et dépouillé de ses économies (souvent importantes) ou qu'il considère avoir été grandement blessé par une prostituée – peut-être une de ses premières victimes. Il aurait été poussé par la folie et la vengeance à prendre la vie de femmes appartenant à cette même catégorie, autant qu'il put [...].

À moins d'être pris en flagrant délit, un homme tel que lui semble parfaitement inoffensif dans la vie courante, il a des manières polies, pour ne pas dire obséquieuses, et il est sans doute la dernière personne que soupçonnera un policier britannique.

Mais quand le scélérat est sous l'emprise de l'opium, de l'excitation ou du gin, qu'il est motivé par son goût du massacre et du sang, il peut détruire sa victime sans défense avec la férocité et la ruse du tigre. Ses succès et son impunité passés n'ont fait que le rendre plus téméraire et impatient.

Votre fidèle serviteur,

Nemo[1]. »

Héros créé en 1869 par Jules Verne pour son roman *Vingt Mille Lieues sous les mers* – traduit en anglais en 1872 par Lewis Mercier –, le capitaine Nemo (du latin *nemo* : « personne ») est le fils d'un raja indien. Ce personnage voue une haine féroce à la Grande-Bretagne, qu'il accuse d'assujettir son pays et d'être responsable de l'assassinat de sa femme et de ses enfants. Renonçant à la société des hommes, le capitaine Nemo va écumer les mers à bord de son *Nautilus* et s'en prendre aux intérêts britanniques.

Les contradictions de Nemo

S'agit-il d'une nouvelle plaisanterie destinée à égarer les policiers ? Cette longue lettre manque de cohérence : deux profils distincts apparaissent, deux visages en totale contradiction. En effet :

– si le tueur, comme l'informateur le prétend, est un Asiatique de condition modeste, comment peut-il être « dépouillé de ses économies (souvent importantes) », et financer sa consommation d'opium ?

– dans une société conservatrice où l'« étranger » est, par essence, suspect, comment le coupable, lui-même étranger, peut-il être « la dernière personne que soupçonnera un policier » ? en étant de surcroît pourvu de « manières polies, pour ne pas dire obséquieuses » ?

Cela n'a aucun sens ! Soit Nemo est un plaisantin, soit il en sait plus qu'il veut bien nous le dire. Au regard de ce que l'on sait du meurtrier de Whitechapel, le profil esquissé à la fin du document est des plus cohérents. Une question se pose : ne s'agit-il pas d'une nouvelle farce de l'Éventreur-Macnaghten ? Qui, à part lui, aurait l'idée d'utiliser un pseudonyme (tiré du latin « personne ») en rapport avec les Indes, se déclarer « familier des méthodes employées par les criminels de l'East End », tout en donnant un profil psychologique aussi complet ?

Après cette lettre, Nemo n'intervient plus dans l'affaire « Jack ». Volatilisé comme le tueur. Ce nom va pourtant réapparaître vingt-deux ans plus tard…

Un cambrioleur tueur de policiers

Le 15 décembre 1910, dans Sidney Street, un cambriolage tourne au carnage :

> « Quatre voyous cambriolèrent une maison […]. Il y avait leur chef, Gardstein […], Fritz et Jacobs et le quatrième, dont le nom réel n'a nullement besoin d'être ici mentionné, était un certain Nemo.
>
> Nemo, avant le commencement des opérations, sondant le mur, avait placé son pistolet sur une table d'appoint derrière lui. En entendant les décharges de revolver, il a apparemment perdu la tête. Laissant tomber le pied-de-biche et se postant en franc-tireur, il décida que c'était le moment. […]. Il se rua vers la sortie en tirant des coups de feu à tout va. Il finit par enjamber les morts amassés au pas de la porte, fuyant dans l'obscurité. »

Trois policiers et un brigand ont perdu la vie dans cette fusillade, dont le narrateur n'est autre que l'inspecteur Melville Macnaghten[2] ! Pourquoi taire le véritable nom de ce roi de la mauvaise cambriole et l'affubler d'un pseudonyme en rapport avec l'affaire « Jack » ? Nouvelle coïncidence ou provocation délibérée de sa part ?

Une chose est sûre, les policiers ne pardonnent jamais le meurtre d'un des leurs. Une occasion rêvée pour Jack, devenu haut fonctionnaire de Scotland Yard, d'attiser l'ardeur de ses enquêteurs en utilisant le pseudonyme d'un dénonciateur suspect dans les crimes de Whitechapel. D'ailleurs, Macnaghten précise que la police « faisait *tout son possible* pour venger les meurtres des siens » après cette sombre histoire.

Chapitre XX

VIRÉES NOCTURNES À WHITECHAPEL

L'ART DE S'ENCANAILLER LORSQU'ON EST GENTLEMAN

« […] La piste de danse était envahie d'Allemandes et de marins de toutes nationalités et la vue d'un ou deux couteaux tirés n'était pas rare. En entrant, nous désirions naturellement nous rendre populaires, mais nous finissions par faire peur aux filles[1]. »

Instantané pris sur le vif.

Nous sommes dans l'un des nombreux pubs de Whitechapel. Melville Macnaghten relate une de ses virées nocturnes dans l'East End. Il prend visiblement à cœur son nouveau « job », car cette scène se déroule quelques semaines après son entrée à Scotland Yard, en 1889. Quelle aubaine pour un inspecteur frais nommé de pouvoir évoluer sur le terrain même où Jack l'Éventreur semait la mort, un an auparavant ! Rien ne préparait à ces missions un gentleman, marié à une fille de pasteur, père de trois enfants. Et pourtant, Melville agit dans cet univers trouble, où sévissent les pires criminels, comme s'il était familier des lieux…

L'atmosphère équivoque de ces pubs enfumés, les jeux de séduction, les sous-entendus, les regards complices, les attitudes érotiques le fascinent. Ces sorties l'ont marqué au point qu'il les évoque avec regrets. Quelques années plus tard, à l'occasion d'un dîner mondain, Melville croise un ami, qui partageait ses frasques nocturnes. Se frottant les mains, il l'accoste et lui dit :

> « Vous rappelez-vous ces nuits où nous effrayions les femmes au Prussian Eagle à Whitechapel en 1889[2] ? »

Dans ses Mémoires, il note que Whitechapel *by night* et ses femmes de petite vertu lui manquent. Ses mots présagent une violence enfouie. Il se souvient, avec émotion, des soirées au Prussian Eagle, où il avait ses habitudes. Une attitude plus qu'ambiguë, lorsqu'on se souvient que les femmes de la nuit ne sont pour lui que des « déchets de l'humanité féminine[3] ». À propos de ce monde interlope, Macnaghten puisera dans la Bible l'image de Bélial[4] (un ange déchu), pour qualifier les épaves sillonnant les rues sombres, à la recherche de plaisirs fugaces…

Souvenirs de Whitechapel

Plus loin dans ses Mémoires, Macnaghten nous entraîne dans une Doss-House de Whitechapel, une pension à bas prix pour les défavorisés, « un endroit où se croisent toutes sortes de canailles ». Nous sommes en septembre 1889, le nouveau policier enquête sur des meurtres commis à Pinchin Street.

La scène, qu'il va relater, soulève des interrogations.

Dans la salle commune, les résidents préparent leur repas. Macnaghten rapporte alors une conversation entre une prostituée et un pensionnaire au chômage. Ce dernier, qui lui demande si elle a déjà eu de la chance, reçoit en retour : « Pas de putain de chance ! » Et la femme d'expliquer que récemment, la nuit, elle a entraîné un type près d'une voie ferrée pour lui vendre ses charmes.

Soudain, surgissant de derrière un wagon, un « détective en semelles de caoutchouc indien » a bondi et a fait fuir le client. La femme explique qu'après le dîner, elle sortira pour chercher de nouveaux clients. Son compagnon tente alors de la dissuader en lui expliquant que le tueur rôde. Elle rétorque, fataliste : « Qu'il vienne, et le plus tôt sera le mieux dans mon cas ! » Et Macnaghten de commenter : « Une image sordide mes chers maîtres, quel pathos[5] ! »

Pourquoi un policier a-t-il jugé cette anecdote digne de figurer dans ses Mémoires ? La question est, je le pense, fondamentale. En soi, cette conversation n'a aucun intérêt, au regard d'autres événements auxquels fut confronté Macnaghten. Une anecdote, sans véritable justification, qui ne peut absolument pas servir à l'édification d'un lecteur.

Dans cette scène singulière, trois détails ont alerté ma curiosité.

Le premier élément troublant concerne ce détective « bondissant ». Une femme, surprise en position scabreuse avec son client, complètement désarçonnée, garderait-elle en mémoire un détail aussi anodin que les « semelles de caoutchouc indien » du policier ? Nous avons déjà évoqué, dans le présent ouvrage, l'avantage offert par ces semelles : le silence… C'était à l'occasion du meurtre d'Annie Chapman. On avait relevé dans la boue des empreintes « de semelle en caoutchouc de type indien ». Et Macnaghten le savait…

Melville place ensuite dans la bouche de ses « acteurs » une réplique concernant le tueur de Whitechapel. Il rôderait toujours dans les parages. Nous sommes en septembre 1889, Jack n'a plus sévi depuis dix mois. Tout le monde le croit mort ou parti à l'étranger. On a même désigné comme coupable un certain Druitt, retrouvé noyé. Dans ces circonstances, peut-on sérieusement penser que l'Éventreur nourrisse encore les conversations dans les bas-fonds de l'East End ? Et qu'il soit craint par les prostituées ? Cela est peu crédible.

Enfin, Macnaghten met en scène une prostituée, franche, fataliste et consciente de l'état de déchéance dans lequel elle est tombée. Une femme qui manque de chance, une femme qui voit fondre sur elle un détective, tel un criminel qui va frapper… Cet épisode fait étrangement écho à une lettre envoyée à la police le 19 novembre 1888 :

« Elle est la seule femme gentille que j'ai rencontrée en Angleterre. Je lui ai dit que j'étais Jack et j'ai ôté mon chapeau. C'est la seule qui ait vu mon visage. [...]

Jack l'Éventreur[6]. »

La scène a peut-être eu lieu. À moins qu'une fois encore, il s'agisse d'une « mise en scène » destinée à livrer des indices sur son passé ? Jack a-t-il épargné une prostituée ? Une prostituée surprise en novembre 1888 près d'une voie ferrée. Une prostituée qui ne l'aurait pas entendu arriver à cause de ses semelles indiennes. Une prostituée qui lui aurait répondu qu'elle n'avait « pas de putain de chance » et aurait ainsi sauvé sa vie. Jack, Macnaghten et le théâtre ne sont jamais très éloignés...

Chapitre XXI

ENTRE BIÈRE ET SANG

HUMOUR NOIR, HUMOUR ROUGE

Parmi les nombreuses lettres de Jack l'Éventreur envoyées à la police, certaines laissent deviner le sens de l'humour « particulier » de leur auteur. L'une d'entre elles, datée du 25 septembre 1888, a fait couler beaucoup d'encre :

« Cher Patron,

Je continue d'entendre que la police m'a attrapé, mais ils ne vont pas m'arrêter de sitôt. J'ai rigolé lorsqu'ils ont pris un air intelligent et ont affirmé être sur la bonne piste. Cette blague concernant Tablier de cuir m'a vraiment fait rire. Je cherche des putains et je n'arrêterai pas de les mettre en pièces jusqu'à ce que je sois bouclé. Beau travail que mon dernier boulot. Je n'ai pas laissé à la dame le temps de couiner. Comment pourraient-ils m'attraper maintenant ? J'aime mon travail et je veux recommencer. Vous entendrez bientôt parler de moi avec mes petits jeux amusants. Lors de mon dernier travail, j'ai gardé quelques trucs rouges convenables à l'intérieur d'une bouteille de bière au gingembre pour écrire, mais c'est devenu épais comme de la colle et je ne peux plus l'utiliser. L'encre rouge convient assez j'espère ? Ha, ha. Prochain boulot, je couperai les oreilles de la dame et l'enverrai aux agents de police juste pour s'amuser.

Gardez cette lettre jusqu'à ce que j'en fasse plus puis distribuez-la. Mon couteau est si beau et acéré que je veux me remettre au travail immédiatement si j'en ai la chance.

Bonne chance.

Votre dévoué,

Jack l'Éventreur.

Je m'excuse si je donne mon nom de scène[1]. »

Un indice qui ne manque pas de piquant

Reçue par la Central News Agency, cette lettre fut aussitôt transmise à Scotland Yard, où elle rejoignit des dizaines d'autres. L'auteur indiquait qu'il allait couper les oreilles d'une des ses prochaines victimes, nous étions le 25 septembre 1888. Cinq jours plus tard, Catherine Eddowes était retrouvée morte à Mitre Square : le tueur a bien emporté une oreille. On ressortit la lettre ; les enquêteurs étaient médusés : il s'agissait vraisemblablement de l'écriture de l'Éventreur ! En catastrophe, on imprima des centaines de fac-similés qu'affichèrent bientôt les postes de police de la capitale britannique. On y découvrait la lettre du 25 septembre, ainsi qu'une carte postale du 1er octobre. Toute personne reconnaissant l'écriture était priée de se présenter aux autorités. Plus tard, Macnaghten écrira que le procédé était à ses yeux « inefficace » et que d'ailleurs il « n'aboutit à rien ».

À l'époque, on se focalise essentiellement sur l'écriture, non sur le contenu de la lettre. Que le tueur remplisse une bouteille de bière au gingembre avec le sang de sa victime n'a rien d'« extraordinaire », au regard de ses actes sadiques. Le détail est même incongru. D'ailleurs, cinq semaines plus tard, aucun enquêteur ne fera le lien avec une autre de ces bouteilles, retrouvée dans la chambre de Mary Jane Kelly, ultime victime de l'Éventreur.

Il faudra attendre 1914, et la parution des Mémoires de Melville Macnaghten, pour entendre de nouveau parler de « bière au gingembre ».

Passionné par le cricket, le policier revient sur les exploits du grand champion Charles Inglis Thornton, spécialiste des coups de grande portée. Habitué à truffer son texte d'anecdotes pour le moins curieuses, Macnaghten se souvient que Thornton avait pour habitude, après un match, de déguster un rafraîchissement au club. Il réclamait alors systématiquement sa légendaire bouteille de bière au gingembre (*ginger ale*) pour se désaltérer. Une fois attablé, on lui demandait invariablement : « Rien dedans ? » Et Thornton de répondre, sur le ton de la plaisanterie : « Seulement une guêpe. » Ce qui conduit Macnaghten à conclure : « Exactement le genre d'ingrédient qu'on s'attendrait à trouver dans une telle boisson, à une telle occasion[2]. »

Une remarque insolite. On comprend mal ce qui pousse le policier à s'étendre sur des anecdotes banales, alors que sa carrière regorge d'événements plus dignes d'y figurer. Notre homme était soit pourvu d'un sens de l'humour *so British*, soit il n'a pu s'empêcher de semer ici un nouvel indice en rapport avec les crimes de Whitechapel.

En vérité, Macnaghten n'a jamais oublié ce petit rituel de Thornton et la question qu'un joueur lui posait inlassablement : « Rien dedans ? » De son côté, le tueur avait pensé glisser du sang dans cette fameuse bouteille de gingembre. « Exactement le genre d'ingrédient qu'on s'attendrait à trouver dans une telle boisson », mais cette fois à l'occasion d'un meurtre…

Chapitre XXII

UN JOURNALISTE DANS LA MANCHE DE JACK

Le tueur maîtrise sa communication

Parmi les questions qui contribuent à épaissir le mystère de l'identité de Jack l'Éventreur, une a particulièrement retenu mon attention : d'où Jack l'Éventreur tirait-il sa connaissance du fonctionnement de la presse ? On sait le rôle que les journaux ont joué dans le développement de l'enquête, alertant et orientant l'opinion, jusqu'à la démission de Sir Charles Warren, le « boss » de Scotland Yard. Le Premier ministre – Lord Salisbury – fut, d'après certaines sources, sommé par la reine Victoria de démasquer le coupable. Le *Times*, le *Telegraph* et les journaux conservateurs étaient, pour une fois, d'accord avec la presse d'opposition. Aucun de ces journaux quotidiens, ou hebdomadaires à scandale (on dit aujourd'hui

« presse people »), aucune gazette spécialisée ne manquaient d'informations. On peut même dire qu'ils étaient régulièrement et abondamment approvisionnés. Jack l'Éventreur alimentait la presse pour assurer la publicité de ses crimes et leur effet à long terme (la démission de son ennemi juré, Charles Warren). Il tuait pour que cela se sache et pour que l'horreur des crimes de plus en plus violents et sanguinaires aboutisse à la démission du chef de Scotland Yard. Le public, à la curiosité sans cesse alimentée, faisait partie de son plan.

En 1888, écrire à chaque journal est irréalisable, car plusieurs centaines de publications s'impriment à Londres et en Grande-Bretagne. Jack a trouvé la solution : il adresse une partie de ses « communiqués de presse » à la Central News Agency (l'ancêtre de l'agence Reuters en quelque sorte), située à New Bridge Street. La vocation de l'agence est d'approvisionner en informations de toutes catégories les journaux abonnés, y compris les plus sensationnelles. Des dizaines d'informateurs travaillent pour elle. Un détail – très important : en 1888, à Londres, seuls les professionnels de la presse connaissent l'importance, voire même l'existence de la Central News Agency.

N'étant ni journaliste, ni professionnel des médias, d'où Jack tire-t-il sa méthode, que l'on qualifierait de nos jours de « stratégie de communication », et qui lui permet d'atteindre son objectif ?

J'ai passé au crible les protagonistes de l'affaire qui, liés à la presse, ont volontairement ou non participé à ce grand jeu d'information (et de provocation). Et par analyse, éliminations, rapprochements, je suis arrivée à la conclusion que Jack l'Éventreur s'est fait aider – sinon

« doubler » – par un familier du sérail, dont la présence est repérable à tous les stades de l'enquête. Il s'agit du journaliste et dramaturge George Sims, *alias* Dagonet.

À propos de lettres de l'Éventreur envoyées à la Central News Agency, Sims soutenait en octobre 1888 que l'auteur devait être journaliste ou proche de la presse :

> « Combien parmi vous chers lecteurs auraient eu l'idée de la Central News Agency comme réceptacle de votre confidence ? Vous auriez pu envoyer votre plaisanterie au *Telegraph*, au *Times* chaque matin, ou à des quotidiens du soir, mais il y a des chances qu'il ne vous soit jamais arrivé l'idée de communiquer cela à une agence de presse. Curieux, n'est-ce pas, que le maniaque transmette sa communication à une agence qui dessert la presse entière ? C'est une idée qu'a pu avoir un journaliste peut-être ; et même qu'aurait pu avoir quelqu'un en relation avec la presse, quelqu'un qui savait ce que la Central News Agency était, et quelle place elle occupait dans l'acheminement des informations[1] […]. »

L'« attaché de presse » de Jack

Né en 1847 à Londres, George Sims est le fils d'un homme d'affaires important. Sa mère était la fille du leader ouvrier John Dinmore Stevenson. Après sa retraite, Stevenson vivra avec sa fille et son petit-fils George. Ce dernier admettra plus tard que « son grand-père avait déterminé en amont ses opinions politiques ». Après avoir étudié au collège d'Eastbourne et à l'université de Bonn,

Sims travaille pour son père, qui possède un cabinet spécialisé dans la vente en gros et les produits manufacturés destinés à l'exportation.

En 1872, il commence à écrire dans des revues de théâtre et pour deux journaux, *Dark Blue* et *Woman*. Trois ans plus tard, il est embauché par le magazine *Fun*, et dès 1877, il rejoint *The Referee*, gazette sportive. Sims écrit également pour le quotidien *Weekly Dispatch*.

Écrivain talentueux, Sims est l'auteur de *Crutch and Tooth Pick* (*Béquilles et Cure-dents*, 1879), pièce produite dans les théâtres de province et qui obtiendra un succès modéré. Les plus célèbres de ses mélodrames aborderont le thème de la pauvreté dans les bas-fonds : *The Lights of London* (1881), *In the Ranks* (1883), *Harbour Lights* (1885) et *Two Little Vagabonds* (1896-1897). On lui doit également un recueil de vers populaires (*The Dagonets Ballads*, 1882), un essai sociologique (*How the Poor Live?*, 1883), ainsi que de nombreux articles dans le *Daily News* sur la condition des pauvres. Certaines de ses œuvres avaient pour ambition de sensibiliser l'opinion publique au *Criminal Law Amendment Act* (1885), dont l'objectif était de supprimer les maisons closes et toute activité liée au sexe, afin d'endiguer notamment la prostitution infantile.

Dès les premiers jours de l'affaire, George Sims semble fasciné par le tueur. Dans un articles du 16 septembre 1888, intitulé « Moutarde et cresson », le journaliste laisse poindre un soupçon d'admiration pour l'assassin qu'il appelle « Tablier de cuir » :

« […] Aujourd'hui encore, "Tablier de cuir" reste le héros de l'heure. Seul l'observateur attentif, l'analyste de notre quotidien insulaire, l'expert peut jauger la portée des événements par lesquels "Tablier de cuir" s'est distingué. Jusqu'à ces quelques jours, la seule évocation de "Tablier de cuir" était synonyme de panique. Toute l'Angleterre murmurait son nom en retenant son souffle[2] […]. »

Sims perçoit « Tablier de cuir » comme le héros d'une tragédie shakespearienne. Le journaliste voit presque en Jack un réformateur social ambitieux. Cette idée de « réformateur social » fera d'ailleurs, plus tard, l'objet d'une théorie avancée par l'écrivain George Bernard Shaw.

Dans ses Mémoires publiés en 1917, Sims se rappelait à quel point cette affaire l'avait captivé. Le journaliste faisait aussi référence à l'exploitation des enfants slaves par des étrangers. À l'époque, le terme « étrangers » désigne souvent les juifs. De la même manière, Jack avait jeté l'opprobre sur la communauté juive de Whitechapel, lorsqu'il avait écrit sur un mur de Gouslton Street : « Les juifs sont les hommes qui ne seront pas accusés pour rien. » Sims rapporte :

« Quand j'écrivais *Le Cri des enfants*, j'ai reçu la plus grande aide de la police. […] Pendant de nombreuses semaines, j'ai sillonné Londres dans toutes les directions, de longues nuits durant et souvent jusqu'à l'aube. J'ai rapporté des faits concernant le trafic infâme [celui des enfants], organisé par des étrangers, principalement allemands.

En journaliste, j'ai suivi les crimes de Jack l'Éventreur dans les goulets obscurs. J'ai nourri un intérêt personnel pour la matière, et mon portrait paru sur la couverture d'une édition à six pennies de mon *Kaléidoscope social* fut pris pour celui du criminel par un tenancier de pub, à cause de ma ressemblance avec l'assassin. C'était une erreur pardonnable. L'Éventreur redoutable n'était pas si différent de moi à ce moment-là[3] [...]. »

« L'Éventreur redoutable n'était pas si différent de moi. » Curieux jugement, qui donna lieu à de multiples interprétations. Signifie-t-il que Sims connaissait bel et bien Jack l'Éventreur ? Que les deux hommes partageaient le même idéal réformateur ? Comment Sims aurait-il pu voir en l'Éventreur un homologue politique, s'il ne le connaissait pas ? Il est vrai que les similitudes entre l'idéal politique de Sims et les revendications de Jack l'Éventreur sont nombreuses. L'un manie la plume et l'autre se sert d'un couteau afin de se débarrasser de ce qui « gangrène » la société londonienne : vice, alcool et maladie.

À moins que Sims insinue que son apparence était proche de celle du tueur ? On sait qu'en plein « règne » de Jack, le journaliste se déguisait et partait errer dans les rues de Whitechapel, en compagnie d'un ami, Albert Edwards, habillé en marin. Cape noire, chapeau à larges bords, sac contenant un long sabre japonais, Sims arpentait le « territoire » de Jack. Ces expéditions avaient lieu en général le samedi soir. Le 30 septembre 1888, ils rôdaient non loin des lieux où l'on découvrit quelques heures plus tard les corps d'Elizabeth Stride et

Sir Melville Leslie Macnaghten,
chef du département d'enquêtes criminelles de Scotland Yard,
Jack l'Éventreur.

Melville Macnaghten
en 1889,
nouvelle recrue
de Scotland Yard.

Son épouse Dora Emily,
fille de pasteur,
« une des plus belles femmes
de Londres ».

Sir Melville Macnaghten,
fonctionnaire respecté, marie
sa fille Mary Christabel (1910).

32 Warwick Square, Londres,
domicile du chef du département
d'enquêtes criminelles.

Sir Melville est reçu au très sélect Garrick Club (1908).

Sir Charles Warren, chef de Scotland Yard jusqu'en novembre 1888.
Jack l'Éventreur provoquera sa démission.

James Monro, successeur
du préfet Warren, soutien
inconditionnel de Macnaghten.

Henry Matthews,
le ministre démissionnaire
(Home Office).

Sir Robert Anderson,
adjoint de Monro. Il savait.

Donald S. Swanson. Inspecteur chef,
il analysait les lettres de l'Eventreur.

L'avocat Druitt.
On repêche son corps dans la Tamise le 31 décembre 1888. Macnaghten le désigna comme coupable.

Michael Ostrog, inculpé plusieurs fois pour escroquerie, autre suspect de Macnaghten.

Walter Sickert,
peintre, suspect.

Le duc de Clarence,
fils du prince de Galles,
futur Édouard VII,
fut à un moment soupçonné.

Sir William Gull,
chirurgien de la reine Victoria,
suspect.

George R. Sims, journaliste enquêteur, qui se fit passer pour Jack.
Un des grands amis de Melville Macnaghten.

Le double meurtre de septembre 1888 mis en images dans la presse.

de Catherine Eddowes. Un gamin les identifia, puis le patron d'un pub. Ce dernier se rendit à Scotland Yard et déclara :

> « La nuit du meurtre, un gentleman est entré dans le pub et a commandé une bière ; il avait une mallette avec lui et annonça que de nouveaux crimes étaient imminents dans le quartier. Il a même précisé : il y en aura deux[4] ! »

Le tenancier signala que cet étrange client avait du sang sur ses manchettes ! Quelques jours plus tard, en découvrant sur la couverture du *Referee* le portrait de l'auteur d'un article intitulé « J'ai traqué l'Éventreur », le tenancier reconnaîtra l'homme qui avait annoncé le double crime. Il s'agissait de Sims... Malgré ses étranges virées nocturnes, le journaliste amateur de sensations fortes n'a jamais été inquiété par Scotland Yard. Sa présence « malencontreuse » dans ce pub, quelques heures avant que Jack ne frappe, tout comme ses tirades « grotesques », furent mises sur le compte de la plaisanterie. D'autant que Sims comptait de nombreux amis dans les rangs de la police.

L'Éventreur et son double de pacotille évoluant dans le même secteur, Jack ne pouvait imaginer meilleur moyen pour brouiller les pistes et lui assurer une publicité exceptionnelle... Mais George Sims était-il un « allié » involontaire ? Ou un reporter fantasque instrumentalisé par un ami ? par le meurtrier ? par les deux à la fois ?

Les amitiés de Sims

George Sims et Melville Macnaghten se connaissent bien[5]. Leur amitié remonte à l'adolescence. Étudiant à Eton comme Melville, George, issu d'une bonne famille, a toujours été passionné par le théâtre, le cricket, la boxe et la criminologie (Macnaghten signale ce fait sans s'y attarder dans ses Mémoires). D'ailleurs, Sims comme son ami Macnaghten se vantera plus tard de posséder une lettre de l'Éventreur…

Il est probable que pendant la vague meurtrière de Jack, Macnaghten ait passé son temps à divulguer des informations à Sims dans l'intérêt – commun – de nuire à la réputation du préfet Warren. Lors de leurs rencontres, Macnaghten pouvait ravitailler son ami en détails macabres, lui faisant croire qu'il les obtenait lui-même de la police – son ami Monro faisait toujours partie de la Branche spéciale de Scotland Yard. C'était sans doute leur monnaie d'échange. En contrepartie, Sims critiquait les efforts de la police et mettait en relief l'incompétence de Charles Warren (notamment dans ses poèmes et pamphlets *La Traque* ou *Les Limiers*). La haine de nos deux comparses pour le même homme les réunissait. Habilement, Macnaghten pouvait suggérer à son ami de partir à la recherche du tueur, et de monopoliser l'attention des passants, les soirs où lui-même comptait frapper. On l'a vu pour le 30 septembre 1888.

De plus, George Sims livrait dans ses papiers des détails inconnus des autres journalistes, la police ne comprenant pas d'où venaient ces fuites de dernière minute. À moins que les informations aient été obtenues à la source, sans avoir transité par la police métropolitaine…

Un coupable sur mesure

Outre leur amitié, un jugement « professionnel » lie intimement George Sims et Melville Macnaghten. Il s'agit de leur suspect idéal dans l'affaire « Jack » : un mort ! Rien de tel pour qu'une enquête s'arrête.

Après avoir intégré Scotland Yard en 1889, Melville Macnaghten annonce avec assurance que Jack l'Éventreur n'est autre que Druitt, jeune homme dont le corps a été repêché fin 1888 dans la Tamise. Quelles sont les preuves dont dispose le nouveau policier Macnaghten ? Aucune ! Cette précipitation est suspecte. Elle est pour moi une preuve de plus de la culpabilité du policier. D'un point de vue formel, rien ne désigne Druitt. C'est une manœuvre d'autant plus évidente que dès la découverte du corps, Sims l'a désigné comme coupable. Notons que les deux amis, si pressés de donner un nom et un visage au tueur, commettent la même erreur : ils le présentent comme médecin – capable donc d'ouvrir des femmes –, alors qu'il est avocat. Vingt-neuf ans plus tard, George Sims est toujours convaincu de sa théorie :

> « Après l'homicide de Miller's Court, le docteur disparut de l'endroit où il vivait […]. Un mois après le dernier meurtre de la série, le corps du docteur était repêché dans la Tamise. Tout indiquait qu'il avait séjourné dans le fleuve pendant un mois[6] […]. »

Sims se trompe sur les dates : le corps est repêché deux mois après le dernier meurtre. Un ancien de Scotland Yard, John George Littlechild, ne cache pas son désaccord sur cette version. Il a été patron de la Branche spéciale et a pris sa retraite en 1893. Dans une lettre du 23 septembre 1913, l'inspecteur s'irrite de l'obstination de George Sims (et de Macnaghten) à désigner Druitt comme coupable – d'autant que Druitt n'a jamais figuré sur aucune liste de suspects dressée par Scotland Yard :

> « Cher Monsieur,
>
> [...] Je n'ai jamais entendu parler du docteur D.[ruitt] en rapport avec les meurtres de Whitechapel et à mon sens, le suspect le plus probable est le docteur T. – un citoyen américain, un charlatan du nom de Tumblety – qui était à cette époque un fréquent visiteur de Londres et à diverses occasions constamment placé sous la surveillance de la police, au point qu'on trouvait un important dossier sur lui à Scotland Yard[7]. »

On s'étonnera de l'opiniâtreté avec laquelle Sims a défendu la théorie du meurtrier suicidé, qui arrangeait certains. En effet, elle répondait à la question : pourquoi l'Éventreur a-t-il stoppé sa campagne meurtrière ? Son ami Macnaghten, après avoir soutenu cette version – nous découvrirons bientôt un document de 1894 dans lequel il expose sa théorie –, adoptera une autre attitude.

Les « plaisanteries » de Macnaghten

Poursuivant mon enquête sur les liens entre Sims et notre policier, j'ai découvert dans les archives britanniques une importante correspondance entre les deux hommes, dont le thème récurrent est : Jack.

Les années passant, Macnaghten, devenu haut responsable de Scotland Yard, continue à « tuyauter » son ami journaliste sur l'affaire, tout en glissant progressivement dans le « burlesque ». Il semble s'amuser de l'intérêt, toujours éveillé, du journaliste pour l'Éventreur, et s'amuse à brouiller les pistes. Une lettre, en particulier, a retenu mon attention. Elle a été rédigée le 11 février 1907. Macnaghten suggère à son ami de suivre une piste curieuse, pour découvrir l'identité de l'Éventreur :

> « Cher Sims,
>
> Encore un autre éclairage dans l'obscurité, et généralement inconnu. Les lumières de la police métropolitaine ont éclairé mon esprit d'une lueur de “génie”. À Eyre Street Hill – Clerkenwell – se trouve une vaste colonie d'Italiens qui, pour la plupart, sont vendeurs de crème glacée le jour, parfois poignardeurs et flingueurs la nuit. […]
>
> Il se peut que cela vous épargne le soin de rechercher si je vous donne les dates et les emplacements des plaisanteries de Jack l'Éventreur. […]
>
> Le 31 août 1888, Mary Ann Nichols fut trouvée à Bucks Row avec la gorge tranchée et une légère mutilation de l'abdomen.

Le 8 septembre 1888, Annie Chapman fut trouvée dans une arrière-cour à Hanbury Street, la gorge tranchée et des mutilations sévères à l'estomac et sur les parties intimes.

Le 30 septembre 1888, on retrouva le corps d'Elizabeth Stride dont seulement la gorge fut tranchée, à Berner's Street, près du club anarchiste.

Le 30 septembre 1888, Catherine Eddowes fut retrouvée à Mitre Square, la gorge tranchée, des mutilations faciales sévères et sur les parties intimes.

Le 9 novembre 1888, Mary Jeanette Kelly fut retrouvée dans une chambre à Miller's Court, Dorset Street avec la gorge coupée, le visage et le corps *démoniaquement* mutilés.

N'oubliez pas "Dowt" dont le nom est Devereux et ne vous embêtez pas à répondre à cela.

Cordialement vôtre,

M. L. Macnaghten[8]. »

L'un des plus hauts responsables de Scotland Yard désignant des marchands de glaces italiens comme coupables des crimes de Whitechapel ! Melville Macnaghten prend cette affaire avec une légèreté « démoniaque ». On ne doit donc pas s'étonner de trouver sous sa plume une formule choquante, au regard des atrocités commises : « Plaisanteries de Jack l'Éventreur. » Mais Macnaghten ne fut pas le premier à l'employer. Le premier fut, le 5 octobre 1888, Jack lui-même :

« […] Cher patron. La police considère mon travail comme une plaisanterie. Eh bien, eh bien Jacky est un vrai plaisantin. Ha, ha… Gardez ça sous la main jusqu'à ce que trois de plus soient anéanties. […]

Cordialement,

Jack l'Éventreur[9]. »

Ce message est-il un coup d'humour ? Un message codé entre les deux hommes ? Nous ne le saurons jamais. Mais il est sûr que la galéjade de Macnaghten se transforme en coïncidence fâcheuse au regard de tout ce que nous savons déjà.

Avant Macnaghten, personne n'avait eu l'audace – et le mauvais goût – de qualifier de « plaisanteries » les atrocités commises à Whitechapel. Personne sauf l'Éventreur !

Chapitre XXIII

LES LETTRES VIENNENT DE SCOTLAND YARD !

La vie rêvée de l'Éventreur

Entre 1888 et 1896, plus de trois cents lettres signées Jack l'Éventreur ont été reçues par Scotland Yard, par la Central News Agency et par le comité de vigilance de Whitechapel[1]. Beaucoup étaient de simples canulars, certaines ont disparu durant la Seconde Guerre mondiale. Parmi celles encore en notre possession, j'estime qu'une trentaine sont bien de la main du tueur.

Nous avons déjà cité de nombreuses lettres dans les pages précédentes. À la lumière d'informations extérieures, elles sont apparues beaucoup plus riches de sens qu'elles ne semblaient en avoir. Elles sont d'une importance capitale dans l'enquête sur l'Éventreur. Aussi, me livrant à un nouvel examen, j'ai été frappée par un élément qui, jusque-là, n'avait pas été pris en compte : le ton des lettres change après le milieu de l'année 1889. Leur auteur avoue qu'il connaît maintenant Scotland Yard de l'intérieur !

J'étais une fois de plus confortée dans ma théorie du tueur devenu policier. Un tueur qui a voulu faire payer au « patron » de Scotland Yard son éviction d'août 1888, puis qui a rejoint la police quelques mois plus tard. Une foule d'indices figuraient dans les lettres. Malheureusement, les enquêteurs ne les ont pas exploités. Découvrons (ou redécouvrons) les plus significatifs.

Les connexions que la police n'a pas faites

Le préfet de police Warren aurait dû accorder plus d'attention à un passage de la lettre du 17 septembre 1888 :

> « […] Vous et moi connaissons la vérité. Attrapez-moi si vous pouvez[2]. […] »

Sur un ton qui se veut familier, le tueur prend ici le risque de mettre le « patron » de Scotland Yard sur la bonne piste. Le policier et le tueur connaîtraient donc la vérité… La vérité sur l'élément qui a déclenché cette campagne sanglante : la terrible dispute du 28 août précédent et l'humiliation de Melville Macnaghten ! Personne ne fera le rapprochement entre l'événement et le contenu de la lettre.

Un mois plus tard, 19 octobre, le tueur prend encore plus de risques :

« Monsieur,

Les crimes commis à Mitre Square City et dans le district de Whitechapel furent perpétrés par un ex-agent de police de la Métropolitaine, qui fut démissionné de la Force [...]. Le mobile des crimes est la haine et le dépit contre les hommes du Yard. L'un d'entre eux sera ma victime après que les crimes auront cessé.

Très cordialement,

Jack l'Éventreur[3]. »

Prophétique, cette lettre annonce au préfet de police Warren – « l'un d'entre eux » – qu'il sera « victime », une fois terminée cette épopée sanglante. Le décodage est simple : le tueur agit pour pousser Warren à la démission.

Sûr de son impunité, l'Éventreur va encore plus loin : il livre son mobile ! Quel plaisantin aurait l'idée de se dénoncer, en expliquant qu'il a été démissionné de la police ? Des fonctionnaires de Scotland Yard sont régulièrement chassés pour incompétence, alcoolisme, bavure. Certes. Mais pas à un niveau de responsabilité tel que le préfet Warren, patron de la police britannique, soit obligé de le faire personnellement. Lorsqu'un agent de police est renvoyé, il l'est par l'un des vingt-trois directeurs de district. L'intervention du préfet est rarissime, uniquement dans les affaires concernant le « gratin » de Scotland Yard. La dernière fois que le « patron » s'est impliqué personnellement dans un renvoi, c'était le 28 août, avec un certain Macnaghten. Cinquante-trois jours seulement avant cette mystérieuse lettre...

Psychologiquement instable, « fanfaron », joueur, Jack-Macnaghten n'est pas pour autant suicidaire. Il prend une précaution – lexicale – de poids. Il se désigne comme « agent de police » (*PC Constable*), non comme *Assistant Chief Constable*, poste qu'il aurait dû occuper. Les enquêteurs de Scotland Yard ont beau être « aveugles » dans cette affaire, ils auraient tout de suite établi la connexion avec lui, si ce dernier avait donné son véritable grade.

Jack nargue les autorités – allant souvent trop loin –, mais il ne cherche pas à se faire arrêter. Il sait qu'il bénéficie de deux alliés involontaires : les dizaines de lettres-canulars qui arrivent chaque jour et qui ne permettent pas de détecter tout de suite celles qui viennent de lui, mais également les préjugés qui conditionnent les enquêteurs. On soupçonne rarement un membre de la bonne société, partant de l'idée – fausse – qu'un gentleman ne commettrait pas de telles atrocités. Surtout si ce gentleman bénéficie d'appuis…

Warren et l'Éventreur ont des « comptes à régler », c'est une évidence. Mais dans ce duel à mort, le tueur semble parfaitement renseigné sur son adversaire et sur l'ambiance qui règne dans le « camp adverse ». Le 7 novembre 1888, deux jours avant de massacrer Mary Jane Kelly, l'Éventreur annonce le renvoi imminent du préfet Warren. Jack touche au but, et il le sait :

« Cher Patron,

Je t'écris ceci alors que je suis alité avec un mal de gorge mais dès que ça ira mieux, je me remettrai au travail. […] Je pense que mon prochain travail sera de te faire renvoyer. Et dès que possible je deviendrai un membre de la Force. Je pourrai bientôt te demander des comptes. […]

Bien cordialement,

Jack l'Éventreur[A]. »

Jack semble sûr de son plan : un dernier crime, plus atroce que les autres, et l'affaire sera entendue… Comme si un proche de Warren, ou un membre de Scotland Yard, l'avait conforté dans cette certitude. En effet, l'enquête piétine depuis deux mois et le Premier ministre britannique a mis entre les mains de Warren un marché « fatal » : lui apporter la tête du tueur avant qu'il ne commette un nouveau crime, ou la sienne. Et l'Éventreur le sait !

Il dit être alité et souffrir de maux de gorge. Détail sans importance si ce n'est que les ouvriers, les artisans et tous les travailleurs de l'époque victorienne ne s'aliteraient pas pour si peu… Dans les milieux favorisés, c'est une autre question. D'ailleurs, sa violence extrême dans la nuit du 8 au 9 novembre sera peut-être le contrecoup de sa fièvre. Si la lettre émanait d'un plaisantin, il ne livrerait pas ce genre d'information. Un vrai prédateur, en revanche, ne cachera rien de ses faiblesses, confessant tout, sans pudeur, parce qu'il se croit au-dessus du lot. Tout-puissant et serein quant à l'avenir…

Et trois jours plus tard, Warren démissionnait et les crimes cessaient. Le 15 novembre suivant, le tueur, son œuvre accomplie, « lâcha » un dernier détail le concernant :

« […] J'ai trente-cinq ans et je suis toujours en vie[5]. »

Melville Macnaghten, renvoyé de Scotland Yard par le préfet Warren en août 1888, bientôt réadmis dans « la Force », avait trente-cinq ans au moment des crimes.

Jack et Macnaghten entrent dans la police

Après le dernier crime commis par l'Éventreur, des lettres continuent d'arriver dans les locaux de la police ; presque toutes sont des canulars. Les mois passant, le nombre d'envois diminue sensiblement. Le tueur semble s'être volatilisé et l'intérêt des médias et du public – donc des sinistres plaisantins – retombe. Le tueur lui-même ne semble plus utiliser ce mode de communication.

Pourtant, au milieu de l'année 1889, Scotland Yard va recevoir en l'espace de quelques jours une série de messages au contenu bien curieux, si on les rapproche de ceux expédiés par l'Éventreur en 1888. Le 22 juillet 1889, un anonyme écrit :

> « Regardez l'agent de police matricule 60, moustache claire, rasé de près, corpulent, il peut vous dire presque autant que je le peux.
>
> *G. R. S.*[6] »

Remarquez les initiales de cette lettre, les mêmes que celles d'un certain journaliste ami de Melville Macnaghten : George R. Sims. Encore une coïncidence ? Encore plus étrange, le 25 juillet, le tueur réapparaît :

« Cher Patron,

Si tu veux savoir où se trouve Jack l'Éventreur, demande à un policier.

Ton vieil ami,

Jack[7]. »

Ici, le contenu de la lettre ne laisse planer aucune équivoque. De l'avis de l'auteur, la police – ou du moins un de ses membres – connaît l'identité de l'Éventreur. Et la tait ! Le 30 juillet, une nouvelle lettre confirme :

« Le lord est sûrement de la maison[8]. »

Trois lettres expédiées en dix jours ; un, deux ou trois auteurs – dont le meurtrier – qui annoncent que l'Éventreur est connu de certains policiers, et qu'il fait partie de Scotland Yard. Jusqu'au mois de juillet, aucune lettre reçue par Scotland Yard n'avait jamais suggéré que le tueur était un membre actif de la police. On parlait d'un ancien policier démissionné, mais pas d'un fonctionnaire en activité.

À présent, le ton a changé. Le tueur annonçait qu'il rejoindrait « bientôt la Force ». Il semble avoir atteint son objectif. Mais il n'est pas le seul : le samedi 1er juin 1889, avec la bénédiction du nouveau préfet James Monro, Melville Macnaghten a pris officiellement ses fonctions d'*Assistant Chief Constable* à Scotland Yard. Tout permet de penser qu'il s'agit du même homme ! James Monro serait alors le fameux « policier » connaissant la vérité et cité dans la lettre du 25 juillet suivant.

En 1891, l'affaire « Jack » est « à deux doigts » d'être définitivement classée par la police. Le meurtrier n'a pas frappé depuis novembre 1888. Il est donc considéré, au choix, comme : mort, enterré, noyé, en prison ou parti à l'étranger. Dans ces conditions, pourquoi les enquêteurs examineraient-ils une lettre du 3 mars, signée du sobriquet « Jack l'Éventreur » ? :

> « Vous ne m'attraperez jamais [...]. D'ailleurs je connais le Yard aussi bien que vous et ses marches de plomb du 77[9]. [...] »

Seul un policier peut connaître les « marches de plomb du 77 », un bâtiment de Scotland Yard. Il s'agit du nouveau siège situé sur Embankment River, occupé par les policiers depuis novembre 1890. Mieux, une fois l'affaire classée (1892), les nouvelles lettres relatives aux crimes de Whitechapel atterrissent directement dans une boîte à archives. Dans ces conditions, notre tueur devenu policier – mais toujours amusé par ses « petits jeux » – ne court plus aucun risque en écrivant, le 14 octobre 1896 :

> « Cher Patron,
>
> Vous seriez étonné de découvrir que tout ça vient de chez vous, comme ce vieux Jack l'Éventreur. Ha, ha. Vous pouvez lire cela parce que mon vieil ami M. Warren est hors service. Il se peut que vous vous souveniez de moi si vous réfléchissez un petit peu. Ha, ha. Je suis encore vivant et vous le saurez bientôt. Je veux dire que je conti-

nue encore quand j'ai de la chance. Ne serait-ce pas agréable de revivre cela comme au bon vieux temps, une fois encore ? Vous ne m'avez pas attrapé et vous ne le pourrez jamais. [...]

Cordialement vôtre,

Jack l'Éventreur[10]. »

« Ce vieux Jack l'Éventreur » suggère au nouveau « patron » de Scotland Yard, Sir Edward Bradford, de faire appel à ses souvenirs. Peut-être le préfet aurait-il dû le faire, car il avait travaillé pour le comité Belper (chargé de la détection criminelle) aux côtés d'un certain Melville Macnaghten...

Chapitre XXIV

LE MYSTÉRIEUX RAPPORT DE 1894

Les défaillances du détective Macnaghten

13 février 1894, *The Sun* titre sur quatre colonnes à la une : « The Story of Jack the Ripper. Solution of the Great Mystery. His Personnality, Career and Fate. » (« L'histoire de Jack l'Éventreur. Solution de la plus grande énigme criminelle. Sa personnalité, sa carrière, son destin »). Explosif : les journalistes ont identifié le tueur de Whitechapel ! La nouvelle fait le tour de Londres en un éclair. On s'arrache le quotidien, bientôt en rupture. D'après leurs sources, un déséquilibré, nommé Cutbush, tout juste échappé de l'asile psychiatrique de Broadmoor, à Londres, serait Jack l'Éventreur. Il avait été appréhendé pour avoir grièvement blessé Florence Grace Johnson, en avril 1891, et tenté de blesser Isabelle

Fraser Anderson. Déclaré « dément », il avait été interné à Broadmoor.

Scotland Yard est « sur les dents », bien que l'affaire soit classée depuis 1892. Les éléments fournis par *The Sun* créent la curiosité. Il ne s'agit pas de rouvrir le dossier. La police va contre-attaquer par la plume de l'un de ses chefs en activité depuis cinq ans : Melville Macnaghten. Le jour même où le premier article paraît, le policier rédige des notes en réponse aux allégations des journalistes. Dix jours plus tard, ce document sera synthétisé pour constituer la version officielle produite par Scotland Yard[1].

D'emblée, Macnaghten conteste la version du *Sun*. Il démontre que Cutbush, contrairement à Jack, poignardait les femmes par derrière. Selon lui, il s'agit d'une confusion avec le cas « Colicott ». Celui-ci avait attaqué plus de cinquante femmes dans Whitechapel, poignardant leur postérieur et leur poitrine, au point que certaines – se sentant menacées – ne sortaient pas sans se protéger d'une poêle à frire, cachée sous leur robe ! Il réfute également la théorie selon laquelle Cutbush possédait le couteau de l'Éventreur, et dément qu'un pardessus de couleur claire ait été retrouvé au domicile de Cutbush. Ce manteau aurait été porté par un homme, aperçu en compagnie de la victime de Pinchin Street ; mais il s'agissait ici d'un crime attribué au « Démembreur de la Tamise. »

Les trois « suspects » de Macnaghten

Poursuivant sa démonstration, Melville Macnaghten livre en pâture aux journalistes trois noms. Trois hommes qu'il soupçonne d'avoir commis les crimes horribles de Whitechapel ! Personne, avant lui, n'avait osé aller jusque-là. Voici son avis d'« expert » sur la question. Nous citons les notes préparatoires au rapport officiel :

> « [...] Une théorie beaucoup plus rationnelle veut que l'esprit du meurtrier se soit complètement effondré après le festin de Miller's Court [meurtre de Mary Jane Kelly] et qu'il se soit suicidé immédiatement après. Ou alors qu'il ait été jugé tellement déséquilibré par ses proches, que ceux-ci se soient résolus à le faire enfermer dans un asile.
>
> Personne n'a jamais aperçu le meurtrier de Whitechapel. De nombreux fous homicides furent suspectés, mais aucune preuve ne permit de les arrêter. Je mentionnerai cependant le cas de trois hommes, chacun d'entre eux étant plus à même que Cutbush d'avoir commis cette série de crimes :
>
> N° 1. Monsieur M. J. Druitt, docteur âgé de quarante et un ans, fils de bonne famille, disparu au moment du meurtre de Miller's Court, et dont le corps fut repêché dans la Tamise le 3 décembre [1888], environ sept semaines après le meurtre cité. Le corps aurait séjourné dans l'eau un mois, ou plus. Il fut retrouvé avec un titre de transport Blackheath-Londres. Quelques éléments m'amènent à penser que sa propre famille le suspectait d'être le meurtrier de Whitechapel, et il est avéré qu'il était sexuellement dérangé [...]. Aussi, le meurtrier de Whitechapel, selon toute probabilité, mit fin à sa vie aussitôt après l'affaire de Dorset

Street en novembre 1888. Certains faits menant à cette conclusion n'étaient pas entre les mains de la police jusqu'il y a quelques années, après que je sois devenu un détective[2].

N° 2. [Aaron] Kosminski, juif polonais résidant à Whitechapel. Cet homme devint fou, après avoir pratiqué la masturbation de nombreuses années. Il éprouvait une grande haine envers les femmes, et plus particulièrement envers les prostituées. Il possédait également des tendances homicides.

N° 3. Michael Ostrog, médecin russe, de surcroît condamné, passa de nombreuses années dans un asile de fous, en tant que maniaque homicide. Les antécédents de cet homme se révélaient être de la pire espèce, et nous n'avons jamais pu établir son emploi du temps au moment des crimes[3]. [...] »

A priori, aucune raison ne motive la décision de Scotland Yard et de Macnaghten d'exclure Cutbush de la liste des suspects. Sauf le fait que le suspect n'est pas n'importe qui. Il est en effet le neveu de l'inspecteur chef Charles Henry Cutbush, lequel mettra fin à ses jours en 1896.

Le rapport Macnaghten de 1894 est l'un des documents les plus souvent cités dans les enquêtes ou les ouvrages consacrés à Jack l'Éventreur. Une version condensée est disponible aux Archives nationales, à Londres (sept pages), et une autre, composée des notes préparatoires et récupérée par la fille de Macnaghten, Lady Mary Christabel Aberconway, se trouvait entre les mains de ses descendants.

Ce rapport ne fut étudié sérieusement qu'à partir de 1959, lorsque le présentateur Daniel Farson invita dans l'émission télévisée *Farson's Guide to the British* la propre fille de Macnaghten. À cette occasion, Mary Christabel présenta les notes préparatoires de son père, plus complètes que le rapport officiel. Ensuite, Julia Donner, sœur aînée de Lady Aberconway, aurait récupéré les notes pour les transmettre à son fils, Gerald Melville Donner, décédé en Inde en 1968. Depuis, les papiers ont disparu.

Pour établir le parcours de son suspect numéro « un », Montague John Druitt, Macnaghten s'est appuyé sur les constatations de l'agent de police Moulson, publiées dans l'*Acton Chiswick Turnham Gazette* du samedi 5 janvier 1889 :

> « Retrouvé noyé. – Peu après l'heure du déjeuner, le lundi, un égoutier du nom de Winslade, originaire de Chiswick, a trouvé le corps d'un homme bien habillé, flottant sur la Tamise, à Thorneycroft. [...]
>
> Les éléments suivants furent rapportés par William H. Druitt, vivant à Bournemouth, avocat. Le décédé était son frère, âgé de trente et un ans. Il était membre du barreau et maître auxiliaire dans une école de Blackheath. [...] Le témoin aurait entendu d'un ami que le 11 décembre, le défunt n'avait pas été entendu par ses voisins de chambre depuis plus d'une semaine. Le témoin partit ensuite à Londres pour enquêter, et découvrit à Blackheath que le défunt avait rencontré de sérieux problèmes à l'internat et avait été renvoyé. Cet événement est situé au

3 décembre. Le témoin [...] trouva une note qui lui était adressée : "Depuis vendredi, je sentais que j'allais devenir comme maman, et la meilleure chose pour moi était de mourir." Le témoin poursuivit et déclara que le défunt n'avait jamais attenté à sa vie auparavant. Sa mère était devenue folle en juillet dernier. Il n'avait pas d'autre proche.

Henry Winslade, le témoin suivant, égoutier, a déclaré vivre 4 Shore Street, Paxton Road. À une heure, le lundi, il était sur le fleuve dans un bateau, quand il vit un corps flotter. La marée avait inondé la moitié de la berge et continuait à monter. Il ramena le corps vers le rivage et transmit l'information à la police.

L'agent de police George Moulson déclara qu'il avait trouvé le corps, lequel était très bien habillé [...]. Il trouva quatre grosses pierres dans chaque poche de son manteau. Deux livres et dix shillings en or, sept shillings en argent, deux pence en bronze, deux chèques de la London and Provincial Bank (un de 50 livres et un autre de 16 livres), un ticket de première classe Blackheath-Londres (Southwestern Railway), un billet retour Hammersmith *via* Charing Cross (daté du 1er décembre), une montre en argent, une chaîne en or avec une guinée d'argent attachée, une paire de gants d'enfant avec un foulard blanc. Il n'y avait pas de papiers ni de lettres d'aucune sorte. Il n'y avait pas de marques de mutilation sur le corps, mais il était plutôt décomposé. Le suicide en état de démence fut retenu[4]. »

Qui est Druitt ?

Rappelons brièvement le parcours Montague John Druitt afin de comprendre ce qui pousse Macnaghten à en faire un malade sexuel, tueur des prostituées à Whitechapel.

Montague John Druitt est né le 15 août 1857 à Wimborne, dans le Dorset. Fils de William Druitt (chirurgien) et d'Anne Harvey, il a étudié à Winchester et au New College d'Oxford, où il fut tardivement diplômé de droit. Admirateur de William Ewart Gladstone[5], Druitt prit une part active aux discussions de la Debating Society (University College London), dont il fut trésorier en dernière année de droit. Fondée en 1828, cette « société », sans *a priori* religieux ou philosophiques, tentait de sensibiliser l'opinion publique et de la faire évoluer sur des questions comme le droit de vote des femmes, la tolérance envers les prostituées, etc. Druitt était considéré comme un humaniste.

Joueur de cricket passionné, Druitt était membre du club de Blackheath (sud de Greenwich), rattaché à l'internat où il enseignait depuis 1881. Le 29 avril 1885, il devint avocat et s'inscrivit au barreau d'Inner Temple. L'année suivante, son père décédait suite à une attaque cardiaque. Fin 1888, il fut accusé d'attouchement sur ses étudiants par le directeur de l'internat et renvoyé aux alentours du 3 décembre. Auparavant sa mère, dépressive, avait été internée à Clapton. Le corps de Druitt fut repêché dans la Tamise le 31 décembre 1888. On retrouva dans ses poches des pierres et de l'argent. Ces éléments biographiques posés, réexaminons à présent le rapport rédigé par Macnaghten en 1894. Nous allons voir que les erreurs abondent.

Les erreurs du rapport de 1894

1. Macnaghten prétend que Druitt « a disparu au moment du meurtre de Miller's Court », le 9 novembre 1888, et qu'il mit fin à sa vie « aussitôt après l'affaire de Dorset Street » (meurtre de Mary Jane Kelly).

Hormis le fait que le propre frère de Druitt situe son renvoi de l'internat au 3 décembre, ses voisins interrogés le 11 décembre ont déclaré ne plus avoir entendu de bruit provenant de son logement depuis plus d'une semaine, pas depuis un mois ! Mais surtout, on a retrouvé dans la poche du noyé un titre de transport Hammersmith *via* Charing Cross, daté du 1er décembre. Comment Druitt aurait-il pu se suicider autour du 9 novembre et utiliser un titre de transport vingt jours plus tard ?

2. Macnaghten écrit dans ses notes préparatoires que le corps de Druitt a été retrouvé le 3 décembre 1888.

Le corps a été repêché dans la Tamise le 31 décembre 1888. En revanche, on situe sa disparition aux alentours du 3 décembre. Nouvelle confusion qui sera corrigée dans la version officielle produite quelques jours plus tard.

3. Macnaghten déclare que Druitt était médecin (« *a Doctor* »). Ici, le policier ne développe pas son propos. Il se contente de suggérer que le suspect possédait la qualification nécessaire pour mutiler les cinq victimes de Whitechapel, et prélever leurs organes.

Druitt était avocat, inscrit au barreau d'Inner Temple depuis 1885, et maître auxiliaire dans un internat londonien. Nulle trace d'études de médecine dans son parcours. À moins que le terme « *Doctor* », utilisé par Macnaghten, ne fasse référence à un doctorat en droit. Outre le fait que le terme désigne bien un médecin dans son acceptation première, le policier aurait précisé « *Doctor of Laws* ». Mais les Anglais ne l'emploient pas pour désigner un avocat.

4. Macnaghten déclare que Druitt est âgé de quarante et un ans dans ses notes préparatoires.

Le suspect est né en 1857, ce que confirme l'État civil. Au moment de sa mort, il était donc âgé de trente et un ans. Le policier le vieillit de dix ans et lui donne son propre âge, peut-être pour crédibiliser sa théorie. En effet, les rares descriptions de l'Éventreur fournies par les témoins le situaient aux alentours de trente-cinq ans. Cette confusion disparaît dans la version officielle produite quelques jours plus tard.

Macnaghten se trompe sur l'âge, la profession, la situation personnelle de son suspect et la date présumée de son suicide. Le policier a pourtant accès aux archives. L'affaire n'est pas ancienne. Les faits remontent à cinq ans. Impossible dans ces conditions de commettre autant d'erreurs. Macnaghten dispose du rapport Moulson, contenant l'ensemble des éléments biographiques, validés par les proches de la victime, ainsi que les détails sur les circonstances du suicide de Druitt.

Lorsqu'il rédige son rapport, Macnaghten occupe à Scotland Yard un poste à responsabilités. Il seconde

Robert Anderson, assistant du préfet de police. Comment un policier, doté d'une mémoire exceptionnelle, peut-il se tromper autant dans ses déclarations ? Selon ses collègues, il était capable de retenir les visages, les noms et la biographie de plus de sept cents individus. Sir Basil Thomson, successeur de Macnaghten en 1912, dira de son prédécesseur « qu'il avait une étonnante mémoire pour les visages et les noms ; il pouvait vous raconter chaque détail d'un crime passé de dix ans, les noms des victimes du meurtrier[6] ». La plus jeune fille de Macnaghten confirma : « Mon père avait une admirable mémoire[7]. »

Ce n'est pas tout. Macnaghten a oublié de signaler une information fondamentale. Deux de ses suspects, Druitt et Ostrog, ont déjà croisé sa route. Durant ses études, il a souvent joué au cricket avec l'équipe d'Eton contre l'équipe de Winchester, à laquelle appartenait Druitt. Quant à Ostrog, il a été arrêté plusieurs fois pour vol de trophées sportifs – des coupes de cricket – dans plusieurs universités dont Eton, le 28 septembre 1873, alors que Macnaghten était capitaine de l'équipe et se trouvait sur le terrain. Dans une interview accordée au *Washington Post* en 1913, Macnaghten déclarait :

> « J'ai deux grands regrets dans ma vie : l'un est de ne pas avoir été autorisé à jouer dans le match contre Harrow car j'ai été viré des "onze" d'Eton avant le match. L'autre est d'avoir rejoint le département d'enquêtes criminelles six mois après que le meurtrier de Whitechapel s'est suicidé[8]. »

Un profil peu convaincant

Depuis quand retrouver le corps d'un dandy dépressif, un mois et demi après le dernier meurtre de l'Éventreur, constitue-t-il une preuve irréfutable de sa culpabilité ? Macnaghten affirme qu'après ce dernier meurtre particulièrement horrible, l'esprit de l'assassin se serait effondré. Il aurait alors décidé de mettre fin à ses jours. Raisonnement hâtif.

À juste titre, le « ripperologue » Donald McCormick s'étonne de la démarche de Melville Macnaghten :

> « Quelle autre preuve est là pour soutenir Sir Melville quant à son principal suspect ? Ce dernier ne fut jamais vu dans l'environnement des crimes[9]. »

Comment un homosexuel aurait-il pu se transformer en prédateur de femmes alors que les tueurs en série tuent l'objet de leur désir ? Un tueur homosexuel s'en prend quasi exclusivement à d'autres hommes. Jeffrey Dahmer assassinait de jeunes hommes, qu'il torturait avant de passer à l'acte. Fermier de Yuba City aux États-Unis, Juan Corona a tué vingt-cinq ouvriers en 1971. Larry Eyler traquait les hommes à travers l'Indiana et l'Illinois. Ses victimes, pour la plupart des homosexuels, étaient torturées et démembrées. Dennis Nilsen, ancien militaire et policier, tua quinze hommes entre 1978 et 1983. Robert Berdella assassina six adolescents dans sa maison de Kansas City entre 1984 et 1988. Dean Corll, *alias* Candy Man, assassina au moins vingt-sept jeunes garçons à Houston, entre 1971 et 1973. Tous ces meurtriers étaient homosexuels. Aucune femme ne compte parmi leurs victimes.

Dans le cadre de l'affaire « Jack l'Éventreur », si Montague John Druitt avait été l'assassin de Whitechapel, sa cible aurait dû être des hommes ou des adolescents, non des prostituées. Il est difficile de croire qu'un homme qui, à travers la Debating Society, militait pour une plus grande tolérance envers les prostituées, ait pu en faire ses victimes.

Le noyé qui arrange tout le monde

Les erreurs du rapport Macnaghten de 1894 sont trop nombreuses pour qu'on y voit une suite de coïncidences. Ces erreurs concernent une personne, Druitt, et non les autres suspects liés à l'affaire. Macnaghten tente clairement de faire de Druitt un coupable sur mesure.

Stephen Knight, dans *The Last Solution*, prétend que Macnaghten aurait participé à un complot maçonnique visant à couvrir les meurtres de l'East End. Le peintre Walter Sickert, le rencontrant au Garrick Club, l'aurait accusé d'utiliser Druitt comme bouc émissaire :

> « Mais pourquoi en 1894, le nom de Druitt venait seulement de traverser la tête de Macnaghten alors que l'homme était décédé depuis la fin de l'année 1888 ? Sickert décrivait Montague Druitt comme un bouc émissaire. Il accusait Macnaghten d'être un instrument des francs-maçons et d'avoir concocté cette machination. Macnaghten n'a jamais pu prouver l'implication de Druitt dans les crimes[10]. »

Stephen Knight se rapproche de la vérité en suggérant que Macnaghten ne dispose d'aucun élément probant pour faire de Druitt un coupable. En réalité, la police a désespérément cherché un coupable lui permettant d'enterrer définitivement l'affaire « Jack ». Aussi, le premier mort au passé suspect a été utilisé comme bouc émissaire. La logique de Macnaghten était implacable : l'Éventreur ne faisait plus parler de lui depuis novembre 1888 car il s'était jeté dans la Tamise après son dernier crime. Le « ripperologue » Tom Cullen ne sait pas à quel point il dit vrai lorsqu'il déclare que « la clé du mystère repose probablement dans le témoignage de Macnaghten[11]. »

Le 2 décembre 1888, un jour avant que James Monro ne succède officiellement à Charles Warren comme préfet de police et directeur de Scotland Yard, le journaliste George Sims a livré une mystérieuse confidence :

> « Cela serait étrange si l'accession de monsieur Monro au pouvoir s'annonçait par un événement universellement populaire, comme l'arrestation de Jack l'Éventreur. Selon les informations qui me sont parvenues, je prophétise que ce sera le cas[12]. »

Qu'est-ce qui autorise Sims, ami de Melville Macnaghten, à penser que l'Éventreur va bientôt être arrêté ? ou repêché dans la Tamise ? Quelles sont ces « informations qui lui sont parvenues » ? Lui a-t-on suggéré qu'un coupable « idéal » apparaîtrait bientôt, comme sorti d'un chapeau de magicien ? On ne peut s'empêcher de trouver la coïncidence fâcheuse lorsqu'on sait que Montague John Druitt disparaît aux alentours du 3 décembre 1888, jour de l'arrivée de James Monro à Scotland Yard.

Monro au pouvoir, Macnaghten était sûr d'intégrer la police à plus ou moins brève échéance. Encore fallait-il que l'affaire « Jack » soit définitivement classée et que les soupçons se portent sur un autre homme. Un mort ne pourrait pas se défendre et prouver son innocence. Un mort se repêche par hasard ou se fabrique…

Suicide ou meurtre ?

… D'après un médecin[13] dont le père était à Oxford avec Montague John Druitt, ce dernier subissait des menaces récurrentes. Des lettres de dénonciation anonymes lui parvinrent au Pensionnat de Blackheath. Accusé d'être Jack L'Éventreur, le corbeau l'aurait menacé de tout révéler à la police. Aux dires du docteur X, ses insomnies ne seraient pas étrangères à sa dépression. À l'égard de ce témoignage capital, nous sommes en droit de nous demander si Druitt fut oui ou non l'objet d'un chantage. Avait-il rendez-vous avec son corbeau, ce fameux matin du 03 décembre 1888 où il décida de se jeter « délibérément » dans la Tamise ? Et si quelqu'un l'avait aidé à se suicider ? N'était-ce pas le meilleur moyen d'entériner l'affaire au plus vite ? En repêchant le corps du « suicidé » le 31 décembre, les policiers ont trouvé ses poches, remplies de livres Sterling et de shillings en or, (certaines pièces en argent) sans compter les deux chèques, respectivement d'un montant de 50 et 16 livres. Étrange de sauter à la Tamise avec de tels « émoluments » ! Encore plus bizarre, ce témoignage[14] émanant d'un jeune membre du Comité de Vigilance.

Trois mois après la mort de Montague John Druitt, les curieux ne furent pas invités à poursuivre l'enquête ni à soulever de questions. Mars 1889, Albert Backert[15] demande à un policier pourquoi les opérations de surveillance ont été stoppées. On lui répond sèchement que L'Éventreur est mort et qu'il n'est pas nécessaire qu'il en sache davantage : « *Raviver les faits causerait une grande douleur à la famille* » (propos d'ailleurs repris par Macnaghten, interrogé au sujet du manque de preuves accusant Druitt).

Il n'en faut pas plus à Albert Backert. Le jeune homme – piqué par la curiosité – s'avoue prêt à garder le secret si la police en dit plus. Voici la réponse de l'officiel « *Quiconque répandra la rumeur que Jack L'Éventreur est vivant sera passible de poursuites pour troubles de l'ordre public* ». Le rôle de Scotland Yard dans cette affaire est sans appel. Hors de question d'affirmer que Jack L'Éventreur est vivant ! Une telle information sèmerait le chaos dans l'édifice policier qui sait visiblement que l'assassin n'est pas mort et menace de poursuites ceux qui s'en feraient l'écho. En définitive, choisir comme candidat au suicide par noyade un sportif accompli, champion de cricket, n'était pas l'option la plus crédible, mais personne n'a réagi. Personne sauf un vieux limier de Scotland Yard, l'inspecteur Frederick Abberline. Pour ce dernier : « Druitt aurait été poussé de force dans la Tamise[16]. » Abberline fut-il entendu ? Non, sa hiérarchie n'accepta jamais ses conclusions sur le cas « Druitt ». Il fallait faire oublier au plus vite l'Éventreur et surtout l'incapacité de la police à l'arrêter. Étrangement, le rapport Abberline concernant le repêchage de Druitt et intitulé « Death in suspicious circumstances » (« Mort dans des circonstances suspectes ») a mystérieusement disparu ! Dégoûté par l'attitude des responsables du Yard, Abberline prit sa retraite en 1892, année où Anderson – assisté de Macnaghten – classa l'affaire « Jack ».

Jusqu'à la fin de sa carrière, Macnaghten suggéra qu'il détenait les preuves de la culpabilité de Druitt. Révéler ces éléments aurait fait de lui le plus grand détective d'Angleterre, le « héros » qui aurait identifié formellement l'Éventreur. Mais il ne produisit jamais le moindre indice. Il se contenta de truffer ses rapports, sa correspondance ou ses Mémoires de phrases ambiguës comme celle-ci :

> « J'ai toujours nourri des présomptions fortes le concernant [Druitt] et plus j'y pense, plus cela s'impose à moi. En effet, si mes suppositions sont correctes, la vérité quelle qu'elle soit repose au fond de la Tamise[17]. »

La vérité « repose au fond de la Tamise »… Que veut dire Macnaghten ? Que la vérité a disparu le jour où Druitt s'est jeté – ou a été jeté – dans la Tamise ? Cette tournure est étrange. Macnaghten emploie bien le verbe « reposer ». Pourtant, plus rien ne repose au fond du fleuve, puisqu'on a repêché le corps de Druitt en décembre 1888. Plus rien sauf peut-être l'arme jamais retrouvée, le couteau de l'Éventreur. Mais qui pourrait le savoir ? À part le tueur lui-même…

Chapitre XXV

SCOTLAND YARD SAVAIT

AFFAIRE DE RÉPUTATION

Melville Macnaghten, dans son rapport sur l'affaire « Jack » en 1894, commet de nombreuses erreurs lorsqu'il accuse Druitt. Mais ce ne sont pas les seules. Revenant sur le double meurtre du 30 septembre 1888 (Stride et Eddowes), il accumule approximations et contresens.

Macnaghten affirme que : « Le meurtrier d'Elizabeth Stride fut dérangé par trois juifs se rendant au club anarchiste de Berner Street. »

Les trois juifs sont en fait les témoins Lawende, Levy et Harris, qui croisèrent vraisemblablement l'Éventreur et sa victime, Catherine Eddowes, à Mitre Square. Macnaghten se trompe de meurtre. Le meurtrier d'Elizabeth Stride fut bien dérangé, mais par un seul homme : le camelot Diemschutz ! Quant à l'endroit où l'on a retrouvé un bout du tablier d'Eddowes et le graffiti antisémite, Macnaghten le situe à « Goulburn Street ». Il s'agit en fait de « Goulston Street ». Six ans après les faits, Macnaghten et sa « mémoire extraordinaire » sont, une nouvelle fois, pris en défaut. Décidément, le professionnalisme de ce détective laisse à désirer, surtout dans une affaire aussi sensible…

Macnaghten se gardera bien de mentionner également un épisode étonnant, survenu au cours de l'enquête sur le meurtre de Catherine Eddowes.

La « raison spéciale »

Vendredi 11 octobre 1888, au tribunal de Golden Lane, les personnes présentes le 30 septembre aux environs de Mitre Square sont entendues dans le cadre de l'enquête sur le meurtre de Catherine Eddowes. Les témoins principaux Harris, Levy et Lawende sont là. C'est au tour de Lawende de prendre la parole. Il commence par relater très précisément les faits jusqu'au moment où, accompagné de ses deux amis, il a croisé une femme (Eddowes) en compagnie d'un homme. Brusquement le coroner Crawford l'interrompt : « À moins que les jurés n'en expriment le désir, j'ai une raison spéciale de demander au témoin de surseoir à la description de l'homme qu'il a vu[1]. »

L'assistance est médusée. Le jury suit l'avis du coroner, sans demander d'explication. Le coroner refuse qu'un témoin décrive l'homme qu'il a aperçu dans Church Passage avec la victime, moins de dix minutes avant qu'on ne la retrouve atrocement mutilée. Selon ses déclarations, Lawende a vu le visage du tueur à moins de trois mètres et un officiel lui demande de se taire en pleine audience publique ! La description précise, qu'il a déjà faite au poste de police, ne sera pas versée dans le dossier d'instruction. Nulle explication ne sera jamais donnée par les autorités.

Qu'avait vu Lawende ? Un homme, entre trente-cinq et quarante-cinq ans, environ un mètre soixante-quinze, stature moyenne, teint clair, moustachu, portant une veste poivre et sel qui semblait trop large pour lui, une casquette grise avec visière, un foulard rouge autour du cou[2]. Inutile de décrire physiquement Sir Melville Leslie Macnaghten en 1888, Lawende vient de le faire !

Pour les juges, l'affaire est entendue. On ne prendra pas en compte la déposition de Lawende. Le témoin capital n'a rien vu ! Pour réagir de la sorte, le coroner a reçu des instructions. Exclure un témoignage de cette qualité est une faute grave, à moins qu'on ait reçu des consignes impératives. Quelqu'un semble embarrassé par la déposition de Lawende, seul témoin à pouvoir identifier l'Éventreur. Quelqu'un qui aurait reconnu un certain Macnaghten derrière cette description du tueur ? Quelqu'un de suffisamment influent dans les milieux policiers. Un homme qui appartient à la Branche spéciale de Scotland Yard, unité spécialisée dans les infiltrations et les « coups tordus » en tous genre : James Monro ? La question se pose d'elle-même.

Pour avoir l'explication, revisitons le passé de nos protagonistes. À l'automne 1888, Macnaghten est planteur de thé, jusqu'à son entrée dans la police le 1er juin 1889. En qualité de négociant, Londres lui offre les opportunités mercantiles dont il a besoin. Les documents commerciaux[3] consultés à Kew prouvent qu'il traitait avec la firme d'import-export de thé : « Kearley & Tonge » dirigée par Kearley H. Ewbanke Devonport. Sur place, Macnaghten gère les flux d'importation des marchandises de son exploitation, à distance.

Les deux bâtiments K. & T. dominent Mitre Square où fut retrouvée la 4e victime ! Étrange coïncidence car le témoin Lawende – au soir du double meurtre Stride/Eddowes – a vu l'assassin et sa 4e victime Catherine Eddowes dans Church Passage (moins de dix minutes avant le meurtre). Son témoignage – lors de l'audience préliminaire – fut rejeté pour « raison spéciale ». Le signalement correspond parfaitement à celui de Macnaghten. La question est de savoir pourquoi le Coroner Crawford a-t-il ignoré le témoignage le plus détaillé de l'affaire ? Le témoin a-t-il reconnu un suspect gênant ? La réponse se trouve en amont. L'homme n'est pas n'importe quel témoin, il exerce la profession de voyageur de commerce[4]. Son métier est de promouvoir les marchandises auprès des grandes firmes commerciales. Il est recruté par des propriétaires d'exploitations qu'il représente en démarchant les firmes de thé et de tabac. Macnaghten est justement propriétaire d'une exploitation de thé. N'est-il pas logique de penser que ces deux hommes se connaissaient ? La description du suspect, le sursis de témoignage pour « raison spéciale » et les contrats de Macnaghten, le liant à la firme K. & T. en attestent. Cette entreprise est située à l'emplacement exact où fut retrouvé le corps de Catherine Eddowes ! Le témoin et le suspect travaillaient dans le même secteur géographique et commercial. Il est statistiquement impossible que Lawende et Macnaghten ne se soient jamais croisés. L'Imperial Club fréquenté par le témoin est au 16-17 de Duke Street et K. & T. se trouve à Mitre Square. Une distance de 5 mètres sépare les deux endroits.

Nous savons maintenant que Macnaghten a entretenu des rapports mercantiles avec les manufactures londoniennes mais « Jack » aussi ! Une mystérieuse lettre[5] signée « Jack L'Éventreur » (datée du 19 octobre 1888) le confirme ! La missive fut envoyée au 19 Warwick Square (Macnaghten habite au 32 de la même rue !) aux manufacturiers *Bendsdorp & Co* (*Ronal Dutch & Cocoa soluble*) qui la renverront à la City Police de Old Jewry. Le scripteur – auteur présumé des meurtres – demande à cette manufacture de lui envoyer une bouteille de Whisky, précise qu'il s'apprête à assassiner une autre prostituée et suggère au destinataire de le rencontrer à la Saint-Patrick. Macnaghten est d'origine irlandaise. La lettre fut postée de Dublin. Ces successions de coïncidences n'en sont pas. C'est un faisceau de preuves. Dans cette mystérieuse lettre, bourrée d'américanismes, le mot : « job » apparaît là encore, ne laissant aucun doute sur l'identité de l'expéditeur. Scotland Yard frémit de cette accumulation de preuves. Stopper le danger à la source semblait une alternative efficace mais de courte durée. Rejeter le témoignage de Lawende ne suffisait pas. En effet, la nuit fatidique du 30 septembre, un autre homme se trouvait aussi au mauvais endroit, au mauvais moment.

L'agent de police fantôme

Replongeons-nous dans le rapport Macnaghten de 1894. Parlant de son suspect numéro « deux », Kosminski, le policier écrit :

> « L'homme, en apparence, ressemblait fortement à l'individu vu par l'agent de la City Police, près de Mitre Square, la nuit où Eddowes fut assassinée[6]. »

Kosminski ressemblerait donc « fortement à l'individu vu par l'agent de la City Police ». Seul problème, Macnaghten a jugé bon d'indiquer quelques lignes plus haut : « Personne n'a jamais aperçu le meurtrier de Whitechapel. » C'est une contradiction de plus, mais, nous allons le découvrir, une contradiction lourde de sens.

En effet, aucun agent de police londonien n'a déclaré avoir vu près de Mitre Square, le soir du 30 septembre 1888, un homme qui aurait pu être le tueur. Aucune déposition en ce sens n'a été enregistrée, aucune description physique d'un suspect n'a été donnée par un policier en patrouille !

Dans son livre : *When London Walked in Terror*, Tom Cullen s'interrogeait déjà sur la confusion de Macnaghten et proposait une explication insatisfaisante. L'enquêteur aurait confondu Lawende avec un agent de police :

> « Je ne trouve aucune référence concernant un policier soi-disant aperçu à proximité de Mitre Square, soit peu avant, soit immédiatement après le meurtre. L'agent de police Edward Watkins qui marchait à allure régulière certifia lors de l'enquête ne pas en avoir rencontré un seul près du square. Apparemment, Macnaghten a confondu l'agent de la City avec Joseph Lawende, un voyageur de commerce qui vit un homme et une femme parlant ensemble à Mitre Square, seulement dix minutes avant que le meurtre ne soit découvert. »

En réalité, Macnaghten désigne, sans le nommer, un agent de la City Police qui surveillait Duke Street et Mitre Square : l'agent Harvey.

Cette nuit-là, à 1 heure 35, les témoins Lawende, Harris et Levy ont aperçu Catherine Eddowes avec un homme dans Church Passage, goulet menant à Mitre Square. À 1 heure 41-42, l'agent de police Harvey[7] a déclaré être passé dans Church Passage, jusqu'à Mitre

Square, puis être reparti. Deux minutes plus tard, un autre agent, Watkins, découvrit le corps mutilé d'Eddowes dans Mitre Square et donna l'alerte. Harvey se précipita au coup de sifflet de son collègue. Il était 1 heure 45. Jack l'Éventreur avait disposé d'à peine dix minutes pour accomplir son forfait. Et disparaître. Le tout au nez et à la barbe des policiers surveillant le secteur.

Dans son témoignage, Harvey se montre clair à ce sujet :

> « Je descendis dans Duke Street et empruntai Church Passage jusqu'à Mitre Square. Je ne vis personne. Je n'entendis aucun cri, ni bruit. Je m'apprêtai à retourner vers Aldgate, j'attendai là trois ou quatre minutes quand j'entendis le son d'un sifflet[8]. »

« Il n'a vu personne » ! À l'heure où Catherine Eddowes se fait mutiler, Harvey se trouve dans Church Passage. Il a une vision plongeante sur le lieu du crime et ne remarque rien ? Il patiente trois ou quatre minutes à proximité d'un lieu où l'Éventreur commet un crime et il n'entend rien ? Pour les spécialistes Eddleston, Evans et Skinner, l'agent Harvey aurait dû inspecter Mitre Square et aurait négligé de le faire. Le policier aurait menti en prétendant se trouver dans Church Passage afin de justifier qu'il se rendait bien à Mitre Square, alors qu'il se serait contenté de surveiller Duke Street, une rue mieux éclairée que le goulet sombre de Church :

> « Seulement, une fois que le meurtre s'était produit, Harvey n'avait plus d'autre choix que de mentir, en racontant qu'il avait marché dans Church Passage comme il était supposé s'y trouver et qu'il n'aurait rien vu dans le square[9]. »

Harvey n'était pas aussi près de Mitre Square qu'il a voulu nous le faire croire. Ce soir-là, à part Watkins qui venait d'un autre secteur et découvrit le corps d'Eddowes, Harvey était le seul agent de police à inspecter le quartier. Or, Macnaghten précise que le policier était « près de Mitre Square » lorsqu'il vit le meurtrier.

Cette nuit-là, Harvey se trouve bien près de Mitre Square, puisqu'il arpente Duke Street avant de tourner dans Church Passage et de descendre sur Mitre Square. Il déclare qu'il s'est arrêté trois à quatre minutes après avoir inspecté Mitre Square. En réalité, il a forcément interrompu sa ronde, mais avant de tourner dans Church. Pourquoi ? N'aurait-il pas rencontré quelqu'un ? Un homme avec lequel il aurait échangé quelques mots. Rappelez-vous de cette lettre envoyée à la police les jours suivants le double meurtre Stride-Eddowes :

« Cher Patron,

[...] Je bavardais avec deux ou trois de tes hommes hier soir[10]. »

A posteriori, Harvey réalise qu'il vient de commettre une erreur en ayant interrompu sa ronde. Il prend le risque de mentir en modifiant son emploi du temps et en déclarant qu'il n'a vu personne. Se doute-t-il qu'il vient de croiser un homme qui pourrait bien être le tueur ? Personne, à part Harvey et le tueur, n'aurait pu être au courant de cet événement. Melville Macnaghten, en l'affirmant, a donc commis une erreur, qui aurait pu lui être fatale : il a indirectement avoué qu'il était l'inconnu de Mitre Square !

Harvey, à l'inverse du témoin Lawende, a préféré taire son éventuelle confrontation avec un homme dans les environs de Mitre Square, le 30 septembre 1888. Cela ne suffira pas. Le 1er juillet 1889, l'agent est renvoyé de la police. Neuf mois après les faits, on lui reproche son manque de professionnalisme lors de cette soirée fatidique. Le motif est un peu « léger », surtout que la faute est ancienne. À moins que sa présence dans la police ne soit gênante. En effet, il y a tout juste un mois, le 1er juin, le département d'enquêtes criminelles a accueilli un nouvel arrivant : Melville Macnaghten… Un homme chassé de la police et qui revient par la grande porte, une fois son ami James Monro confortablement installé dans le fauteuil du « patron » de Scotland Yard… Monro, qui était l'un des seuls hauts responsables de la police à pouvoir obtenir la tête du modeste agent Harvey. Il fallait prendre les devants avant que ce dernier ne revienne un jour sur ses déclarations. Et se souvienne qu'il avait croisé sur une scène de crime un homme devenu policier depuis.

Scotland Yard savait !

Dans ses Mémoires intitulés *The Lighter Side of my Official Life*, Sir Robert Anderson, chef du département d'enquêtes criminelles de Scotland Yard et supérieur hiérarchique de Macnaghten, s'est exprimé sur l'identité probable de l'Éventreur :

> « Au regard de l'intérêt relatif à cette affaire, je suis presque tenté de révéler l'identité du meurtrier […]. Mais rien de bon ne résulterait d'une telle entreprise et les traditions de mon vieux département en souffriraient. J'ajouterai que la seule personne qui ait jamais eu une bonne vue du meurtrier a sans hésitation identifié le suspect, à l'instant même où il fut confronté à lui, mais refusa de porter plainte contre lui[11]. »

Anderson savait ! Ou, plus vraisemblablement, il nourrissait de sérieux soupçons envers un homme. Comme dans le rapport Macnaghten, Anderson évoque un témoin (Lawende) qui aurait identifié le meurtrier et aurait refusé de porter plainte contre lui.

Mais la formule employée par Anderson était tellement subtile, que l'opinion publique et la presse réactionnaire ont imaginé que Lawende, un juif, ne voulait pas dénoncer un autre juif. Ils se trompaient. Il suffit de reprendre les termes d'Anderson. L'ancien patron du CID parle d'un homme qui, s'il avait été dénoncé, aurait entaché la réputation de Scotland Yard : « Les traditions de mon vieux département en souffriraient. »

Qui peut nuire à la réputation de Scotland Yard ? Un chirurgien franc-maçon, une sage-femme, un cordonnier juif, un boucher, un peintre victorien, le fantôme de Mary Jane Kelly, un rejeton syphilitique de la monarchie ? Non ! La réponse est tellement évidente, mais tellement décevante pour les théoriciens du complot, les amateurs de sensationnel, les rêveurs : un membre de Scotland Yard ! Un policier « couvert » par d'autres policiers. On « lave son linge sale en famille », dans une Angleterre victorienne campée sur ses préjugés de classes et ses certitudes.

D'ailleurs, James Monro, comme Anderson, connaissait l'Éventreur ! Au moment de prendre sa retraite, Monro annonça : « L'Éventreur ne fut jamais pris, mais il aurait dû l'être. » Il précisa que la vérité sur cette affaire était « une patate très chaude et que l'Éventreur aurait pu être arrêté[12] ».

Scotland Yard n'avait pas intérêt à laisser apparaître qu'un de ses chefs était le criminel, le tueur sadique qui avait échappé à toutes les recherches.

Chapitre XXVI

SA PROPRE FILLE LE DÉSIGNE

Passion de famille pour le morbide

C'est une informatrice inattendue que j'ai découverte en la personne de la fille cadette de Sir Melville Macnaghten : Mary Christabel. Mariée à Sir Henry Duncan McLaren, second baron Aberconway, secrétaire particulier du célèbre Lloyd George, Mary Christabel partageait la passion de son père pour le théâtre, la littérature et la criminologie. Veuve depuis le 23 mai 1953, elle publia ses Mémoires en 1966.

Mary Christabel Macnaghten est née le 12 décembre 1890, deux ans après les meurtres de Jack l'Éventreur, alors que son père avait rejoint Scotland Yard depuis plus d'un an.

Évoquant son enfance londonienne à Warwick Square, Mary Christabel se souvient du plaisir qu'elle prenait à lire les ouvrages qui s'entassaient dans la bibliothèque de son père : Charles Dickens, William Thackeray et les pièces de théâtre de l'époque élisabéthaine.

Dans le salon familial, elle ouvre de grands yeux sur des célébrités de l'époque, invitées par ses parents : Virginia Woolf, des acteurs de renom, des écrivains de théâtre et des personnalités plus originales, comme le cabaliste Aleister Crowley ou Oscar Wilde, un voisin. Ce dernier prend la jeune fille en sympathie. Il sera lui aussi soupçonné d'être Jack l'Éventreur[1] !

Mary Christabel, actrice dilettante, manifesta très tôt un intérêt particulier pour les crimes et les criminels, dont on parlait beaucoup chez les Macnaghten. Un jour, pénétrant dans le bureau de son père par surprise, elle le trouva plongé dans des photos de cadavres. Elle remarqua qu'il s'attardait sur les photographies les plus morbides.

Plus étrange :

> « [...] Quand j'étais enfant, le dimanche en revenant de l'église, je marchais avec mon père en direction de Scotland Yard où il menait différentes enquêtes. Plusieurs fois, il m'a surprise en train de regarder les photographies habituelles de criminels, d'alcooliques, et les corps mutilés des victimes de Jack l'Éventreur qui, pour une raison que j'ignore, avaient été laissées dans cette pièce. [...] Pour quelle raison mon père conservait ces photos terribles dans son bureau[2] ? »

Plus de soixante ans après les faits, Lady Aberconway se demandait encore pourquoi son père possédait ces documents concernant les meurtres de Whitechapel ; des meurtres sur lesquels il n'avait jamais enquêté !

Dans son livre de souvenirs, Mary Christabel revient sur ces photos des victimes de Jack l'Éventreur, et signale qu'à leur simple vue son père « semble grandement bouleversé ». Difficile d'imaginer, dans ces conditions, qu'elle n'ait pas envisagé que son père pouvait être lié à cette affaire d'une manière ou d'une autre.

On sait également par Lady Aberconway que son père avait constitué « un cabinet de curiosités » en rapport avec l'affaire « Jack ». Certains de ses amis ont affirmé qu'il s'était même procuré et avait fait encadrer la carte à l'encre rouge, signée « Saucy Jacky », et oblitérée le 1er octobre 1888. Il l'aurait exposée un temps, dans le salon de la résidence familiale de Warwick Square.

Il est clair que le comportement étrange de Melville Macnaghten a profondément marqué l'inconscient de Mary Christabel, et que les années n'ont pas effacé son empreinte. Mais Lady Aberconway ne poussa pas plus loin l'analyse de ces souvenirs douloureux. On la comprend. Elle ne pouvait décemment pas entacher la réputation de son père. Mais on ne peut s'empêcher de joindre ces nouveaux éléments au faisceau de preuves que nous avons déjà constitué.

Un psychopathe ne regrette jamais ses crimes, sauf s'il est atteint de schizophrénie. Tout dans l'attitude de Macnaghten indique qu'il souffre bien de ce dédoublement de personnalité. Contemplant les photos des meurtres de l'Éventreur, l'homme semble traversé par une certaine culpabilité… Il n'a pas réussi à cacher une part de sa souffrance intime à sa fille. Peut-être imaginait-il que Mary Christabel, trop jeune, ne remarquerait pas le trouble qui l'assaillait à l'évocation des crimes de Whitechapel commis par Jack l'Éventreur. On imagine la réaction de Mary Christabel, lorsqu'elle découvrit dans les premières lignes des Mémoires de son père :

> « Je devins inspecteur six mois après que le célèbre Jack l'Éventreur s'est suicidé et en aucun cas je n'eus de lien avec cet individu fascinant. »

Pourquoi ce besoin impérieux chez Macnaghten de préciser, en préambule à l'histoire de sa vie, que rien ne le reliait au « célèbre » et « fascinant » tueur de Whitechapel ?

Chapitre XXVII

DEVENU POLICIER, JACK BRÛLE LES PREUVES

« Depuis que j'ai pris mes fonctions, j'ai détruit tous mes documents, il n'y a maintenant aucune trace d'une information secrète entrée en ma possession, à un moment donné ou à un autre, depuis que j'ai rejoint le Yard, le 1er juin 1889. Je sais ce que c'est d'être libéré des “secrets officiels”. Et je ne compte certainement pas écrire encore mes souvenirs. »

Cette interview est parue dans le *Daily Mail* du 2 juin 1913. La personne interrogée n'est autre que Melville Macnaghten. Policier en fin de carrière, numéro trois de Scotland Yard, notre homme rencontre un journaliste et lui annonce qu'il a détruit tous ses documents, qu'il a fait disparaître toute « trace d'une information secrète » entrée en sa possession. Qu'il a réduit en cendres les éléments qui auraient pu mener à l'arrestation de Jack. Ces propos sont aberrants. Faut-il y voir ceux d'un mythomane ou le nouveau pied de nez d'un homme au passé chargé, et qui se croit hors d'atteinte ? « Libéré des secrets officiels ». En était-il prisonnier ? Qu'est-ce qui pouvait bien l'accabler, au point de prendre des mesures aussi radicales ? L'impardonnable ?

Devenu policier, Melville Macnaghten n'a eu de cesse de cultiver une attitude ambiguë, à chaque fois qu'il était question de l'Éventreur. Pourtant, le policier n'a jamais enquêté sur les crimes de Whitechapel. Dans ces conditions, pourquoi avait-il l'air tellement sûr de lui lorsqu'il affirmait en public :

> « Je possédais la preuve documentaire de l'identité de Jack l'Éventreur. Mais j'ai brûlé les papiers[1] ! »

Après avoir détruit ses propres archives (1889), Macnaghten s'en prenait maintenant à des éléments susceptibles de mener à l'arrestation du tueur sadique de l'East End. Et il s'en vantait ! Curieusement, la plupart des chercheurs qui ont fait état de ces destructions de preuves ont surtout insisté sur le scandale qu'une telle attitude représente, sans essayer d'en comprendre les motifs. Donald Rumbelow, ancien policier devenu un des meilleurs spécialistes, écrit dans *Jack the Ripper* (1988) :

> « La seule destruction jamais enregistrée est attribuée à Sir Melville Macnaghten, qui prétend avoir brûlé les

papiers les plus compromettants afin de protéger la famille du meurtrier. Sa fille dément son histoire et déclare que son père a probablement dit cela afin d'empêcher qu'il ne soit harcelé par les membres de son club[2]. [...] »

Rumbelow précise même :

« Les photos de Mary Jane Kelly ont été retirées des dossiers de police depuis que Macnaghten y a fait référence dans ses notes. »

Les photos disparues ont refait surface en 1987 ! Un expéditeur anonyme les a envoyées à Scotland Yard dans une enveloppe marron contenant également la lettre du 25 septembre 1888, celle à l'encre rouge, adressée à la Central News Agency et commençant par l'habituel « Cher Patron ». Macnaghten en possédait une similaire, dans son cabinet. S'agissait-il de la même ? Qui aurait eu intérêt à restituer le bien de la police, un siècle plus tard ? La famille de l'assassin ? En tout cas, la lettre est désormais conservée au Black Museum de Scotland Yard.

Documents, témoignages, photos des victimes... Décidément, un certain nombre d'éléments ont disparu au cours de l'ère « Macnaghten ». Scotland Yard n'a sans doute pas fait le meilleur des choix en recrutant un homme qui s'est autorisé bien des libertés avec les pièces relatives à une affaire criminelle de la plus haute importance. Les suspects de l'affaire n'y ont pas échappé.

Ce qui poussait Macnaghten à ne pas produire les preuves accablant ce malheureux Druitt était motivé par une bonne raison : il ne les avait pas en sa possession. Dans le cas contraire, Macnaghten n'aurait pas manqué de les transmettre à Scotland Yard et à son ami journaliste, George Sims, pour que la presse s'en empare et mette en relief son travail minutieux et remarquable au sein de la police. Une réputation de « plus grand détective du monde » était à portée de main et Macnaghten l'aurait écartée, tout cela pour préserver la famille de son principal suspect ? L'explication donnée par la fille de Macnaghten est aussi peu crédible que celle donnée par feu son père pour justifier la destruction de documents sensibles. Les Macnaghten avaient, semble-t-il, un goût prononcé pour le mystère et la mise en scène…

Macnaghten a toujours « bluffé ». Il ne détenait aucune preuve valable pour démasquer l'Éventreur et permettre son arrestation. Il a détruit des documents – ce qui est incontestable – parce que ces documents constituaient des preuves désignant le vrai coupable : lui-même !

AFFAIRE ENFIN CLASSÉE

Il n'y a plus de mystère autour de l'identité de Jack l'Éventreur. Ce criminel hors catégorie, sanguinaire, provoquant, manipulateur, scriptomane, était un membre de l'establishment, un des patrons de Scotland Yard !

Ancien élève d'Eton, atteint dès son plus jeune âge de troubles obsessionnels, comédien raté, planteur aux Indes avant de postuler à Scotland Yard, et d'en être rejeté avec mépris par le préfet Charles Warren, il ne supporte pas ce refus, et décide de se venger par tous les moyens possibles. Y compris par les plus monstrueux. Obtenir la démission de Warren devient l'obsession de Melville Macnaghten.

Pour y parvenir, il assassine des prostituées dans des conditions de plus en plus horribles, créant une panique et un véritable soulèvement populaire. Le préfet Warren, attaqué, discrédité, remet sa démission à la reine Victoria après le cinquième meurtre.

Jack-Macnaghten n'a pas été arrêté. Il a bénéficié de la complicité – involontaire ? – d'un de ses meilleurs amis, James Monro. Ce dernier succède en décembre 1888 à Charles Warren comme préfet, mais démissionne curieusement un an plus tard, et va passer les treize années suivantes dans une mission chrétienne aux Indes, à quarante kilomètres de Calcutta. Macnaghten, dans ses Mémoires, se refusant à donner les raisons de ce départ, précise : « Je n'ai pas l'intention de rouvrir des vieilles blessures », mais la version originale est plus intéressante : « I have no intention of **ripping** up healed sores » (du verbe *to rip* : éventrer, déchirer ; même racine que *the Ripper*…).

Admis à Scotland Yard, Melville y fera carrière pendant vingt-deux ans. Dans ses Mémoires, il précise, non sans humour, avoir rejoint la police après la période des crimes de Jack l'Éventreur, « personnage fascinant, écrit-il, que j'aurais aimé rencontrer ». Mais peut-on se rencontrer soi-même ailleurs que dans un miroir ?

En tant qu'inspecteur principal adjoint, il s'empresse de clore le dossier en désignant un coupable sur mesure, Montague John Druitt, ancien adversaire de cricket, dont le corps a été retrouvé dans la Tamise. Sur ce point, le doute subsiste : l'inspecteur Abberline, chargé de l'enquête, affirma à l'époque que Druitt avait été assassiné ; il ajouta même qu'un haut responsable pouvait être impliqué, laissant planer un doute, ouvrant une piste que personne n'explora.

Melville Macnaghten a été anobli par le roi Édouard VII en 1908, avant d'être rattrapé par la folie et de mourir en 1921 dans des conditions mystérieuses, ayant brûlé ses papiers et des photos, laissant une femme et quatre enfants. Dans ses Mémoires, il avoue que pendant des années, son système nerveux « déraillait », tout en regrettant de n'avoir jamais pu se « laisser aller » comme il le souhaitait. Il reconnaît aussi qu'il était obligé de « consulter plus qu'un docteur ». Mais il n'a jamais avoué ses crimes. Son ami, le journaliste George Sims, disparut un an après lui, ayant défendu jusqu'au bout la thèse de Macnaghten concernant la culpabilité de Druitt.

Bien que Macnaghten ait pris soin de désigner ce « faux » coupable, de falsifier tous les indices qui pouvaient l'incriminer, des hauts fonctionnaires de Scotland Yard avaient fini par découvrir la vérité. Ils se sont tus afin de préserver la réputation et l'honneur de la police. L'assistant du préfet, Sir Robert Anderson, écrivit plus tard dans ses Mémoires : « Si la vérité éclatait, les traditions de mon vieux département [Scotland Yard] en souffriraient. » Quant à Monro, protecteur de Macnaghten et successeur du préfet Warren à la tête de Scotland Yard, il avoua : « Cette affaire était une “patate très chaude” » !

Fin 2006, des spécialistes de Scotland Yard – à partir de témoignages d'époque – ont réalisé un « portrait-robot » du coupable. Les similitudes avec les photos de Macnaghten sont frappantes.

J'ai relu tous les articles de presse de l'époque, retrouvé des correspondances privées et professionnelles, des confessions jamais publiées, j'ai recoupé des détails qui avaient échappé aux autres « ripperologues » comme les lettres « M » et « V », tracées avec du sang sur la jambe droite de la dernière victime du tueur. Je crois avoir rassemblé assez de preuves et d'indices pour dissiper le mystère.

Pour moi, il n'y a plus aucun doute, Sir Melville Leslie Macnaghten est bien Jack l'Éventreur !

Questionné à ce sujet, Daniel Perron, ex-membre d'Interpol et commissaire divisionnaire, abonde dans ce sens :

> « Cette enquête s'appuie incontestablement sur un énorme travail de recherche et utilise des éléments jamais pris en compte (ou qui n'ont jamais été dévoilés). Les coïncidences relevées sont nombreuses et troublantes. Et les arguments sont convaincants ! En tant qu'ancien professionnel, je suis amené à reconnaître que de nombreuses conditions sont réunies pour faire de Melville Macnaghten un « suspect » crédible.
>
> Il a existé – et il existe encore – des fonctionnaires de police déstabilisés soit par des antécédents psychiques non décelés, soit par le stress occasionné par des tâches contraignantes, soit par le comportement de leurs supérieurs à leur égard. »

Mais Macnaghten ne constitue pas un cas isolé. En 1978-1979, la France a tremblé pendant des semaines. Le « tueur de l'Oise », qui semait la terreur, n'était autre qu'un représentant des forces de l'ordre : le gendarme Alain Lamare. Comme Macnaghten, Lamare souffrait de troubles obsessionnels compulsifs et collectionnait les ouvrages sur les affaires criminelles depuis son enfance. Son sens de l'ordre révélait un comportement maniaque, méthodique. Mais Lamare était aussi scripteur ! À la façon de Jack l'Éventreur, il a envoyé des lettres de provocation à la police. Le criminel fut identifié sur la base de son écriture et arrêté. Déclaré irresponsable, il ne fut jamais jugé.

Comme le gendarme Lamare, Macnaghten était coupable.

Il aura vécu sans jamais avoir été inquiété, ni même suspecté et il sera mort sans avoir payé pour ses crimes. Et si certains hauts fonctionnaires avaient percé son secret, aucun d'entre eux ne l'a jamais trahi.

Annexe

CELUI QUI SE CACHE DERRIÈRE MELVILLE MACNAGHTEN

PAR MICHÈLE AGRAPART-DELMAS

Si l'on considère que Melville Macnaghten est bien Jack l'Éventreur – et on ne peut qu'adhérer à la thèse de cet ouvrage, tant l'enquête à la fois historique et judiciaire est convaincante par sa clarté, sa logique, sa cohérence et la pertinence des réflexions –, reste cependant la question de la personnalité de cet homme, dont la biographie ne permet pas de déterminer, avec précision, les traits.

On peut d'ores et déjà éliminer certains diagnostics. En effet, Macnaghten ne délire pas, ne présente pas de syndrome hallucinatoire, interprétatif ou persécutif, de déni du réel ou de dénégation, mais il sait mentir. Des pathologies telles que la schizophrénie – qui pourrait être évoquée dans le cadre d'un éventuel dédoublement du moi –, sont également à éliminer. En effet, dans ce cas, les symptômes apparaissent très tôt, à la fin de l'adolescence, et rendent souvent difficile, voire impossible, la poursuite d'une carrière professionnelle à grandes responsabilités, ce que Melville Macnaghten a été amené à assumer.

Macnaghten n'est sans doute pas un psychopathe, bien que certains troubles de l'humeur – impulsivité, méchanceté, agressivité – soient présents chez lui. Mais ils sont assez refoulés au quotidien, parfois différés, ce qu'un psychopathe ne peut faire. De plus, on note une certaine constance dans l'affectivité : on ne lui connaît qu'une épouse, pas de maîtresse. Nulle trace d'instabilité psychomotrice, de délinquance précoce, d'échec scolaire ou social, bien au contraire.

Macnaghten présente une personnalité intolérante, notamment à toute frustration, à toute contradiction. On découvre chez lui des velléités d'être toujours le premier. Il apparaît orgueilleux, ne supportant pas l'échec, et est capable d'élaborer une vengeance complexe : tuer sauvagement des femmes afin de détruire professionnellement le préfet de police Warren. Il s'agit de « belles » construction et manipulation mentales.

Nous ne savons rien sur sa mère, ni sur les relations qu'il a pu entretenir avec elle. Elle a sûrement joué, involontairement et inconsciemment, un rôle essentiel dans son regard sur les prostituées, face « noire et sale » de la femme aux yeux du criminel. On sait peu de choses sur son père, sinon qu'il était en conflit avec son fils, ne lui faisant pas confiance et lui renvoyant l'image d'un raté, ce qui constitua sans doute sa première grande frustration et humiliation. Puis il y aura des moments de violence en Inde, lorsque Melville brutalisera ses ouvriers agricoles, qu'il considérait sans doute comme des êtres inférieurs.

On ne sait rien non plus de sa sexualité. C'est dommage. Connaissait-il des difficultés ? Des perversions ?

En fait l'hypothèse qui vient à l'esprit est celle d'un fonctionnement pervers. En effet on note chez Melville Macnaghten une bonne présentation, un certain charme, une intelligence abstraite, une bonne intégration sociale et professionnelle, mais également les traits typiques des pervers. Il a besoin de l'autre pour exprimer sa perversité, contrairement au psychopathe.

Macnaghten est un manipulateur de haut vol, dont l'affectivité est centrée sur lui-même. Ses actes prouvent qu'il est incapable de renoncement ou d'abnégation ; il récidive car les autres – ces femmes déchues – l'indiffèrent. Il est tout entier dans le plaisir, plaisir de la souffrance de l'autre, plaisir des actes de torture, plaisir procuré par cette subtile et très élaborée manipulation visant à se venger de celui qui l'a rejeté. Son agressivité s'exprime par l'humiliation, la domination dans un déni de la fonction de sujet de ses victimes, qu'il transforme en objet disséqué, ayant perdu toute apparence humaine.

Macnaghten est toujours dans le plaisir à deux niveaux, celui de la mort de ses victimes et celui de la manipulation destructrice de son ennemi. Traits typiques de la personnalité perverse. Le pervers éprouve de la jouissance à travers la souffrance de l'autre, ce qui n'est pas le cas du psychopathe.

À l'inverse du psychopathe, le pervers est tout à fait capable de s'arrêter de tuer, ce qui explique l'absence de récidive chez Jack l'Éventreur après novembre 1888. Le but atteint – la démission de Warren – les crimes pouvaient cesser.

Michèle Agrapart-Delmas est psychologue, criminologue, expert judiciaire agréé par la cour de cassation près la cour d'appel de Paris, et expert européen.

NOTES

INTRODUCTION

1. Les archives policières relatives aux crimes de Jack l'Éventreur ont été ouvertes aux chercheurs en 1992, exactement un siècle après le classement de l'affaire. (*National Archives*, Londres [abrév. : Nat. Arch., Londres], affaire « Jack ».)

2. Ces deux extraits sont tirés d'une lettre créée pour les besoins du film *From Hell.* Aucune des trois cents lettres anonymes reçues par Scotland Yard ne contient ce genre de propos.

3. Maître Moro-Giafferi (1878-1956 ; affaires Landru, Weiller, Caillaux, Stavisky, Bonnot, Seznec) a plaidé jusqu'à l'âge avancé de soixante-dix-huit ans. Maître Floriot (1902-1975) a défendu le docteur Petiot, accusé d'avoir, sous le régime de Vichy, assassiné vingt-sept personnes à Paris, rue Lesueur.

4. VALLÈS (Jules), *La Rue à Londres*, Paris, Charpentier et Fasquelle, 1914.

5. LONDON (Jack), *Le Peuple des abysses*, 1903 ; rééd. sous le titre *Le Peuple d'en bas*, traduit de l'anglais (États-Unis) par François Postif, Paris, Éditions Phébus, 1999.

6. BOOTH (Charles), *Survey into Life and Labour in London*, Londres, Macmillan, 1902.

7. Buck's Row est la rue où fut retrouvé le corps de la première victime de l'Éventreur.

8. C'est à Mitre Square que fut commis le meurtre de Catherine Eddowes, quatrième victime de l'Éventreur.

9. Le futur roi Édouard VII, grand-père de l'actuelle reine Élizabeth II.

CHAPITRE II

1. Nat. Arch., Londres, MEPO 3/140, f. 238. Repris dans « The Whitechapel Murder », *The Times*, 3 septembre 1888, p. 12.

2. Nat. Arch., Londres, HO 144/221/A49301C, f. 11. Repris dans « The Whitechapel Murder », *The Times*, 24 septembre 1888, p. 3.

3. Nat. Arch., Londres, HO 144/221/A49301C, ff. 6-7 (témoignage de William Nichols). Repris dans le *Times*, 3 septembre 1888, art. cit.

4. Nat. Arch., Londres, HO 144/221/A49301C, ff. 129-134 (lettre de Polly Nichols à son père).

5. Nat. Arch., Londres, HO 144/221/A49301C, f. 8 (enquête Mary Ann Nichols). Repris dans le *Times*, 3 septembre 1888, art. cit.

6. Nat. Arch., Londres, HO 144/221/A49301C, ff. 129-134 (résumé du rapport du 19 octobre 1888, meurtre de Polly Nichols, par le chef inspecteur Donald S. Swanson, département d'enquêtes criminelles de Scotland Yard).

7. Nat. Arch., Londres, MEPO 3/140, ff. 235-238 (enquête sur Mary Ann Nichols). Repris dans « The Whitechapel Murder », *The Times*, 18 septembre 1888, p. 12.

8. Nat. Arch., Londres, HO 144/221/A49301C, f. 8 (enquête Mary Ann Nichols).

9. Nat. Arch., Londres, HO 144/221/A49301C, ff. 6-7 (rapport du docteur Henry Llewelyn, chirurgien, résidant 152 Whitechapel Road). Repris dans le *Times*, 3 septembre 1888, art. cit.

CHAPITRE III

1. « Is a Thug? A Startling Light on the Whitechapel Crimes », *The Star*, 24 décembre 1888 (« The swift & silent method of the thug is a new and terrifying feature in London crime [...]. »).

2. L'état de délabrement dans lequel le morceau d'enveloppe fut retrouvé était tel que les enquêteurs ont commis une erreur de transcription. Ils ont lu « Sp », et non « Sq », trompés par une barre verticale décalée vers la gauche.

3. Nat. Arch., Londres, MEPO 3/140, ff. 16-17 (rapport de l'inspecteur J. L. Chandler relatif à la lettre retrouvée près du corps d'Annie Chapman, 15 septembre 1888).

4. Nat. Arch., Londres, HO 144/221/A49301C, f. 13 (propos rapportés par Timothy Donovan). Repris dans le *Times*, 11 septembre 1888, p. 6.

5. Elizabeth Long l'identifiera plus tard à la morgue.

6. Nat. Arch., Londres, HO 144/221/A49301C, f. 13 (enquête Annie Chapman). Repris dans le *Times*, 11 septembre 1888.

7. Nat. Arch., Londres, HO 144/221/A49301C, f. 136 (témoignage de John Davis, consigné dans le rapport du chef inspecteur Swanson, 19 octobre 1888, à destination du Home Office).

8. Nat. Arch., Londres, HO 144/221/A49301C, ff. 137-145 (enquête Annie Chapman, inclut rapport du docteur Phillips). Repris dans le *Times*, 14 septembre 1888, p. 4.

9. Nat. Arch., Londres, MEPO 3/140, ff. 13-15. Repris dans le *Times*, 14 septembre 1888, p. 4.

10. « The Whitechapel Murder », *British Medical Journal,* 22 septembre 1888.

CHAPITRE IV

1. Nat. Arch., Londres, MEPO (lettre récemment découverte par Peter McClelland).

2. Dans quelques années, c'est là que Theodor Herzl, de passage à Londres, viendra prêcher la « croisade sioniste ».

3. Examen *post mortem* d'Elizabeth Stride, par le docteur Bagster. Compte-rendu publié dans le *Times*, 4 octobre 1888, p. 10.

4. Le naufrage du *Princess Alice* est un événement réel. Toutefois, Elizabeth Stride et sa famille ne figuraient pas sur la liste des passagers.

5. Publié dans le *Times*, 4 octobre 1888, p. 10.

6. Gardner réside au 11 Chapman Street et Best au 82 de la même rue. Cf. EDDLESTON (J. John), *Jack the Ripper, an Encyclopaedia*, Londres, Metro, 2002.

7. Témoignage de William Marshall publié dans « The East End Murders », *The Times*, 6 octobre 1888, p. 6.

8. Témoignage de l'agent de police William Smith, publié in *ibid.*

9. Nat. Arch., Londres, HO 144/221/A49301C, ff. 148-159 (rapport du chef inspecteur Donald S. Swanson, 19 octobre 1888, adressé au Home Office).

10. *Id.* (témoignage Israel Schwartz).

11. Nat. Arch., Londres, MEPO 3/140/221/A49301C, f. 211 (copie de la lettre au Home Office).

12. Compte-rendu du docteur Blackwell publié dans le *Times,* 3 octobre 1888, p. 10.

13. Stéphane Bourgoin est libraire, journaliste et codirecteur de l'unité des sciences du comportement au Centre international des sciences criminelles de Paris.

CHAPITRE V

1. Nat. Arch., Londres, Coroner's Inquest (L), 1888, n° 135 (Corporation of London Record Office).

2. Nat. Arch., Londres, MEPO 3/3153, ff. 1-4 (lettre datée du 25 septembre 1888, reçue le 27 par la Central News Agency, London City).

3. Elizabeth Fisher est la troisième des sœurs Eddowes ; elle habite 33 Hatcliffe Street, Greenwich. Elle n'apparaît pas durant l'enquête. Détail donné par Klas Lithner dans RUMBELOW (Donald), *The Complete Jack the Ripper*, nouv. éd., Londres, Penguin, 1992.

4. Conversation rapportée dans l'*East London Observer*, 13 octobre 1888.

5. Nat. Arch., Londres, Coroner's Inquest (L), 1888, n° 135 (Corporation of London Record Office, témoignage de George Henry Hutt, PC 968, Bishopsgate Station).

6. *Id.* (description de Lawende). Témoignage reproduit dans le *Times*, 5 octobre 1888.

7. *Id.* (examen *post mortem* du docteur Frederick Gordon Brown).

8. L'affaire tombait dans la juridiction du major Smith de la City Police, lequel sera contrarié par cette décision. Voir Nat. Arch., Londres, HO 144/221/A49301C, ff. 195-196 (rapport du PC Alfred Long de la Metropolitan Police de Westminster, découverte du tablier et du message tracé à la craie, 30 septembre 1888).

9. On a également relevé des lacérations obliques non figuratives sur les paupières.

CHAPITRE VI

1. Nat. Arch., Londres, MEPO 3/142, ff. 515-516 (encre noire, trois pages).

2. London Metropolitan Archives, MJ/SPC, NE 1888, Box 3, Case Paper 19.

3. Nat. Arch., Londres, HO 144/221/A49301C, ff. 42-46.

4. London Metropolitan Archives, MJ/SPC, NE 1888, Box 3, Case Paper 19 (témoignages de Joseph Barnett).

5. MACNAGHTEN (Melville), *Days of my Years*, Londres, Longmans & Co, 1914, p. 60.

6. Nat. Arch., Londres, HO 144/221/A49301C, ff. 42-46. Publié dans « The East End Tragedies. A seventh murder. Another case of horrible mutilation », *The Daily Telegraph*, 10 novembre 1888.

7. London Metropolitan Archives, MJ/SPC, NE 1888, Box 3, Case Paper 19 (témoignage de Mary Ann Cox).

8. Nat. Arch., Londres, MEPO 3/140, ff. 227-229 (témoignage de George Hutchinson, dans le rapport intitulé : « Commercial Street, Metropolitan Police, H Division », 12 novembre 1888).

9. *Id.*

10. Nat. Arch., Londres, HO 144/221/A49301C, ff. 42-46. Publié dans « The East End Tragedies… », art. cit.

11. London Metropolitan Archives, MJ/SPC, NE 1888, Box 3, Case Paper 19 (Bowyer, 37 Dorset Street).

12. Nat. Arch., Londres, MEPO 3/3153, ff. 10-18 (rapport médico-légal du docteur Bond).

CHAPITRE VIII

1. Scène reconstituée à partir des témoignages d'époque (articles de presse et surtout : ANDERSON [Sir Robert], *The Lighter Side of my Official Life*, Londres, Hodder & Southton, 1910).

2. MACNAGHTEN, *Days…*, *op. cit.* p. 53.

3. Nat. Arch., Londres, HO 144/190/A46472B, SUB 6.

4. ANDERSON, *The Lighter Side…*, *op. cit.*, p. 128.

5. Mémoires de James Monro, non publiés, mis à jour par Keith Skinner, copie dans la collection de l'auteur.

6. « The Metropolitan Police », *Morning Advertiser*, 1er septembre 1888.

7. « Resignation of Sir C. Warren's Lieutenant », *Pall Mall Gazette*, 29 août 1888.

8. Mémoires de James Monro, non publiés, *op. cit.*

9. ANDERSON, *The Lighter Side…*, *op. cit.*, p. 128.

10. *Ibid*, chap. IX.

CHAPITRE IX

1. Interview accordée par Charles Warren au *New York Herald,* 13 novembre 1888.

2. Royal Archives, Londres, RA VIC/A 67/20.

3. *The Times*, 13 novembre 1888, p. 10.

4. « Certainly Not », *New York Herald*, 13 novembre 1888.

5. « Home Office Meddling », *New York Herald*, 13 novembre 1888.
6. The Star, 10 novembre 1888.
7. Déclaration consignée dans l'*East End News*, 20 novembre 1888.
8. En 1889, Warren fut envoyé à Singapour pour commander une garnison jusqu'en 1894. Puis, il retourna en Angleterre, où il commanda un district de la Tamise de 1895 à 1898, avant de partir pour l'Afrique du Sud et de s'illustrer dans la guerre des Boers.
9. Les travaux du promoteur et architecte Thomas Cubitt obtinrent un grand succès à Londres.
10. ABERCONWAY (Mary Christabel), *A Wiser Woman? A Book of Memories*, Londres, Hutchinson, 1966, p. 19.
11. *Ibid.*
12. MACNAGHTEN, *Days..., op. cit.*, introduction.
13. *Ibid.*, p. 42.
14. Nat. Arch., Londres, MEPO (lettre récemment découverte par Peter McClelland).
15. MACNAGHTEN, *Days..., op. cit.*, p. 62.
16. Nat. Arch., Londres, MEPO 3/142, ff. 515-516 (encre noire, trois pages).
17. MACNAGHTEN, *Days…, op. cit.*, p. 203.

CHAPITRE X

1. Nat. Arch., Londres, HO A 49301C/15. Publié dans le *Times*, 27 novembre 1888.
2. MACNAGHTEN, *Days…, op. cit.*, introduction.
3. *The Metropolitan Police Estimates Book* (1885-1892).
4. MACNAGHTEN, *Days…, op. cit.*, p. 63.
5. ANDERSON, *The Lighter Side..., op. cit.*, chap. IX, « First Days at Scotland Yard ».
6. Nat. Arch., Londres, Police Box 3.22, n° 359 a-b.
7. Nat. Arch., Londres, MEPO 3/142, ff. 515-516 (encre noire, trois pages).
8. MACNAGHTEN, *Days…, op. cit.*, p. 56.
9. *Ibid.*, p. 69.
10. *Ibid.*, p. 72.
11. ABERCONWAY, *A Wiser Woman..., op. cit.*, chap. I.

INTRODUCTION DE LA TROISIÈME PARTIE

1. *Washington Post*, 4 juin 1913.

CHAPITRE XI

1. Nat. Arch., Londres, HO A49301C/8C (rapport Donald S. Swanson, 6 novembre 1888).

2. Nat. Arch., Londres, HO 144/221/A49301C, ff. 220-223.

3. Nat. Arch., Londres, HO 144/221/A49301C, f. 11. Publié dans le *Times*, 27 septembre 1888.

4. *British Medical Journal*, 6 octobre 1888.

5. Nat. Arch., Londres, HO 144/221/A49301C, f. 11 (rapport du docteur Llevelyn). Publié dans le *Times*, 24 septembre 1888, p. 3.

6. Nat. Arch., Londres, HO 144/221/A49301C, ff. 20-21.

7. Nat. Arch., Londres, MEPO 3/140, ff. 13-15 (rapport du docteur Bagster Phillips). Publié dans le *Times*, 14 septembre 1888, p. 4.

8. Nat. Arch., Londres, Coroner's Inquest (L), 1888, n° 135 (examen *post mortem* du docteur Frederick Gordon Brown). Publié dans le *Times*, 12 octobre 1888.

9. Nat. Arch., Londres, MEPO 3/3153, ff. 10-18 (rapport du docteur Bond).

10. LABRIE (Jean), *L'Art de l'empaillage et de la naturalisation des animaux*, Éditions de l'Homme, 1973.

11. London Metropolitan Archives, MJ/SPC, NE 1888, Box 3, Case Paper 19 (rapport du docteur Phillips).

12. Localité dont on n'a pas conservé la trace, qui se situait probablement à proximité de la ville de Jessore, dans l'actuel Bangladesh.

13. MACNAGHTEN, *Days…, op. cit.*, pp. 45-46.

14. *Ibid.*

15. *Ibid.*

16. *Ibid.*

17. *Ibid.*

CHAPITRE XII

1. [Encre noire brunie] 34, h 9 10/88 N.15, ff. 188-189. STEWART (P. Evans) et SKINNER (Keith), *Letters from Hell*, Londres, Sutton Publishing, 2001.

CHAPITRE XIII

1. Nat. Arch., Londres, MEPO (lettre récemment découverte par Peter McClelland).

2. Nat. Arch., Londres, MEPO (lettre du 2 octobre 1888).

3. *Punch* ou *London Charivari*, 22 septembre 1888. S'inspirant de la *commedia dell'arte*, ce magazine combine humour et politique.

4. MACNAGHTEN, *Days…*, *op. cit.*, p. 45.

CHAPITRE XIV

1. MACNAGHTEN, *Days…*, *op. cit.*, p. 45..

2. La figure de Roscius est celle du comédien antique, à laquelle on se réfère pour désigner les jeunes talents.

3. MACNAGHTEN, *Days...*, *op. cit.*, p. 45.

4. ABERCONWAY, *A Wiser Woman...*, *op. cit.*, pp. 49-50.

5. *Ibid.*

6. « My funny little games », formule présente dans une lettre signée « Jack l'Éventreur », datée du 25 septembre 1888.

7. CULLEN (Tom), *When London Walked in Terror*, Boston, Houghton Mifflin, 1965.

CHAPITRE XV

1. NORRIS (Joel), *Serial Killiers. The Growing Menace*, New York, Double Day, 1988.

2. Période de domination britannique du sous-continent indien.

3. Le Raj britannique reconnaissait et protégeait la dynastie des Aga Khan.

4. MACNAGHTEN, *Days…*, *op. cit.*, pp. 50-53.

5. James Monro fut juge de district à Bombay et inspecteur général de la police.

6. Sir Francis Macnaghten, le grand-père de Melville, fut juge à Madras, puis préfet de justice au Bengale. Il mourut en 1842.

7. MACNAGHTEN, *Days…*, *op. cit.*, p. 222.

8. Nat. Arch., Londres, HO 144/190/A46472B.

CHAPITRE XVI

1. « Great Fire at the London Docks », *East London Advertiser*, 1er septembre 1888.

2. BARTE (H.-N.) et OSTAPTZEFF (G.), *La Criminologie clinique*, Paris, Masson, 1992.

3. MACNAGHTEN, *Days…*, *op. cit.*, chap. XXIII.

CHAPITRE XVII

1. Public Record Office, 15 A, n° 3/52983, ff. 346-348 (lettre oblitérée le 19 juillet 1889).

2. Source : *The illustrated Diary of Captain Lionel Trafford of the Ill-Fated Expedition.*

3. Nat. Arch., Londres, MEPO 3/3153 (lettre « M »).

CHAPITRE XVIII

1. *Times*, vendredi 14 septembre 1888, p. 4.

2. Nat. Arch., Londres, Coroner's Inquest (L), 1888, n° 135 (description par Lawende).

3. « Is a Thug ? A Startling Light on the Whitechapel Crimes », *The Star*, 24 décembre 1888 : « The swift & silent method of the thug is a new and terrifying feature in London crime […]. »

CHAPITRE XIX

1. Publiée dans le Times, 4 octobre 1888, et dans l'*Evening News*, 5 octobre 1888.

2. MACNAGHTEN, *Days…*, *op. cit.*, pp. 249-250.

CHAPITRE XX

1. MACNAGHTEN, *Days…*, *op. cit.*, chap. XX, p. 212.

2. *Ibid.*

3. *Ibid.*, p. 69.

4. *Ibid.*

5. *Ibid.*, p. 57.

6. Nat. Arch., Londres, MEPO 3/142, ff. 68-69 (quatre pages rédigées au crayon).

CHAPITRE XXI

1. Nat. Arch., Londres, MEPO 3/3153, ff. 1-4 (lettre du 25 septembre 1888 adressée à la Central News Agency).

2. MACNAGHTEN, *Days…*, *op. cit.*, p. 13.

CHAPITRE XXII

1. *The Referee*, 7 octobre 1888.

2. *The Referee*, 16 septembre 1888.

3. SIMS (George), *My Life, Sixty Years' Recollections of Bohemian London*, Londres, Eveleigh Nash Company, 1917.

4. *Ibid.*

5. MACNAGHTEN, *Days…*, *op. cit.*, p. 101. (« My old friend Mr. George Sims. »)

6. SIMS, *My Life…*, *op. cit.*

7. In STEWART et SKINNER, *Letters…*, *op. cit.*

8. Lettre de deux pages, provenant des archives de la Met, entrée en possession d'Albert Borowitz, *Jack the Ripper Collection: Macnaghten-Sims Letter* (1907 ?, 11 février). Illustration disponible sur Internet.

9. Nat. Arch., Londres, MEPO 3/142, ff. 491-492 (lettre adressée à la Central News Agency, réceptionnée par le journaliste T. J. Bulling, renvoyée au *Chief Constable* A. F. Williamson de Scotland Yard, trois pages, encre noire).

CHAPITRE XXIII

1. Le comité de vigilance, dirigé par George Lusk, réunit des civils, des commerçants de Whitechapel qui patrouillent dans le quartier chaque soir afin de traquer l'Éventreur.

2. Nat. Arch., Londres, MEPO (lettre récemment découverte par Peter McClelland).

3. Nat. Arch., Londres, MEPO 3/142, ff. 515-516 (encre noire, trois pages).

4. *Id.*

5. Nat. Arch., Londres, MEPO 3/142, ff. 505-507 (lettre à l'encre noire).

6. Nat. Arch., Londres, MEPO 3/52983/8086, ff. 328-330.

7. Nat. Arch., Londres, MEPO 3/52983/2082, ff. 339-341.

8. CLRO, Police Box, 3.22, n° 385 a-b (message imprimé à l'encre rouge).

9. Nat. Arch., Londres, MEPO 3/142, ff. 237-239 (encre noire).

10. Nat. Arch., Londres, MEPO 3/142, ff. 234-235 (encre rouge).

CHAPITRE XXIV

1. Nat. Arch. Londres, MEPO 3/140, ff. 177-183 (rapport de sept pages). Consigné également dans les Mémoires de Macnaghten (*Days…*, *op. cit.*)

2. « N°1. Mr. M.J. Druitt, a doctor of about 41 years of age and of fairly good family, who disappeared at the time of the Miller's Court murder, and whose body was found floating in the Thames on 3rd December [31 décembre en réalité], i.e. seven weeks after the said murder. The body was said to have been in the water for a month, or more; on it was found a season ticket between Blackheath & London. From private information I have little doubt that his own

family suspected this man of being the Whitechapel murderer; and it was alledged that he was sexually insane [...]. Although the Whitechapel murderer, in all probability, put an end to himself soon after the Dorset Street affair in November 1888, certain facts pointing to this conclusion were not in possession of the police till some years after I became a detective officer. »

3. Réponse manuscrite de Macnaghten au journal *The Sun*, notes originales passées entre les mains de sa fille, Mary Christabel. Disparues. Mémoires de Melville Macnaghten (*Days..., op. cit.*).

4. Rapport du PC George Moulson (matricule 2136T), établissant la mort de M. J. Druitt. Publié dans *Acton Chiswick Turnham Gazette*, samedi 5 janvier 1889.

5. William Ewart Gladstone (1809-1898), homme politique britannique réformateur, plusieurs fois Premier ministre.

6. THOMSON (Sir Basil), *Story of Scotland Yard*, New York, The Literary Guild, 1936.

7. ABERCONWAY, *A Wiser Woman..., op. cit.*, pp. 21-22.

8. *Washington Post*, 4 juin 1913.

9. MCCORMICK (Donald), *The Identity of Jack the Ripper*, Londres, John Long, 1970.

10. KNIGHT (Stephen), *Jack the Ripper. The Final Solution*, Londres, Harper Collins, 1976.

11. CULLEN, *When London..., op. cit.*

12. SIMS (George), « Who Was Jack the Ripper ? », *Lloyd's Weekly News*, 2 décembre 1888.

13. Donald McCormick, The identity of Jack The Ripper, London Jarrolds, 1959, Nat. Archives, Kew. Localisation : Rang 1000-2100. Notes 5.

14. Témoignage cité par le Dr Thomas Dutton in « *The chronicles of crime* » (série de documents ayant servi de référence principale à Donald McCormick), chroniques aujourd'hui disparues mais consultables sur internet.

15. Albert Backert, membre du Comité de Vigilance, âgé de 28 ans était graveur de profession et résidait au 13 Newnham Street, district de Whitechapel.

16. BEGG (Paul), *Jack the Ripper. The Facts*, Londres, Robson Books, 2004.

17. Rapport Macnaghten de février 1894 (notes préparatoires en possession de Mary Christabel Aberconway, disparues).

CHAPITRE XXV

1. Nat. Arch., Londres, Coroner's Inquest (L), 1888, n° 135. Publié dans le Times, 12 octobre 1888.

2. *Id.* (description par Lawende).

3. Departement of Employment and predecessors : Industrial Relations, Trade Boards and Wages Councils Files Aerated Waters Trade Board: Scope position of Messrs. Kearley & Tonge Ltd. Aerated Waters Trade Board: Scope position of Messrs. Kearley & Tonge Ltd. (TB/101/10/1885-1895), Nat. Archives Kew.

4. « Représentant de commerce », selon l'appellation actuelle

5. CLRO Police. Box 3.18 N°225 (lettre envoyée à la City police, consignée au National Archives de Kew)

6. Nat. Arch., Londres, MEPO 3/140, ff. 177-183. Consigné également dans les Mémoires de Melville Macnaghten (*Days..., op. cit.*).

7. Nat. Arch., Londres, Coroner's Inquest (L), 1888, n° 135 (témoignage du PC Harvey).

8. *Id.*

9. EDDLESTON, *Jack..., op. cit.,* pp. 54-55.

10. STEWART et SKINNER, *Letters..., op. cit.*

11. ANDERSON, *The Lighter Side..., op. cit.*, p. 137 : « Having regard to the interest attaching to this case, I am almost tempted to disclose the identity of the murderer [...]. But no public benefit would result from such a course, and the traditions of my old department would suffer. I will merely add that the only person who had ever had a good view of the murderer unhesitatingly identified the suspect the instant he was confronted with him; but he refused to give evidence against him. »

12. Mémoires de James Monro, non publiés, *op. cit.*

CHAPITRE XXVI

1. EDWARDS (Ivor), *Jack the Ripper's Black Magic Rituals*, Londres, John Blake, 2002.

2. ABERCONWAY, *A Wiser Woman..., op. cit.*, p. 140.

CHAPITRE XXVII

1. D'après Hargrave Lee Adam in *The Police Encyclopaedia*, vol. IV, Londres, 1911.

2. RUMBELOW, *The Complete..., op. cit.*, p. 133.

SOURCES

1. The National Archives of London (Metropolitan Police files and Home Office)
[abrév. : MEPO *pour* Metropolitan Police ; HO *pour* Home Office]

– Meurtre de Polly Nichols (31 août 1888)
HO 144/220/A49301B, f. 177-179.
HO 144/221/A49301C, ff. 6-11.
HO 144/220/A49301C, f. 16.
HO 144/221/A49301C, ff. 128-134.
MEPO 3/140, ff. 235-341.

– Meurtre d'Annie Chapman (8 septembre 1888)
HO 144/221/A49301C, ff. 13-21.
HO 144/221/A49301C, ff. 136-145.
MEPO 3/140 ff. 9-31.
MEPO 3/140, ff. 242-256.

– Meurtre d'Elizabeth Stride (30 septembre 1888)
HO 144/221/A49301C, ff. 110-118.
HO 144/221/A49301C, ff. 147-159.
HO 144/221/A49301C, ff. 199-201.
HO 144/221/A49301C, ff. 215-16
MEPO 3/140/221/A49301C, ff. 204-214.

– Meurtre de Catherine Eddowes (30 septembre 1888)
Coroner's Inquest (L), 1888, n° 135 (Corporation of London Record Office).
HO 144/221/A49301C, ff. 162-181.
HO 144/221/A49301C, ff. 183-198.
MEPO 3/142, ff. 2-3.
MEPO 3/142, ff. 491-492.
MEPO 3/3153, ff. 1-4.

– Meurtre de Mary Jane Kelly (9 novembre 1888)
CAB 41, 21/17.
HO 144/220/A49301B, f. 299.
HO 144/221/A49301C, ff. 42-46.
HO 144/221/A49301C, ff. 78-79.
HO 144/221/A49301C, ff. 217-223.
MEPO 3/140, ff. 227-232.
MEPO 3/3153, ff. 1-4.
MEPO 3/3153, ff. 10-18.
MJ/SPC, NE 1888, Box 3, Case Paper 19.

– Démission de Sir Charles Warren
HO 144/221/A49301C, ff. 108-109.
RA VIC/A67/18
RA VIC/A67/19
RA VIC/A67/20
RA VIC/B40/82

2. Nombreux articles sur l'affaire et reproduction de documents dans :

The Daily Express, The Daily News, The Daily Telegraph, The Dundee Advertiser, The Illustrated Police News, The Lloyd's Weekly News, The Manchester Evening News, The Monmouthshire Merlin and South Wales Advertiser, The New York Herald, The New York Times, The Pall Mall Gazette, The Punch, The Referee, The Reynolds News, The Star, The Star of the East, The Sun, The Sunday Chronicle, The Times, The Weekly Budget.

3. Mémoires

ABERCONWAY (Mary Christabel), *A Wiser Woman ? A Book of Memories*, Londres, Hutchinson, 1966.
ANDERSON (Sir Robert), *The Lighter Side of my Official Life*, Londres, Hodder & Stoughton, 1910.
MACNAGHTEN (Sir Melville Leslie), *Days of my Years*, Londres, Longmans Green & Co, 1914.
SIMS (George), *My Life, Sixty Years' Recollections of Bohemian London*, Londres, Eveleigh Nash Company, 1917.

4. Autres fonds d'archives

The Archives of Her Majesty the Queen, Windsor Castle ; The British Library of Londres ; Central Library of Edimburg ; Freemason's Hall Great Queen Street, Londres ; The Garrick Club, Londres ; New York Public Library, Humanities & sciences Library.

BIBLIOGRAPHIE SOMMAIRE

1. Jack l'Éventreur (enquêtes, dossiers, études)

BEGG (Paul), *Jack The Ripper, The Facts*, Londres, Robson Books, 2004.
BOURGOUIN (Stéphane), *Le Livre rouge de Jack l'Éventreur*, Paris, Grasset, 1998.
CHAUVET (Didier), *Marie Jane Kelly la dernière victime*, Paris, l'Harmattan, 2002.

CORNWELL (Patricia), *Jack l'Éventreur, affaire classée*, Paris, Éditions des Deux Terres, 2003.

CULLEN (Tom), *When London walked in Terror*, Boston, Houghton Mifflin, 1965.

EDDLESTON (John J.), *Jack the Ripper, an Encyclopaedia*, Londres, Metro, 2002.

EDWARDS (Ivor), *Jack the Ripper's black Magic Rituals*, Londres, John Blake, 2002.

HARRISSON (Shirley), *Jack l'Éventreur, le journal, le dossier, la controverse*, Paris, J.-C. Lattès, 1993.

KNIGHT (Stephen), *Jack the Ripper. The Final Solution*, Londres, Harper Collins, 1976.

LEIGHTON (D.J.), *Ripper Suspect, The Secret Live of Montague Druitt*, Londres, Sutton Publishing, 2006.

MARX (Roland), *Jack l'Éventreur et les fantasmes victoriens*, Bruxelles, Complexe, 1987.

MCCORMICK (Donald), *The Identity of Jack the Ripper*, Londres, John Long, 1970.

RUMBELOW (Donald), *The Complete Jack the Ripper,* nouv. éd., Londres, Penguin, 1992.

STEWART (P. Evans) et RUMBELOW (Donald), *Jack the Ripper : Scotland Yard Investigates*, Londres, Sutton Publishing, 2006.

STEWART (P. Evans) et SKINNER (Keith), *Letters from Hell*, Londres, Sutton Publishing, 2001.

STEWART (P. Evans) et SKINNER (Keith), *The Ultimate Jack the Ripper Sourcebook*, "*An illustrated Encyclopedia*", Londres, Robinson, 2000.

SUGDEN (Philip), *The Complete History of Jack the Ripper*, Londres, Robinson, 1994.

TULLY (James), *The Secret of Prisoner 1167, was this Man Jack the Ripper ?,* Londres, Robinson, 1997.

WILLIAMS (Tony), *Uncle Jack*, Londres, Orion Publishing, 2005.

2. Société victorienne, Scotland Yard

ADAM (Hargrave Lee), *The Police Encyclopedia,* Londres, Waverley Book Company Ltd, 1911.

ADAM (Hart Davis), *What the Victorians did for us*, Londres, BBC Two, 2001.

BÉDARIDA (François), *L'Ère victorienne*, Paris, PUF, 1997, coll. « Que sais-je ? ».

BOOTH (Charles) et ROUTH (Guy), *Occupations of the People of Great Britain, 1801-1981*, Londres, Macmillan, 1987.

CHARLOT (Monica) et MARX (Roland), *La Société victorienne*, Paris, Armand Colin, 2002.

CHASSAGNE (Philippe), *Le Meurtre à Londres à l'époque victorienne (1857-1900)*, Paris-IV, thèse, 1991.

CHESNEY (Kellow), *Les Bas-Fonds victoriens*, nouv. éd., Paris, Tallandier, 2007, coll. « texto ».

DICKENS (Charles), *Dictionary of London, 1888,* éd. fac sim., Londres, Old House Books, 2006.

FRIEDLAND (Martin L.), *The Trials of Israel Lipski, A true story of a Victorian murder in the East End of London*, Londres, Macmillan Publishing, 1984.

JUMEAU (Alain), *L'Angleterre victorienne*, Paris, PUF, 2001.

NAVAILLES (Jean-Pierre), *Londres victorien, un monde cloisonné*, Paris, Champ-Vallon, 1996.

REVEST (Didier), *La Rue à Londres à l'époque victorienne et édouardienne (1837-1910)*, Paris-IV, thèse, 2000.

THOMSON (Sir Basil), *The Story of Scotland Yard*, New York, The literary Guild, 1936.

TRENCH (Richard) et HILLMAN (Ellis), *London under London : a subterranean Guide*, Londres, John Murray, 2001.

VALLÈS (Jules), *La Rue à Londres*, Paris, Charpentier et Fasquelle, 1914.

3. Psychanalyse, psychologie criminelle

AGRAPART-DELMAS (Michèle), *De l'expertise criminelle au profilage*, Lausanne, Favre, 2001.

BARTE (H.-N.) et OSTAPTZEFF (G.), *La Criminologie clinique*, Paris, Masson, 1992.

BOURGOIN (Stéphane), *Enquête sur les tueurs en série*, Paris, Grasset, 1999.

NORRIS (Joel), *Serial Killiers. The Growing Menace*, New York, Double Day, 1988.

REID MELOY (J.), *Les Psychopathes, essai de psychopathologie dynamique*, Paris, Frison-Roche, 2000.

VON KRAFT EBING (Richard), *Psychopathia sexualis a medico-forensic study*, NewYork, G. P. Putnams Sons, 1965.

INDEX

LES CINQ VICTIMES DE JACK L'ÉVENTREUR

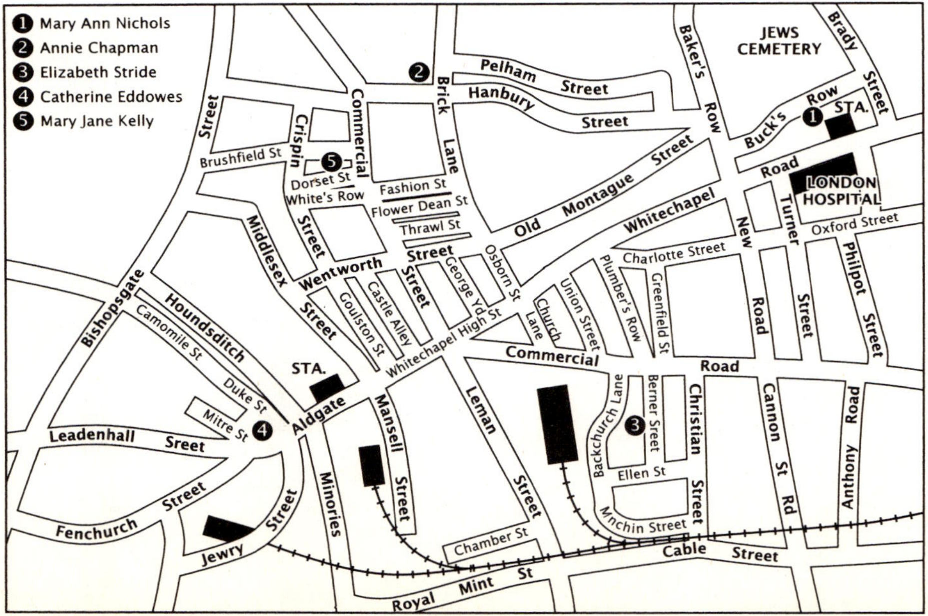

LONDRES EN 1888

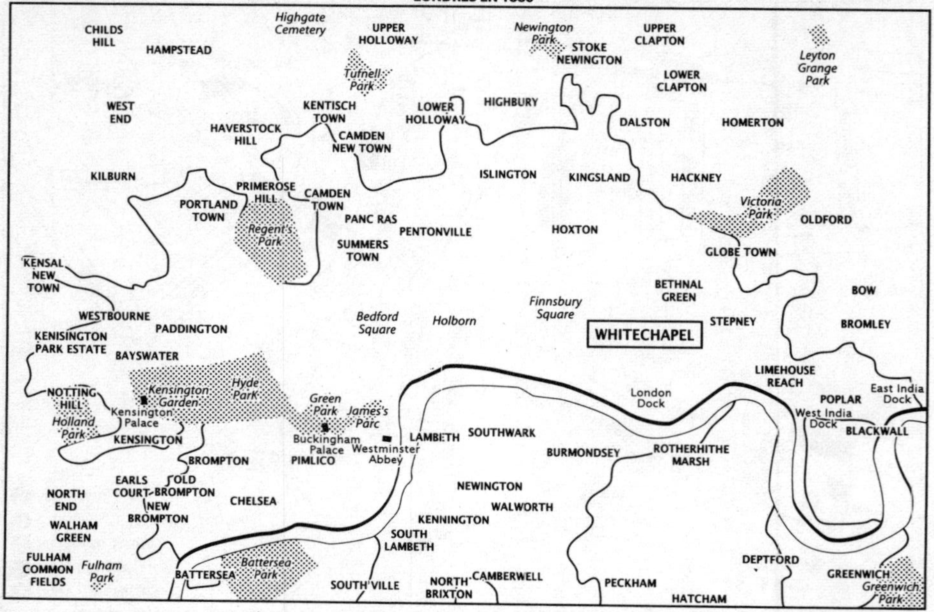

REMERCIEMENTS

Je tiens à remercier, pour leur aide précieuse et leurs conseils avisés, le docteur Caroline Rambaud, médecin légiste ; le docteur François Paraire, anatopathologiste à l'hôpital Raymond-Poincaré de Garches ; Michèle Agrapart-Delmas, psychologue, criminologue, expert judiciaire agréé par la cour de cassation près la cour d'appel de Paris, expert européen ; Daniel Perron, ancien commissaire divisionnaire, ex-membre d'Interpol ; Stéphane Bourgoin, codirecteur de l'unité des sciences du comportement du Centre international de sciences criminelles de Paris, journaliste, libraire et auteur de plusieurs ouvrages sur les tueurs en série ; Marcus Risdell, archiviste du Garrick Club à Londres.

Je remercie tout particulièrement Gilles Lambert, pour sa collaboration active à ce projet, ainsi que David Mac Dougall.

RÉALISATION : NORD COMPO À VILLENEUVE-D'ASCQ
IMPRESSION : CPI BRODARD ET TAUPIN À LA FLÈCHE
DÉPÔT LÉGAL : JUIN 2008. N° 97554-3 (54182)
IMPRIMÉ EN FRANCE